MW01634224

Post mortem

Olivier Tournut

Post mortem

Roman

Fayard

Couverture : Le petit atelier
Motif : © Plain print

ISBN : 978-2-213-72781-3

Dépôt légal : novembre 2024

Le prix du Quai des Orfèvres a été décerné sur manuscrit anonyme par un jury présidé par M. Fabrice GARDON, directeur de la Police judiciaire, au 36, rue du Bastion. Il est proclamé par M. le Préfet de police.

Novembre 2024

PRIX DU QUAI DES ORFÈVRES

Le prix du Quai des Orfèvres, fondé en 1946 par Jacques Catineau, couronne chaque année le meilleur manuscrit d'un roman policier inédit, œuvre présentée par un écrivain de langue française.

• Le montant du prix est de 777 euros, remis à l'auteur le jour de la proclamation du résultat par M. le Préfet de police. Le manuscrit retenu est publié, dans l'année, par les Éditions Fayard, le contrat d'auteur garantissant un tirage minimal de 50 000 exemplaires.

• Le jury du prix du Quai des Orfèvres, placé sous la présidence effective du directeur de la police judiciaire, est composé de personnalités remplissant des fonctions ou ayant eu une activité leur permettant de porter un jugement qualifié sur les œuvres soumises à leur appréciation.

• Toute personne désirant participer au prix du Quai des Orfèvres peut en demander le règlement au :

Secrétariat général du prix du Quai des Orfèvres
36, rue du Bastion
75017 Paris

Site : www.prixduquaidesorfèvres.fr

E-mail : prixduquaidesorfevres@gmail.com

La date de réception des manuscrits est fixée au plus tard au 15 mars de chaque année.

Pour mes trois beaux enfants,
Tommy, Julia et Marius.
Pour Patricia évidemment.
Pour François, qui manque.

MARDI

16 heures

Nerveux, les biceps étouffés dans un polo et un sac sur l'épaule, un homme regarde la rue au loin, aveuglé par la lumière blanche du soleil. Il distingue néanmoins la silhouette d'un flic en tenue, une main posée sur la crosse de son arme. Les derniers attentats remontent à six mois. Ils claquent dans l'esprit de tous comme une menace quotidienne.

Il passe devant le policier au visage fermé et prend un virage. Il tombe sur une fête. Une affiche clouée sur un poteau indique que la kermesse annuelle des écoles débute à 16 h 30. Des gosses de huit à dix ans courent et sautent partout. On entend des voix mûres, celles des parents qui, agglutinés contre les barrières métalliques alignées de chaque côté de la rue, chopent des pirates ou des princesses avec leur smartphone. Tous ces cris se répandent comme une traînée de poudre, prêts à enflammer la rue.

De l'autre côté, le 91 bis. Un immeuble à la pierre propre, presque blanche, qui ressemble aux autres. Même hauteur, même façade haussmannienne. C'est là que l'homme a rendez-vous. Une barrière Vauban s'ouvre pour laisser passer une famille. Il serre son sac et rejoint l'autre côté.

16 h 10. L'homme s'enfonce dans le hall du 91 bis au rythme des tambours des P'tits Poulbots de Montmartre. La porte claque derrière lui et la rumeur se tait. Place au silence. Un silence de mort.

16 h 12. Il ne sait pas à quoi est due la sensation pâteuse dans sa bouche, mais elle s'apparente à un mauvais présage. Il grimpe des marches recouvertes d'un plastique qui protège une moquette rouge. Au quatrième étage, des notes de *La Traviata* sortent d'un appartement. C'est étrange ce qu'il ressent mais l'opéra l'apaise comme par magie.

16 h 14. Au septième étage, la même couche de poussière. Il regarde en bas par-dessus la main courante de l'escalier, puis vers le haut. Personne. Une porte est entrouverte. Ça pue l'embrouille, estime-t-il. Verdi est bien loin. Il secoue ses bras le long du corps pour éloigner ce qui le ronge et pousse la porte jusqu'à la butée. Il appelle. Personne ne répond. Il grimpe deux marches en marbre qui mènent à une pièce vide. Il appelle de nouveau. Pas de réponse. La porte claque et convoque l'idée qu'un piège se ferme, comme de la glace autour d'un navire en pleine mer polaire. Il se tourne d'un quart sur sa droite. Une ombre imposante se jette sur lui et le frappe, juste au-dessous des épaules.

Désorienté, il s'écroule et sa tête percute le parquet. Aussitôt, on l'attrape par les aisselles, on le fait traîner sur le sol et on le plaque de force contre le dossier d'une chaise. Des liens autobloquants en plastique ceignent ses poignets et ses chevilles.

Le bruit d'une moto lui parvient d'une fenêtre ouverte. À moins que cela ne soit un scooter. À cette hauteur, difficile de définir le type de cylindrée. Encore moins le modèle.

Lorsque les percussions des gamins de Montmartre montent de la rue, il se prend deux coups dans le ventre. Ceux-là sont donnés avec un objet lourd. On dirait une barre de fer. Il avale le mal qui le secoue. Du sang coule dans sa gorge. Ses papilles ont le goût de la mort.

La douleur envahit son corps comme un ouragan saccage une ville. Il entrouvre ses yeux couverts de sang. Son visage boursouflé sourit. Il aperçoit sa toile posée sur un chevalet. Il admire les lignes parfaites du tableau. Les couleurs scintillantes de jaune et de vert respectent la création originelle.

Des larmes de fierté rouges de sang coulent et inondent son visage.

C'est la dernière fois qu'il voit la lumière du jour.

En retrait, j'aurais pu dire : ne te retourne pas. Mais comme j'étais certain qu'on n'écoute pas ce genre de phrase, je l'ai frappé.

Au sol, son visage afficha de la peur et un « pourquoi » qui ne sortait pas. Convaincu qu'il allait le formuler, je lui ai mis un coup de pied dans le ventre, plus brutal que le premier, et trois autres éclatèrent son arcade sourcilière droite. Ça lui ôta tout désir de discuter.

Quand j'ai prononcé son nom, j'ai senti qu'il cherchait qui j'étais, d'où nous nous connaissions. À sa place, j'aurais fait pareil. Mais, avec ce qu'a pris son cerveau, il n'était plus en état de se souvenir. Il marmonna un « mais » plein de douleur. Là, j'ai coupé court son envie de débattre en comprimant sa trachée avec mon coude, puis j'ai tiré la chaise sur un mètre, saisi sa tête, que j'ai cognée contre un mur. Sa tête eut un mouvement démantibulé.

Et puis, il ne bougea plus.

J'ai retiré ma cagoule et me suis frotté le crâne. Ça m'aide à redevenir quelqu'un. Désormais, je tourne autour de ma proie comme un lion avant de l'attaquer.

D'abord les yeux. Avec la pointe d'un couteau, je perce les poches de sang qui se sont formées, coupe les nerfs optiques et arrache chaque œil. Je les regarde, émerveillé, et les jette dans un sac en plastique. Dans le creux des orbites, je coule de la peinture. Les teintes mélangées au sang colorent le visage : ocre à gauche et un vermillon orangé à droite.

Ensuite, toujours avec la lame, je tranche les doigts au niveau de la deuxième phalange et recompose les mains sur le sol, juste devant les pieds. Puis, je déchire le polo et enfonce la lame de la trachée-artère à l'abdomen. Quelques résistances m'obligent à appuyer sur le manche. Comme le résultat est éloigné de ce que j'ai conceptualisé, je découpe les oreilles en les laissant pendre dans le vide. Pour parfaire la scénographie, je balance du sang sur un mur et tire le corps devant une fenêtre, que je laisse ouverte. Pour finir, je tatoue à la va-vite son avant-bras droit d'un chardon avec une tige. L'émasculation marque la fin de la mise en scène.

Je retire ma combinaison noire intégrale. Dessous, un trois-pièces coupé dans du beau tissu. Dans le reflet d'une fenêtre, j'ajuste le nœud de cravate quand des murmures proviennent du palier. Un œil collé au judas, je vois deux types pester contre les travaux de rénovation. Derrière la porte, je prie pour qu'ils se barrent. C'est chose faite dix minutes après.

Pour cette mission, on m'a ordonné de rapporter la toile. Mais l'idée de croiser quelqu'un avec, même emballée, ne me plaît pas. Je la laisse sur le chevalet, à un mètre de Riquet.

Dehors, plus de kermesse. La vie urbaine a repris ses droits. La température tranche avec la fraîcheur de la cage d'escalier.

Il y a deux jours, j'ai remarqué le panneau d'une agence immobilière accroché à un balcon de l'immeuble d'en face à propos de la location d'un appartement au septième étage. J'ai convaincu l'agent immobilier, pressé d'en finir, que j'apprécierais qu'il me le réserve durant trois jours, le temps de rassembler les pièces nécessaires pour le contrat de location. Je lui ai remis deux cents euros, qu'il a empochés, comme s'il s'agissait d'une pratique courante. Lors de la visite, l'agent a reçu un appel, qu'il a pris sur le balcon. J'ai saisi la clé laissée dans la serrure pour en faire un moulage dans de la pâte à modeler, que j'ai reproduite le soir même.

Un automobiliste klaxonne du haut de la rue au moment où je traverse. J'ai envie de lui coller mon poing dans la gueule.

19 h 15

La capitaine Isabelle Le Peletier est au volant d'un Scénic gris, près de la place de Clichy. Depuis deux heures, un mal de crâne l'ankylose petit à petit.

Devant elle, le sourire faux d'un animateur télé collé au cul d'un bus à l'arrêt et, autour, des scooters, qui se faufilent comme ils peuvent, des voitures et des piétons partout.

Une femme hurle qu'on vient de lui voler son sac à main. Deux individus se barrent sur un deux-roues. Le conducteur est penché en avant et le passager tient un chien blanc dans ses bras. Ils grimpent sur le trottoir et disparaissent dans une rue adjacente.

Ce vol à l'arraché rappelle à Le Peletier ses trois ans à la BAC * D 92, les trois passés à la BAC D 94 et les quatre à la tête d'un groupe dans le 9-3. Dix ans à côtoyer les bassesses humaines, à se faire caillasser la bagnole par des gosses qui ne craignent pas l'autorité, à les chercher, au milieu de bandes qui se mènent des guerres de territoire. Les mêmes passent leurs nuits à brûler des poubelles, à faire des rodéos, à rouler à scooter sans casque, à insulter la police qui n'a pas le droit de les poursuivre. Depuis, elle dirige un groupe de police criminelle de Paris.

Dans le rétroviseur intérieur, elle voit sa tête un peu joufflue, mouchetée de taches de rousseur et livide en raison du manque de sommeil. Mais ce n'est rien à côté de la bavure qu'elle a laissée au bureau.

Quelques heures auparavant, le lieutenant Laplace et elle interrogeaient un type dénommé Simon Goncourt. Un mètre quatre-vingts environ, sans doute soixante-dix kilos, et vingt ans d'âge, vingt-cinq au maximum. Elle pourrait être sa mère. Une idée qu'elle

* Brigade anticriminalité.

écarte d'autorité pour qu'elle ne s'incruste pas.

Durant l'interrogatoire, Goncourt était resté les épaules rentrées, le dos voûté, les yeux au sol et les mains jointes. Il lâchait toujours la même réponse : « Je fais appel à mon droit au silence. » D'ordinaire, Le Peletier aime ce genre d'individu qui ne cède rien et qu'elle pousse à bout. Mais avec Goncourt, rien ne parvenait à rompre son mutisme. Chaque fois les mêmes mots. « Je fais appel à mon droit au silence. »

Alors, la pression était montée d'un cran, puis d'un deuxième. Le troisième fut de trop. Le Peletier quitta son siège et s'immobilisa dans le dos de Goncourt. Sur sa nuque rasée, elle vit un tatouage sans en discerner le motif. Elle se pencha vers son oreille droite et l'invita à être coopératif.

Statique dans le bordel urbain, sa bavure la suit encore, mot pour mot, geste pour geste. Elle dit :

– Arrête de jouer maintenant, les doses de crack ne sont pas tombées du ciel.

– Je fais appel à mon droit au silence.

Elle formula autrement :

– Le trafic de crack, c'est toi ou c'est pas toi ?

Il leva la tête.

– C'est vous ou c'est pas vous.

– Hein ?

– Vous n'avez pas à me tutoyer.

Heureuse d'entendre autre chose qu'un appel à son droit au silence, son ton fut plus doux :

– Tu reconnais, oui ou non, que tu trafiques ?

– Je fais appel à mon droit au silence.

– Être coopératif sera bon pour ton dossier, sinon le juge va t'en mettre plein la gueule.

Goncourt lâcha des « ttt, ttt, ttt, ttt » coincés entre ses dents. Le Peletier fit pivoter sa tête pour décontracter son cou. Une vertèbre craqua sur la gauche. Ça la revigora. Elle posa une main sur la nuque de Goncourt, la serra entre ses doigts et la projeta en avant. Son nez s'éclata sur le dessus métallique du bureau. Le bruit sourd donna la mesure de la violence du mouvement.

Le lieutenant Laplace avait quitté la pièce quelques minutes pour aller chercher un verre d'eau. La trentaine, des états de service irréprochables, un physique de jeune Parisien, nuque dégagée, chignon samouraï porté haut, barbe de trois jours qui plaît à la gent féminine. À son retour, du sang pissait du nez de Goncourt. Le Peletier expliqua qu'il avait convulsé d'un coup, et supposa que c'était la faim, la fatigue ou une crise d'épilepsie.

Laplace ne crut évidemment pas un mot de son histoire. Peu après 18 h 30, l'état-major demanda à la capitaine de se rendre dans le XVIIIe arrondissement. Un meurtre. Elle fourra son portable et les clés de la Renault dans la poche de sa veste et glissa son arme dans son holster.

– Une urgence. Je dois y aller, avait-elle dit à Laplace.

– On fait quoi de lui ?

– Tu le fous au trou, il aura du temps pour apprécier son droit au silence.

– Ça va aller ?

– Je vais m'en sortir. Je suis une grande fille, majeure et vaccinée en plus.

19 h 20

– Samuel, j'y peux quoi si tous les cons se sont donné le mot pour prendre leur putain de bagnole à la même heure ? hurle Le Peletier

Samuel Avonne, lieutenant dans le groupe de Le Peletier, est un colosse d'un mètre quatre-vingt-dix-sept qui n'a pas une gueule de flic. Tignasse mal peignée et barbe épaisse, il est sorti major de sa promotion. Au boulot, il enchaîne les cas les plus glauques. Sans broncher. Sans jamais sortir essorer, ni se trouver dans le couloir de la mort.

En l'entendant lui parler sur un ton de chien, Avonne est à deux doigts de raccrocher. Comment une flic de sa trempe peut se mettre dans un tel état à chaque début d'enquête ? Comme si sa réputation était systématiquement remise en jeu durant les premières heures d'une investigation criminelle. Dans le groupe, personne ne cherche à en connaître les raisons. Trop risqué pour son matricule. Ils s'en parlent, encaissent et se disent qu'il faut vivre avec.

– J'arrive dans dix minutes. Putain, pourquoi on nous envoie là-bas ?

Voilà bien le genre de question que le lieutenant ne se pose jamais. Il répond qu'il n'en sait rien en soulevant la rubalise POLICE NATIONALE qui délimite le périmètre.

– T'as rien d'autre à répondre qu'un « je n'en sais rien » ? Tu dis de ne toucher à rien tant que je ne suis pas là. Et ne me balance plus un « je n'en sais rien ». Et Charon, elle en pense quoi ?

Le Peletier poursuit sa descente dans l'enquête.

Blanche Charon, elle aussi lieutenante dans le groupe, a trente ans et des formes anatomiques là où il faut. Elle a d'abord intégré l'Office central de lutte contre le trafic des biens culturels il y a cinq ans, une affectation rare à la sortie de l'école de police, qu'elle devait à sa formation universitaire dans l'art. Depuis deux ans, elle plonge dans la délinquance urbaine et pige vite. Parfois, elle juge que le Code de procédure pénale, qui dit ce qu'il faut faire et ne pas faire, correspond mal à la situation. Elle l'adapte. Subtilité de bon flic.

– Elle m'a dit au téléphone que « c'est une œuvre pas belle à voir ».

– C'est quoi cette phrase à la con ?

Cette interrogation, Le Peletier la lâche comme un reproche et raccroche. Elle déteste ce genre de rapport au début d'une enquête.

Quand on l'interroge sur son métier de flic, Le Peletier ne sait jamais quoi en dire, sauf qu'elle aime, dans cette vie souvent grossie dans les séries policières, le rythme soutenu quasi sept jours sur sept à déplier des enquêtes, à planquer dans des bagnoles banalisées, à enchaîner les interrogatoires, à dérouler les écoutes, à taper des kilomètres de paperasse. En revanche, cogner un gardé à vue n'entre dans aucune de ces cases. Le dépôt d'une plainte pour coups et blessures volontaires lui pend au nez et la saisine de l'IGPN * est une formalité inévitable.

Les mains cramponnées au volant, elle ingurgite de la nicotine à haute dose, qui agit dans sa gorge, dans ses poumons, dans son souffle. Arrêter de fumer la taraude depuis des semaines. Mais ce n'est qu'une idée. Elle est trop faible pour lâcher, comme ça, d'un coup. Elle écrit à Avonne : « j'arrive ». Elle hésite à ajouter *bientôt*. Sa réponse est immédiate : « je suis DÉJÀ monté ; –) ». Elle manque de hurler en lisant l'adverbe en majuscules et le smiley.

– Putain, qu'est-ce qu'il m'arrive ?

La réponse sort comme un coup de fouet. Elle aimante le gyrophare sur le toit et le deux-tons hurle. En quelques secondes, elle traverse la place de Clichy à une allure digne de la poursuite mythique de Steve McQueen dans les rues de San Francisco. Sans trucage

* Inspection générale de la police nationale.

comme dans *Bullitt*. Sauf qu'elle ne conduit pas une Ford Mustang GT 390 Fastback mais un Scénic poussif, et ça ne dure pas dix minutes.

Sur le pont qui surplombe le cimetière de Montmartre, elle prévient le parquet. Au résumé qu'elle lui communique, un corps retrouvé dans un appartement de la rue Caulaincourt dans le XVIIIe arrondissement sans détailler la scène, faute de l'avoir vue, le procureur de permanence annonce sa venue sur place. S'il débarque, c'est que ce crime n'est pas anodin, conclut-elle dans la montée de la rue. Elle cale le volant avec ses genoux pour se refaire un semblant de beauté. Même quand on bouffe du crime, on est en représentation.

Dans un virage, l'énigme de Charon, « une œuvre pas belle à voir », s'invite dans sa tête sans qu'elle arrive à visualiser le lien avec un crime. Et elle n'aime pas ça. À proximité de l'adresse, une foule est attroupée autour de l'immeuble. Le Peletier ne se fait jamais à l'idée qu'on s'intéresse, comme ça, à l'inconnu, en raison de la présence policière. Elle s'attarde sur l'environnement. Un carrefour, une place avec des marronniers, l'entrée du cimetière Saint-Vincent par la rue Lucien-Gaulard, un bar, Chez Ginette de la butte, le fourgon de la Scientifique, reconnaissable à son logo collé sur la carrosserie, à cheval sur un trottoir, et un échafaudage de ravalement. Une pancarte mentionne la surveillance du lieu par un système vidéo. De l'autre côté, des immeubles encore léchés par les rayons du soleil. Au loin, des gens, des sirènes de pompiers et pas un brin de fraîcheur.

Dans le hall, de la poussière au sol crisse sous les pas. Face à un miroir, des boîtes aux lettres en chrome poli, avec des initiales imprimées en italique et la mention de l'étage en gras.

Elle est en train de les pointer quand le nom du taulier s'affiche sur son téléphone. Ses états de service font pâlir les promotions qui sortent des écoles de police : chef de plusieurs services de PJ puis à l'état-major, et conseiller d'un ministre de l'Intérieur durant dix-huit mois, un Graal qui lui donne ses entrées Place Beauvau et à Matignon. Désormais, il est patron de plusieurs groupes à la Criminelle. Le Peletier supporte mal son autorité, qui réplique ce qui se dit plus haut. Elle s'avoue qu'elle n'a jamais cherché à connaître ce type, droit comme un i et maniaque dans les procédures. S'il appelle, c'est qu'il y a un truc corsé. En dehors de « une œuvre pas belle à voir », elle n'a rien à lui dire.

– Ça se présente comment ?

Au ton de sa voix, il sait des choses. Quand elle parle d'un corps retrouvé sans vie dans un appartement, il l'interrompt :

– Bordel, tout ça, on le sait. Décrivez ce que vous voyez.

Elle n'avoue pas être encore dans le hall face à des boîtes aux lettres. Elle dit que la victime n'a pas encore été identifiée mais que son ADN sera sans doute répertorié.

– Et si ce n'est pas le cas ?

– Patron, mon groupe aime les affaires un peu spéciales. On a l'affaire en main.

– Le Peletier, faut faire plus que l'avoir en main, cette affaire, faut la résoudre. Tous les groupes traitent des affaires un peu spéciales. Le vôtre ne fait pas exception. Je veux un point toutes les demi-heures sur les constat', les empreintes, les vidéosurveillances. Je veux relire les actes pris avant leur versement au dossier. Vous me surveillez tout ça comme le lait sur le feu, sans débordement.

– C'est un ordre ?

– Vous en pensez quoi ? Je fonce Place Beauvau. Là-haut, cette histoire inquiète. Vous savez pourquoi...

Un blanc s'ensuit. Oui, elle est au courant que le premier flic de France est candidat à la mairie de la capitale au printemps prochain.

– Dernière chose, Le Peletier. Vous allez avoir la presse dans les pattes. C'est un bâton merdeux. Dites l'essentiel et évitez qu'elle publie n'importe quoi.

– Et je fais comment si...

– Ne faites pas la vierge effarouchée. Il ne manquerait plus que ça sorte et là, les portes de l'enfer s'ouvriront.

Consternée, elle hoche la tête quand il raccroche. Du Bosquet tout craché. Être le premier qui rapporte les détails aux huiles haut perchées dans l'organigramme de la police. Montrer que ses équipes agissent vite pour résoudre un crime. Toute affaire qui dore son blason auprès de la hiérarchie est la bienvenue. Stupide excroissance warholienne, pense-t-elle avant d'expulser un soupir bruyant pour libérer cette soudaine tension et repenser aux mots qu'il a utilisés, qui claquent comme les lanières d'un martinet : « bâton merdeux, sans état d'âme, démerdez-vous, vierge effarouchée ».

Elle retourne voir les gardiens qui surveillent l'entrée et leur demande de ne laisser entrer personne, sauf les habitants de l'immeuble. Chaque bleu acquiesce, le regard sérieux et inquiet. Ils se mettent en position de combat, les bras croisés pour deux d'entre eux et, pour les deux autres, la main posée sur l'arme.

19 h 30

On accède aux étages par un ascenseur étroit de style Art déco. Deux parois de la cabine sont en bois clair, les autres ont des miroirs fumés, incrustés dans le sens de la hauteur de chaque côté des boutons. Dans la montée, Le Peletier replace derrière son oreille une mèche qui tombait devant ses yeux. Au septième étage, deux portes, avec de larges paillassons de couleur marron et un liseré bordeaux, du plastique au sol. Charon est accroupie contre un mur, les coudes posés sur les genoux, une paire de gants et un masque dans la main, engoncée dans une combinaison blanche qui lui donne une allure de méduse. Son visage blême, ses sourcils froncés et ses traits creusés témoignent de quelqu'un qui sort d'une plongée dans l'horreur.

« Une œuvre pas belle à voir » danse dans l'esprit de Le Peletier sans qu'elle puisse mesurer à quel point ce qu'elle tente d'imaginer est éloigné de la réalité. À son tour, elle enfile la tenue réglementaire d'une scène de crime.

Au moment d'entrer, un flic au visage juvénile lui demande d'attendre, la police scientifique passe la lampe Polilight. Quand le disjoncteur est activé, Le Peletier tapote l'épaule du jeune policier, comme une mère, et grimpe deux marches en marbre gris.

Elle s'attend à un appartement haussmannien avec des moulures, des cheminées en marbre et un parquet ancien à cause de l'architecture extérieure de l'immeuble. En fait, il s'agit d'un loft, avec une immense pièce sans mur porteur, un parquet clair, de grandes poutres en métal noir traversant un plafond à cinq mètres de hauteur, agrémentées d'abat-jour de type industriel, une cuisine à l'américaine, sans appareil électroménager, avec des ampoules qui pendent au-dessus d'un îlot central en bois, dans un ton qui rappelle le sol. Au milieu de la pièce, un patio vitré et ouvert sur l'extérieur d'une vingtaine de mètres carrés cache un couloir. Sur la droite, un escalier métallique en colimaçon dessert l'étage, avec trois chambres dénuées de mobilier. Cinq fenêtres donnent sur un balcon en encorbellement, avec une rambarde en acier forgé, qui court le long de la façade.

Sur le visage des techniciens qu'elle salue, la même expression déconfite que Charon. Si de tels sentiments se révèlent, c'est que la scène dépasse l'entendement. L'odeur métallique de sang et les essences de peinture sont insoutenables. Ici, la mort a pris le dessus.

L'idée de foutre le camp effleure Le Peletier. Elle s'approche d'une zone éclairée par deux projecteurs, évite les repères jaunes en forme de chevron posés sur le sol et contourne des paravents, quand son visage se ride de plis de stupeur. La phrase de Charon prend son sens. C'est effectivement « une œuvre pas belle à voir ».

Celle d'un corps nu, assis sur une chaise en bois, mutilé à l'extrême.

D'ordinaire blindée dans sa carcasse de flic, Le Peletier est figée devant ce spectacle effroyable. Comment un être humain peut-il commettre l'horreur la plus absolue sur un corps dont Le Peletier devine que les minutes qui ont précédé son décès ont été atroces ?

L'appartement situé en face du 91 bis était une loge de prestige.

Comme à une représentation théâtrale.

Grâce à une paire de jumelles, aucun détail du spectacle ne m'échappa. La zone délimitée par un ruban POLICE NATIONALE, l'arrivée de flics venus faire les premières constat', de la scientifique et de la capitaine Le Peletier.

Avoir ce flic aux trousses signifie que ton travail est suffisamment dégueulasse pour que la hiérarchie policière n'envoie pas le dernier des crétins de la maison Poulaga. Là, tu vas affronter un as de la police.

19 h 55

– J'en ai vu, des trucs, mais ça, c'est à gerber.

Charon dicte sa première constat'. Elle n'apporte aucun début d'explication, sauf que cette sauvagerie la hantera longtemps. Elle enchaîne :

– L'individu de sexe masculin, la cinquantaine environ, a été découvert dans la position assise, entièrement dévêtu, le corps en partie couvert de sang, les chevilles et les poignets liés à la chaise par du plastique serrant. Il était placé devant une des cinq fenêtres de l'appartement, la seule ouverte à notre arrivée. Le type ne porte aucun signe distinctif. Dans le détail, ses oreilles ont été sectionnées sans être totalement découpées, et pendent dans le vide par un bout de peau. Ses yeux sont sortis des orbites et chaque orifice a été rempli par ce qui s'apparente à de la peinture. Du vert dans le trou de gauche et de l'orange dans celui de droite. Mélangés au sang, ça donne du jaune foncé d'un côté et du vermillon orangé de l'autre. Sur le ventre, une profonde entaille de trente centimètres environ, du haut vers le bas, commise par un objet tranchant que nous n'avons pas encore retrouvé. Le visage porte un hématome, causé par un objet métallique. Les doigts découpés au niveau de la deuxième phalange et nettoyés avec un produit à base d'ammoniaque, ont été recomposés dans l'ordre, pour reformer les mains devant ses pieds.

– Une idée sur l'heure du décès ?

– L'analyse du sang fait pencher pour un crime commis il y a deux heures d'après la Scientifique mais le légiste sera plus précis.

Le Peletier a envie de saisir les paumes pour décrypter une ligne de vie. Pour se retrouver dans cet état extrême de mutilation, cela doit être forcément gravé.

– On a son identité ?

– Pas de vêtements ni de papier d'identité. J'ai demandé une fouille des étages, du vide-ordures, des caves, des sous-sols, on ne sait jamais.

– Autant chercher une aiguille dans une botte de foin. Autre chose ?

– Oui, son sexe a été découpé et on ne l'a pas non plus retrouvé.

Le Peletier plante son regard dans celui de Charon. Une fraction de seconde, elle croit à une plaisanterie avant de résumer la scène.

– Donc, on a un cinquantenaire non identifié, à poil sur une chaise, des parties entières de son corps massacrées et volatilisées et la bite en moins. Des témoins ?

– Celui qui a découvert le corps, il vit en face. Il attend dans l'escalier. Je l'ai interrogé. Il venait de rentrer chez lui. Il était sur sa terrasse, il s'est penché et…

– La suite est devant nous. J'irai le voir tout à l'heure.

Comme pour attraper les termes de cette vision apocalyptique, Le Peletier martyrise ses lèvres avec son pouce et son index quand Bosquet l'appelle. Elle entend déjà ses hurlements de ne pas l'avoir tenu au courant comme il l'a demandé. Elle se contente d'un SMS factuel. « Je vous transmets un rapport dans quelques minutes. » Cela n'appelle pas de réponse. D'ailleurs, elle n'en reçoit pas.

Face à une énigme, Le Peletier ferme les yeux une seconde, puis les ouvre pour une durée équivalente, et ainsi de suite, jusqu'à ancrer des éléments dans son esprit. C'est son premier chef qui lui a appris cette manière de faire. Il estimait que les mouvements oculaires étaient la meilleure manière de figer un crime dans son jus et de contrer l'effet tunnel qui enferme les flics qui analysent une situation trop vite. Considérer la scène ainsi, c'est lui donner un sens différent. Elle choisit un angle, cligne des paupières. Avec un autre angle, même va-et-vient des paupières.

Les images mémorisées, elle déduit que le corps a été placé à un mètre environ d'une fenêtre ouverte pour qu'il soit découvert le plus vite possible. Elle conserve cette révélation convaincante avant d'interpeller Charon à propos de ce qui se situe à la gauche du cadavre. Le sourcil gauche arqué, la lieutenante balance qu'il s'agit d'un tableau. Si énoncer une évidence sur une scène criminelle est une technique de flic pour gérer la pression face à une telle barbarie, la tonalité de la réponse irrite Le Peletier. Elle recadre Charon pour la remettre à sa place, c'est-à-dire au cœur de l'enquête.

– Merci, je sais encore ce qu'est un tableau. Ce que je demande, c'est ce qu'il fout ici et s'il te dit quelque chose.

Habituée aux agacements chroniques de sa supérieure dans les débuts d'une enquête, Charon s'excuse sans chercher son indulgence et balance que la toile ressemble à un Van Gogh mais qu'elle ne l'a jamais vue, si c'est le sens de sa question.

Le tableau, aux couleurs jaune et verte, vives et chaudes, mesure une cinquantaine de centimètres de chaque côté. Au centre, un homme à l'apparence paysanne marche, protégé par un chapeau de paille, avec un carton à dessins sous le bras gauche, un panier dans la main droite et un sac sur le dos. Le personnage est en mouvement, suivi par son ombre. De chaque côté, des arbres. En arrière-plan, un champ puis un village. Le Peletier se penche à la recherche d'une signature, comme une connaisseuse, même si elle serait incapable de reconnaître le paraphe de l'auteur des *Tournesols*, et qu'il n'y en a pas.

– Cette affaire, c'est pour nous, reprend Charon.

– Je vais voir ça avec le procureur.

– Il vient ? C'est qu'on est sur du lourd. Raison de plus pour l'avoir.

– Je viens de te dire que je vois avec le procureur. Il est où, Samuel ?

– Je suis là. J'étais en haut.

Le Peletier fixe les priorités d'Avonne, trouver tout ce qu'il peut sur le type mutilé, et celles de Charon, faire des recherches sur la toile qui expliquent sa présence ici.

– Bon, on laisse la Scientifique décortiquer cette boucherie.

Un crime marque à jamais d'une empreinte indélébile le lieu où il a été commis et le rend invendable. Ce loft en fait les frais. La folie humaine ne permet plus de se projeter dans son état originel et les policiers s'efforcent de dépasser cette monstruosité pour se concentrer sur la recherche de la vérité.

À nouveau, Le Peletier photographie la pièce à sa façon pour saisir ce qui lui échappe et modifier ses premières impressions. Fermeture des yeux. Ouverture. Fermeture. Ouverture.

Elle exclut évidemment le fait d'un délinquant venu visiter un appartement inoccupé. En revanche, elle estime qu'un lieu vide est idéal pour mener une transaction. Une intuition cohérente avec la présence du tableau, mais qu'elle garde en réserve, la jugeant incomplète. Elle remarque alors un détail qui lui a échappé. Les genoux au sol et les mains en avant, elle scrute les lames de parquet autour du corps mutilé. Avec un œil mi-clos qui se veut microscope, elle confirme qu'il n'y a quasiment pas de sang sur les lattes et dans les rainures alors que le corps de la victime en est couvert. Cela signifie que le plancher a été protégé par une bâche. Ces intuitions en tête, elle se dirige vers le balcon. Ce soir, le ciel est sans étoiles.

Au loin, les toits en zinc brillent sous la lune. Devant elle, à cinquante mètres environ, un immeuble haussmannien et une terrasse éclairée, avec des arbres et un parasol ouvert, au dernier étage. Elle sort un briquet de sa poche et une Camel. Dans les moments durs, elle arrache le filtre, puis enferme la flamme dans sa main gauche. La fumée envahit son visage avant de se dissiper dans l'atmosphère de la nuit.

En appui contre la rambarde, elle rassemble les mots de cette affaire : corps mutilé, tableau, crime commis sur place, sol bâché, pas d'objets, de vêtements, d'indice apparent, une volonté que ce crime soit vite remarqué. C'est désordonné mais synthétique.

Elle réfléchit à des affaires similaires qu'elle aurait traitées. Elle pense à ce bébé retrouvé découpé en partie dans son berceau il y a cinq ans. Le père a vite avoué son acte. Il y a aussi cette femme aux seins arrachés qui pendaient dans le vide ou ce vieillard au sexe découpé et coincé dans sa bouche. Mais cela ne l'aide pas et elle se penche par-dessus le garde-corps pour saisir les habitudes de vie du quartier, celles auxquelles personne ne prête attention. Dans une affaire criminelle, elles ont leur importance. Parfois, elles révèlent un indice. Plus encore la nuit. À cette hauteur, le carrefour s'illumine du halo bleuté des gyrophares de véhicules de police. On devine des ombres attirées par l'étrange et le sensationnel. Être la personne qui sait parce qu'elle y était. La concentration policière attire toujours ce public affamé d'histoires à raconter.

Elle remarque alors un point lumineux dans un logement situé en face et plongé dans le noir. Elle se frotte les yeux et ne le voit plus. Elle le met sur le compte de la fatigue qui la grignote après quinze heures de boulot dans les pattes.

Un œil sur le ciel. Ça l'apaise. Voir du noir est un sédatif qui fait du bien.

21 h 15

– Lieutenant, vous m'avez bien dit tout à l'heure que l'appartement était éclairé à votre arrivée et que cette fenêtre n'était pas fermée ?

Cette tessiture vocale grave, même modifiée par un masque chirurgical couvrant la bouche, à laquelle Charon répond un double « oui », est celle de Patrick Berteau. Avec une barbe bien taillée, des cheveux noirs en brosse, une monture de lunettes épaisse, le chef de la police technique et scientifique a un teint livide, proche de celui des cadavres qu'il épluche.

– On note vingt-deux degrés sept, même s'il n'y a plus de différence avec l'extérieur. Bien, passons aux taches de sang.

Berteau plie sa carcasse enveloppée dans sa combinaison blanche à deux mètres de la chaise du corps. Il pose un genou au sol, puis l'autre, avant de placer ses mains gantées devant lui. À quatre pattes, dans une attitude qui rappelle celle d'un animal fatigué, il avance millimètre par millimètre, s'attarde sur certaines zones à l'aide d'une loupe, qu'il abandonne pour diffuser un produit sur d'autres. Puis, il passe au mur souillé. Il y mesure certaines taches avec une règle métallique et en gratte d'autres sur un support en papier. Ensuite, il prend du recul, penche sa tête dans les deux sens, comme pour se soulager d'un torticolis naissant, et prend des mesures avec un appareil électronique qui projette un point orange. Il revient vers le cadavre, repart vers le mur et mesure la distance entre les deux.

– Y a un truc qui ne colle pas.

Le Peletier l'interroge du regard et attend la suite.

– Quand on regarde le sang projeté sur le mur, du bas vers le haut, les gouttes ont une forme d'ellipse et s'allongent dans la direction opposée à sa source. De plus, la recherche au Bluestar n'a pas détecté de sang sur le sol. Donc, le meurtrier a commis ici les mutilations sur un sol bâché, il a déplacé la chaise vers la fenêtre et retiré la protection. De toute façon, avec la vitrification du parquet, il y aurait des marques. Or, il n'y en a pas. Regarde, si je fais glisser les pieds de ce projecteur, une légère marque apparaît. Alors, imagine les traces d'une chaise avec un type costaud dessus.

– Conclusion ?

– Tu fous les pieds dans une enquête biscornue.

La capitaine invite le procédurier à photographier la victime sous différents angles. Plusieurs prises d'un même point pour déceler, plus tard, le détail qui n'aura pas été repéré durant l'analyse des lieux. Elle demande également à une collègue de reproduire le plan des lieux sur une planche à dessin. Un croquis utile pour la suite de l'enquête et pour se retrouver dans la scène, des mois après. Son travail fini, Le Peletier jette un œil par-dessus son épaule. Ce qu'elle découvre est criant de vérité. Aucun détail de l'horreur singulière dans laquelle elle baigne depuis plus de deux heures n'a été oublié.

Le Peletier est venue sur le balcon il y a quelques secondes. Je suis presque certain qu'elle m'a repérée la photographier avec mon téléphone. Un œil sur la montre. 21 h 40. Dans mon sac porté en bandoulière, je perçois le sachet en plastique qui enferme le couteau, une lame de vingt centimètres, affûtée comme un rasoir, et la housse en plastique utilisée sous la chaise. Cette nuit, je la jetterai dans un container.

Là, je passe en revue ma mise en scène en me concentrant sur le négatif. Abandonner le tableau, malgré l'insistance du commanditaire, n'est pas une faute. Avec le sang projeté sur le mur et la toile sur le chevalet, ça a de la gueule.

Quand on parle du loup… Comme l'histoire de la toile n'est pas importante, je n'en parle pas. Au téléphone, il répond par oui ou non, pose rarement des questions et se satisfait des réponses. Il m'a remis le code d'une consigne et la gare parisienne où elle se situe. C'est là que se trouve l'enveloppe qui rémunère mon travail. Paris compte sept gares. Cette fois, je dois me rendre à Saint-Lazare.

Au moment de raccrocher, le commanditaire demande si je suis prêt pour une autre mission.

Face au 91 bis, avec une paire de jumelles, j'épie les flics qui se remuent dans tous les sens pour comprendre mon scénario. Scruter leurs gestes et détailler les séquences techniques qu'ils effectuent dans leurs combinaisons sous la puissance de projecteurs m'amuse. Tiens, le patron de la Scientifique attrape un doigt. Tous cherchent à comprendre ce que j'ai imaginé en trois jours, au regard de deux exigences du commanditaire : d'abord, commettre un crime sur les terres électorales du ministre de l'Intérieur et en faire parler. J'ai prévenu quelques journalistes, histoire que cela ne passe pas à la trappe des faits divers sans importance. Ensuite, que le meurtre soit spectaculaire. Découper des phalanges, des oreilles, et ouvrir une poitrine répondent à cette requête. Mon plaisir fut le tatouage. Assez facile, j'ai été tatoueur plus jeune, dans le sud de la France.

21 h 45

Une chaleur plombe la scène, quand un personnage-clé entre, le procureur Philippe Monceau. Trente-six ans, un mètre quatre-vingt-dix, cintré dans un costume noir aperçu dans un catalogue Hugo Boss, et un cerveau qui turbine à deux cents à l'heure, Monceau a un profil prisé par les médias. Au Palais, il est une menace pour les postes les plus convoités.

– Bonsoir monsieur le procureur, dit Berteau, ça se passe derrière les paravents. Je vous préviens, ce n'est pas beau à voir.

Monceau ne s'attend pas à grand-chose à vrai dire, vu qu'il n'a aucun détail de ce qu'il s'apprête à découvrir. Il contourne le rempart éclairé par deux projecteurs.

Les traits de son visage témoignent qu'il se prend en pleine gueule le spectacle apocalyptique. Il plaque sa main sur sa bouche pour retenir sa parole. À moins que cela ne soit son repas qui cherche à se faire la malle dans l'affolement qui parcourt son corps. Il devine déjà le cauchemar qui va le hanter durant des jours. Durement. Péniblement.

Sur le coup, Le Peletier se dit que l'école de la magistrature prépare à se servir des Codes pour juger mais jamais à encaisser un corps mutilé de la sorte.

– Comment peut-on faire une chose pareille ? demande-t-il sur un ton flottant, en quête d'une explication rassurante, avant de s'interrompre et de fixer encore la scène. Vous rendez-vous compte de ce que ça… Je… Ce sont des méthodes de… Ça…

Le pronom se répète sans qu'une phrase claire soit prononcée. L'expression du trouble qui s'installe dans sa conscience équilibrée. Sa perte de repères est partagée. Le Peletier intervient :

– Je souhaite que mon groupe soit saisi de cette affaire. On a fait les constat' de départ. Et les autres groupes sont pris sur des homicides complexes.

– Mais cette affaire est complexe, capitaine.

– Bien sûr mais on va y arriver, vous pouvez nous faire confiance.

Monceau martyrise sa nuque avec sa main droite avant de pincer ses lèvres, qu'il mordille comme pour marquer son hésitation. Le Peletier ne lâche pas :

– Vous le savez comme moi, on va vous demander des comptes. Ça va être des coups de pression en permanence. La presse, la hiérarchie. On est bons, vous savez.

– C'est d'accord, je vous charge de l'enquête. Votre délai de flagrance commence à cette heure. On est en plein article 53 du Code de procédure pénale.

Se voir confier une enquête de flagrance, c'est l'assurance de bénéficier de huit jours pour mener toute investigation sans en référer à quiconque, avec des droits étendus et aucune obligation.

Le Peletier le remercie et lance un clin d'œil à Charon.

– Capitaine, ne lâchez pas vos efforts. Il faut produire le plus d'effets maintenant pour recueillir le maximum d'informations et d'indices. Dites-m'en un peu plus.

Le Peletier récite la chronologie de la soirée comme elle a pu la recoller. Elle accentue son propos sur la victime. Plus elle raconte, plus le visage du magistrat blêmit. Mettre des mots sur la scène qui est sous ses yeux le plonge un peu plus dans les abîmes. Il se passe la main dans les cheveux, fait quelques pas circulaires à proximité du cadavre.

– De l'horreur, j'en ai vu dans ma carrière mais là… Comment dire… Qui est capable de faire une chose pareille ? Qui ?

Dans sa bouche, c'est une question que tout quidam prononcerait dans de telles circonstances. Il demande si on connaît l'identité de la victime.

– Il n'a aucun papier sur lui, répond Charon.

– Qui l'a découvert ?

– Un voisin. Il l'a aperçu depuis sa terrasse. Il a prévenu le commissariat du quartier, qui a fait remonter l'info à l'état-major.

– Quel âge ?

– Le témoin ?

– Non, la victime.

– Au regard de sa poitrine flétrie et des varices apparentes sur ses jambes, on suppose qu'il a entre cinquante et soixante ans. Mais l'autopsie nous en dira plus.

Le portable de Le Peletier vibre alors même qu'elle s'intrigue d'une forme couverte de sang sur l'avant-bras droit de la victime. Elle ne prend pas Bosquet au téléphone et interpelle Berteau qui nettoie la zone nettoyée au sérum. Le tatouage d'une plante, avec une tige cylindrique et des feuilles qui s'apparentent à des épines, apparaît.

– Les contours de ce tatouage sont encore saignants, dit Berteau. Regardez, là, ça déborde. Pour moi, il a été fait il y a peu de temps.

Le Peletier examine les traits désignés qui ne sont effectivement pas nets. Elle et le procédurier prennent des clichés. Par réflexe, Charon pose sa main sur sa nuque ; son tatouage représente le symbole de l'infini.

– Tiens, regarde, dit Berteau, en pointant l'intérieur de l'avant-bras de la victime. Une chéloïde cicatricielle boursouflée de cinq centimètres, avec sept points de suture distincts, qui a trois à quatre mois d'ancienneté.

Le Peletier affiche un rictus. Le premier de la soirée. Voilà le genre de marque qui peut mener à l'identité de la victime. Elle prend un cliché et l'envoie en pièce jointe.

Toujours à genoux, Berteau s'intéresse aux doigts découpés. Le Peletier est dégoûtée de le voir attraper un index. Mais, lorsqu'elle lui en fait la remarque, il rétorque qu'il n'y a rien de répugnant à manipuler une partie d'un corps mort qui raconte plus d'histoires qu'on ne l'imagine. Sur l'ongle, des restes de peinture qui correspondent aux coloris de la toile.

– Tu m'envoies ton rapport, dit Le Peletier à Berteau quand Monceau la saisit par le bras.

– Capitaine, j'ai l'impression que nous avons affaire à un tueur en série.

– Allons en parler dans un endroit plus calme, avec mon équipe.

Ils se réunissent dans la salle de bains du loft, en travaux. La baignoire n'est pas raccordée au réseau d'eau, les murs sont carrelés dans une faïence identique à celle du métro et deux ampoules autour d'un large miroir pendent par des fils au-dessus d'une vasque. Un tournevis et un marteau sont posés sur le bord du lavabo. Le Peletier appelle un type de la Scientifique qui les embarque dans un sachet en plastique pour les analyser. Monceau prend la parole et s'interroge sur l'absence de Bosquet. Le Peletier répond qu'il est place Beauvau. La mimique de Monceau ne trompe pas sur ce qu'il en pense et il enchaîne :

– Il m'est inutile d'insister mais on attend de vous des résultats et ils doivent tomber vite. Je ne vais pas vous apprendre qu'on ne vous fera pas de cadeaux dans cette affaire. Avec la cicatrice, on peut arriver rapidement à trouver l'identité de la victime. Pour le mobile de ce crime abject, je disais que ça sent le tueur en série à plein nez.

Bien que le procureur soit d'ordinaire pertinent dans ses analyses, Le Peletier ne croit pas à cette piste. Avonne et Charon la regardent d'un air qui traduit le même sentiment. En revanche, elle n'aime pas les sous-entendus du procureur. « On attend de vous des résultats. On ne vous fera pas de cadeaux. » Ces « on » sont un pétard prêt à exploser à la moindre étincelle. Ils désignent la hiérarchie, qui ne soutiendra personne si ça tourne mal, les politiques qui vont dégainer l'artillerie lourde du projet de loi sécuritaire, les médias qui laisseront causer des experts qui formuleront des analyses à charge et l'opinion qui s'érigera en procureur malveillant et condamnera tout le monde.

Pour éviter de se retrouver au cœur de la mutinerie, elle désigne de la tête Avonne pour avoir son avis. Les bras croisés, il écarte sans protocole la piste émise par Monceau. Il estime que c'est l'œuvre d'un cinglé qui a agi en connaissance de cause, sans rien laisser au hasard, et qui a mis en scène son crime avec beaucoup de minutie.

– Pardon ? Tu peux détailler ?

Cette agressivité verbale émane de Charon. Avonne la fixe les yeux grands ouverts. Dépité, Monceau jette un regard à Le Peletier, sans prendre la moindre initiative orale, estimant que c'est à elle d'intervenir. Mais la capitaine garde le silence. Sans se laisser impressionner, le lieutenant complète son analyse, en disant qu'un tableau à côté d'un corps mutilé devant une fenêtre ouverte ne s'improvise pas et qu'il s'agit d'une mise en scène.

– Mais là, tu n'apportes rien de concret au constat que nous avons tous fait.

Avonne fixe Charon, l'index tendu devant son visage.

– Attends, on me demande mon avis, je le donne. Notre boulot est d'imaginer des pistes, de les confronter, quitte à les défaire et à les abandonner.

– Notre boulot ? répond Charon, les yeux légèrement plissés. Le mien n'est pas d'imaginer des pistes, comme tu dis, mais de les chercher.

Avonne tape ses mains l'une contre l'autre, puis les lève au ciel. Furieuse, Le Peletier dresse sa main droite en l'air.

– Ça suffit ! Vous vous croyez où ? On a un crime sur les bras et nous n'avons pas l'once d'un bout de piste. Nous sommes une équipe. Alors, on s'écoute.

Tout le monde se regarde. Le Peletier enchaîne :

– Tu as raison de penser à une mise en scène. Elle se déduit de la position du corps, de la toile placée sur le côté, de la fenêtre ouverte, des mutilations méticuleuses. Et toi aussi, Charon, tu as raison de rappeler qu'on ne fonce pas tête baissée, au risque de pourrir la suite des investigations et de passer à côté de quelque chose de déterminant. Mais on s'écoute et il nous faut comprendre quoi, pourquoi, qui.

Dans son dos, Charon serre les doigts. Ils craquent comme s'ils se brisaient en plusieurs morceaux. Avonne fixe le carrelage du sol. Il regrette son emportement. Il a réagi sans réfléchir. Monceau, lui, quitte la pièce, s'excusant d'un geste de la main, pour prendre un appel.

– Avonne, tu interroges le voisinage. Tu récoltes des renseignements et tu restes discret. Pas de vagues. Tu me cherches aussi le proprio de cet appartement et tu récupères les bandes-vidéo de surveillance de la rue. Prépare les requises pour les caméras installées sur l'échafaudage, il nous les faut, vite. Et toi, Charon, tu me trouves des infos sur la toile mais avant, j'ai à te parler.

La porte de la salle de bains fermée, Le Peletier fixe Charon.

– C'est la dernière fois que tu balances des constat' du genre « une œuvre pas belle à voir ».

– Faut l'assimiler, cette horreur, avant d'en parler. Ça m'est venu en premier.

– Tu oublies que je dois rendre des comptes à des gens placés au-dessus de nous et les renseignements doivent être les plus complets possible dès le début.

– Je ne pensais pas que cette phrase te mettrait dans cet état. C'est bon ?

– Non, c'est pas bon. Tu ne peux pas non plus avoir un tel comportement. Tu n'as pas à parler comme ça à Avonne. Surtout devant le proc.

L'orgueil qu'affiche Charon étouffe le sentiment de compassion attendu.

– Monceau ? Mais son histoire de tueur en série n'est pas crédible. S'il ne supporte pas la vue d'un cadavre, qu'il change de job.

– Tu oublies un peu que, toi aussi, tu as mal supporté ce corps mutilé à ton arrivée.

Touchée dans le mille, mais seulement quelques secondes. Elle se reprend et assure ne pas imaginer un tueur en série mutiler de la sorte, venir avec un tableau sous le bras, prendre son temps pour tatouer et nettoyer la scène.

– C'est quand même agréable quand tu t'exprimes dans le calme.

– Toi, tu me parles de calme alors que t'es sur la défensive, avec une capacité à envoyer bouler tout le monde dès que tu prends une enquête, je trouve ça déplacé.

– Si je suis comme ça, c'est que… J'ai frappé un gardé à vue cet après-midi.

– Merde…

– Le type répondait que des « je fais appel à mon droit au silence ». Ça m'a agacée, je l'ai amoché en lui claquant le visage sur le bureau.

– Des témoins ?

– Non. Laplace était sorti chercher un verre d'eau et j'essayais de mettre le mec en confiance. Il répondait des bruits coincés dans ses dents. Je suis allée dans son dos, et là, bing, j'ai dérapé. Quand Laplace est revenu, il a compris.

– Attends, y avait pas d'avocat ?

– Non, il l'a refusé.

– Donc, c'est sa parole contre la tienne ?

Le Peletier la regarde.

– Y a qu'à dire qu'il est tombé en avant à cause de… je ne sais pas… d'une crise d'hypoglycémie ou de la chaleur. C'est bien ça, la chaleur, si un avis médical est demandé, cela ne se verra pas. Bosquet est au courant ?

Le Peletier fait un signe négatif de la tête.

– Ne dis rien avant qu'on se cale. Là, je file choper des infos sur la toile. Je t'appelle dès que j'ai un truc. Et toi, n'oublie pas d'aller voir le témoin.

Au moment de quitter la salle de bains, Charon lâche un sourire timide et sincère. Sa façon de remercier Le Peletier.

Dans le couloir, elle foudroie du regard les techniciens, prête à bondir sur le premier qui l'ouvre. Comme c'est clair sur son visage, ils poursuivent leurs recherches.

Les mains gantées, elle saisit la toile avec délicatesse et la contemple de près. La retourne. La renifle à certains endroits. La repose sur le support de bois. Avec un mètre déroulant, elle note quarante-huit centimètres de hauteur et quarante-quatre centimètres de largeur. Ensuite, elle prend plusieurs clichés avec son téléphone. Elle contacte l'état-major pour embarquer la toile. Elle précise l'adresse, l'étage et l'urgence. Un appel à une heure pareille est considéré comme prioritaire. Le permanencier indique que l'équipe arrive dans une vingtaine de minutes.

22 h 45

Pierre Courcelles patiente assis dans la cage d'escalier de l'immeuble. En appui contre le chambranle de la porte, Le Peletier détaille ce trentenaire, sa barbe de trois jours, ses Nike et sa chemise blanche ouverte sur deux boutons en haut, avec les manches retroussées. Ses yeux ripent vers le bleu qui le surveille et elle lui fait signe d'aller faire un tour.

– Bonsoir, capitaine Le Peletier, en charge de cette enquête. J'ai des questions à vous poser. Je ne serai pas longue, je vous le promets. Drôle de journée !

Phrase à la con, pense-t-elle, en s'asseyant. Comment peut-elle l'être avec la découverte d'un cadavre sous ses fenêtres ? C'est l'événement même qui percute la mémoire et devient une marque indélébile qui fracasse une vie à jamais. Pour Le Peletier, cette merde, elle vit avec depuis quinze ans. Elle a appris à contrer ce qui peut conduire vers la folie, même si elle ne sort jamais indemne des enquêtes, qui la grignotent à petit feu.

Courcelles quitte le point imaginaire qu'il fixe. Il dit avoir tout raconté, être fatigué et vouloir rentrer. Le Peletier souligne l'importance de lui relater ce qu'il a vu.

– Je m'appelle Pierre Courcelles, j'ai trente-deux ans. Je suis agent immobilier. Je vis dans le quartier depuis un an, en face, au septième étage, dans un appartement hérité de mes parents, décédés dans un accident de la route. Mon père n'a pas pu éviter un camion qui se déportait sur sa voie dans un virage.

– Je suis désolée pour vous. Comment avez-vous découvert le corps ?

Courcelles se répète. Ce qu'il dit sort de manière assez mécanique.

– Je suis rentré chez moi un peu plus tôt que d'habitude.

– Il était quelle heure ?

– 18 heures, peut-être 18 h 30, je n'ai pas regardé. Je me souviens qu'il faisait encore chaud et je suis allé sur ma terrasse avec un verre. On la voit d'ici, d'après ce que m'a dit votre collègue.

Le Peletier se souvient l'avoir vue éclairée quand elle est allée sur le balcon.

– J'ai une vue époustouflante sur les immeubles posés çà et là, qui offrent la vision d'un bric-à-brac de structures en pierres de caractère, d'édifices identifiables ou anonymes. Moi, ça me fait toujours frissonner. J'ai été ramené à la réalité par le bruit de sirènes. Une escorte de la gendarmerie qui encadrait deux véhicules de la Banque de France. Le convoi roulait à vive allure. Des militaires juchés sur des motos sifflaient à tue-tête pour dégager le passage et d'autres étaient dans des véhicules, la porte coulissante ouverte, une main sur le pistolet-mitrailleur. Ils ont disparu dans une artère perpendiculaire. C'est à cet instant que je suis tombé sur la fenêtre de cet appartement.

Courcelles montre la porte qui fait face. Ce qu'il débite jusqu'alors ne trouve plus le chemin de la spontanéité. Il s'essuie le nez sur son avant-bras.

– Je ne sais pas comment dire ça.

– Dites-le avec vos mots.

– D'abord, j'ai vu la fenêtre ouverte et un individu assis sur une chaise. Ensuite, sa tête. Elle était statique, penchée vers le bas, comme si ses yeux fixaient quelque chose. Sans trop savoir pourquoi, j'ai pensé qu'il lisait. Puis, du rouge partout sur sa poitrine. Là, j'ai pensé à un meurtre. Allez savoir pourquoi mais c'est ce qui m'est venu sur le moment. De ma place, j'estimais être une cible. C'est con mais en voyant ce type couvert de sang, je pensais être dans la ligne de mire d'un tueur embusqué quelque part. J'ai scruté l'espace. Mes jambes se sont mises à trembler. Je me suis agrippé à la rambarde pour ne pas m'écrouler. J'avais l'impression que la terrasse se dérobait sous mes pieds et de m'enfoncer dans du ciment frais. Mon regard a croisé à nouveau l'individu et j'ai étouffé un renvoi, avant de prononcer des « là », comme pour désigner ce que je voyais à quelqu'un.

Courcelles s'interrompt et renifle deux fois d'affilée avant de reprendre.

– Mais j'étais seul. Dans ma bouche, un goût de bile. Et mon pouls s'accélérait sans jamais se calmer. Mon cœur tapait si fort qu'il menaçait de me transpercer la cage thoracique. La peur garrottait mon ventre.

– Il était quelle heure quand vous avez vu le corps ?

– Vos collègues doivent avoir l'heure, je les ai appelés aussitôt. C'est bientôt fini ?

– J'ai encore une ou deux questions et ensuite je vous laisse. Quand vous avez aperçu le corps, avez-vous vu quelque chose d'étrange autour ?

– Apercevoir un corps maculé de sang est quelque chose d'étrange (Le Peletier mesure encore la bêtise de sa question) mais je n'ai vu personne à l'intérieur, si cela répond à votre question. Je me souviens que seule la fenêtre de gauche était ouverte, celle devant laquelle était placé le corps. Les autres étaient fermées.

– Et dans la rue ?

– Je n'ai pas pensé à regarder par-dessus la balustrade, désolé. Je peux y aller ?

Le Peletier lui demande de se tenir à la disposition de la police. Elle donne son numéro si un élément, même anodin, lui revient. Il la quitte sans qu'elle trouve les mots appropriés pour le rassurer et le sortir de son traumatisme.

Dans le loft, Le Peletier considère la victime. Même la lumière des halogènes ne l'épargne pas. La capitaine jette un regard sur la toile prête à partir. Sa beauté, Monceau dit vrai, ajoute une énigme à la bande-annonce de cette enquête dont le scénario leur échappe à cette heure de la nuit. Ça agace Le Peletier, qui tord un trombone dans tous les sens, le casse en deux et fourre les morceaux dans une poche de sa veste lorsque son portable vibre. Laplace.

« Besoin de te joindre de toute urgence. »

Ses premières paroles sont embrouillées. Elle croit d'abord à une absence de réseau. Laplace bafouille. Jamais elle ne l'a entendu s'exprimer ainsi. Il s'excuse. Écorche encore sa parole et finit par lâcher que Goncourt a été relâché.

– Qui a pris cette décision ?

– Pas moi. Elle… Elle est venue de plus haut.

– Mais putain, qui peut s'intéresser à un type qui deale du crack ?

– Simon Goncourt est le fils de Pierre Goncourt.

– Je me doute que ce petit con a un géniteur.

– Pierre Goncourt est député.

En appui contre un mur, Le Peletier manque de perdre l'équilibre quand Laplace retrace la biographie du parlementaire : rapporteur général du budget du ministère de l'Intérieur à l'Assemblée nationale, membre de la majorité présidentielle et service militaire effectué avec l'actuel ministre de l'Intérieur. À l'énoncé de ce dernier détail, les jambes de Le Peletier se mettent à flageoler comme des bambous en mouvement sous la contrainte du vent.

– Et merde !

Laplace décline la suite des événements de la soirée.

– Bosquet a débarqué vers 20 heures, flanqué du chef de cabinet du ministre. Ils ont discuté dans le couloir. Je n'entendais pas mais Bosquet se prenait un savon de première classe. Ensuite, le chef de cabinet a passé un appel, Bosquet était avec Goncourt et ils sont tous repartis. Je vous passe les détails quand le taulier est remonté.

Le Peletier le remercie de l'épargner des mots dont elle a une vague idée. Tout lui revient. Bosquet a cherché à la joindre à plusieurs reprises. Ce n'était pas pour avoir des infos sur l'enquête mais pour lui parler de Goncourt.

– Ensuite, le taulier a quitté le bureau vers 20 h 30, son portable à l'oreille. Tu sais, j'ai pas eu le choix. Je ne pouvais pas m'opposer à…

– Et t'as vraiment rien capté de leur échange ?

– Non, rien, sauf qu'ils ont parlé d'un vice de procédure. Et il n'a pas évoqué son saignement du nez, si c'est à cela que vous pensiez.

– Je ne pensais pas à ça.

J'ôte ma cagoule et la combinaison intégrale, que je fourre dans mon sac. En costume, je fixe le bouton du haut de la veste, cousu avec un fil rouge. En passant devant un miroir, je me recoiffe avec les doigts. Un dernier coup d'œil vers l'appartement d'en face. Toutes les fenêtres sont occultées par un plastique noir.

Je pose une oreille contre le bois de la porte. La voie est libre. Je sors, j'emprunte l'escalier plutôt que l'ascenseur. Il est presque minuit. Je rejoins le monde massé devant le 91 bis. À trois mètres du périmètre de sécurité, j'inspire et expire avec calme. Deux ou trois coups de sifflet. Un fourgon noir s'apprête à quitter la rue. Trois hommes en civil discutent avec des bleus.

À cet instant, je suis pris d'éternuements. En plaçant une main devant la bouche, je remarque que j'ai mes gants. Je jurerais les avoir enlevés avant de descendre, trompé par leur qualité, qui se confond avec le toucher de la peau.

Une jeune femme apparaît sur le trottoir et regarde la foule, avec un œil de flic. Je mémorise son visage. Elle porte quelque chose que tout le monde ignore.

Moi, non.

MERCREDI

00 h 05

Charon pose ses mains sur le volant. Elle ferme les yeux, inspire, bloque l'air et expire avec lenteur. Elle recommence trois fois et démarre. Dans la forme serpentine de la rue Caulaincourt, l'anxiété ne la quitte pas. À cause de ce corps mutilé, le quatrième depuis son entrée au 36, mais le premier aussi atroce ? De sa phrase « une œuvre pas belle à voir » alors qu'elle aurait dû être plus précise quand Avonne lui a demandé des éléments par téléphone ? Elle savait qu'il la répéterait à Le Peletier et que ça ne lui plairait pas. Questions débiles. Ce qui ne lui a pas plu est que la capitaine demande à Avonne son avis dans la salle de bains et non à elle qui était la première sur place.

Si les premiers éléments laissent penser que cette affaire est insoluble, Charon perçoit les choses autrement, grâce au tableau. Elle suppose qu'il lui donne une longueur d'avance. Encore faut-il la conserver. Elle s'y accroche, grâce à un détail qu'elle s'est gardée d'évoquer pour éviter que le groupe fonce dans une impasse. Toujours ce principe de ne se fier qu'à son instinct sans rien dire, tant que rien ne se confirme.

Sur le pont qui surplombe le cimetière de Montmartre, des jeunes dansent sur la voie publique. Place de Clichy, autre ambiance. Ici, le public est enclin à franchir les limites du raisonnable et la zone brille de ses néons colorés. Charon en détaille les recoins, avec l'œil du flic attentif. Elle enchaîne par la rue d'Amsterdam, la rue Auber et attaque l'avenue de l'Opéra. Elle se souvient de sa première traversée de Paris, toutes sirènes hurlantes. L'impression d'avancer à tombeau ouvert. À force d'interventions, elle n'y accorde désormais plus aucune attention. Sur le quai François-Mitterrand, elle double un camion et se rabat. Coups d'appels de phare. Elle plaque le gyrophare sur le toit et actionne le deux-tons. Le routier tourne à la première rue rencontrée.

Les locaux du groupe sont installés dans le logement de fonction du gardien du Quai des Orfèvres, inoccupé depuis que le dernier titulaire n'a pas été remplacé. Trois pièces en enfilade sans lino jaunâtre, ni faux plafonds, ni murs gris mais du parquet et une cheminée ancienne Napoléon III en marbre, sur laquelle s'empilent des procédures en cours. La première pièce, partagée par Charon et Avonne, est mansardée avec un velux. Trois autres collègues occupent le deuxième espace et, dans le fond, l'ancien salon avec fenêtre sur rue est réservé à Le Peletier.

Dans la cage d'escalier éclairée par la lune, Charon sent son corps se raidir quand elle croit reconnaître la voix familière d'une huile de la maison. Par-dessus la rambarde, elle scrute le haut et le bas. Personne. Elle évite le niveau de la direction. Elle n'a pas envie de croiser le permanencier cravaté. Ce sont toujours des hommes. Jamais elle n'a eu affaire à une femme lors d'appels d'urgence.

À son étage, elle ne prend pas la peine de discuter avec les membres d'un autre groupe, occupés par un crime commis dans le Xe arrondissement. À son passage, elle en capte l'essentiel, mais ce n'est pas son affaire et c'est une perte de temps de s'y intéresser. Elle n'a pas non plus envie de déballer le bordel qui s'agglutine dans sa tête. Elle claque la porte du bureau, baisse les lamelles métalliques des stores vénitiens du mur vitré pour obscurcir l'espace et scrute la pièce. Ce besoin de s'accrocher à du rassurant pour mettre de l'ordre dans sa tête.

Par le velux entrouvert, des rayons lunaires caressent une partie du bureau d'Avonne. Du vent fait voler des papiers, qu'elle ramasse à la va-vite avant de tomber sur un paquet de Marlboro. Fumer ? L'interdiction dans les lieux de travail est posée depuis 2007. Mais qui pour le lui reprocher, dans cet espace protégé de tout regard ? Elle sort une cigarette.

La roule entre ses doigts. En sent le tabac. La nicotine distillée à petites doses dans les nerfs, ce n'est pas pour maintenant.

Elle la range et s'installe à son bureau. Dessus, des procédures en pagaille. Elle seule peut retrouver un PV nécessaire à une enquête. Sur le haut, le dossier d'un épicier tabassé à deux heures du matin. Dix-huit jours d'incapacité totale de travail pour trois cents euros dérobés dans sa caisse.

Dans les mains de Charon, un tableau, un appartement vide, un cadavre mutilé : des cartes qu'elle doit abattre vite pour remporter la mise. Sauf que pour le moment, elle ne pige pas le jeu de son adversaire.

Les bras en l'air, qu'elle tire en arrière pour former une croix qui fait craquer des parties de son corps, le point ressenti dans le bas du dos la taquine.

Déjà trente minutes de perdues depuis son départ de la rue Caulaincourt.

Elle rallume l'ordinateur en veille. Quatre-vingt-dix-sept millions d'occurrences trouvées sur *Van Gogh* dans l'explorateur Internet en une demi-seconde à peine. Des généralités sur la fondation Van Gogh, la maison de Van Gogh à Arles, Van Gogh dans le Larousse… Sans intérêt. Dans *Images*, cinq ou six tableaux par ligne. Il y a la même toile dans des tailles et des tons différents, des couvertures de livres sur le peintre, des affiches d'expositions passées.

Mais rien qui correspond au tableau retrouvé ce soir à côté de la victime.

Elle associe *homme, chapeau, Van Gogh*. De nouvelles images défilent jusqu'à la dix-huitième ligne. En deuxième position, un homme avec un chapeau de paille marche, du matériel de peintre sous le bras et un sac sur le dos, entre deux arbres. En arrière-plan, un champ jaune et vert et, dans le fond, un village. Le lien explique que la toile, peinte en 1888, s'appelle *Le Peintre sur la route de Tarascon*. Ses mesures, quarante-quatre centimètres sur quarante-huit, correspondent à celles relevées rue Caulaincourt. En réalité, Van Gogh s'est peint sur la route d'Arles à Tarascon, jouant avec son ombre, pour la mettre en mouvement, et avec son regard, tourné vers la personne qui regarde la toile. L'original a été brûlé ou détruit durant la Seconde Guerre mondiale, sans doute le 12 avril 1945.

Ce point confirme que le tableau n'a pas été dérobé dans un musée, les journaux en auraient parlé compte tenu de son auteur. Non, celui trouvé ce soir est un faux et le mutilé en est l'auteur, à en croire les traces de peinture trouvées sous ses ongles.

Sur des post-it, elle inscrit *Van Gogh, Le Peintre sur la route de Tarascon, Seconde Guerre mondiale, faux,* les colle sur un panneau pour tenter de leur donner un sens. Elle les rumine en prenant son temps et en marchant dans le bureau jusqu'à s'asseoir sur le siège d'Avonne. Elle interroge les unions créées. Beaucoup lui posent davantage de questions. Alors qu'elle avale une gorgée de café et balance le gobelet dans la corbeille, elle pense à confronter ses interrogations à un expert. Un œil sur l'heure. Un peu compliqué de le contacter à 3 h 12. Elle rédige un message.

« Bonsoir, c'est Blanche Charon. J'espère que vous vous souvenez de moi. J'aurais besoin de vous voir. C'est très urgent. Aujourd'hui si possible, votre heure sera la mienne. Merci beaucoup. À bientôt, je l'espère. Blanche. »

Elle le relit, l'envoie et grimpe sur son bureau. La tête en dehors du velux, elle allume une Camel. À la troisième taffe, son portable lâche un son.

« Oui, chez moi, à 9 h 30. »

Elle avertit Le Peletier. Messagerie. Elle dit avoir trouvé quelque chose et ajoute qu'elle arrivera tard demain matin.

En quittant le bureau, elle emprunte un autre couloir pour ne pas être vue de ses collègues et se dirige vers le grenier.

Face au *Peintre sur la route de Tarascon,* elle est consciente qu'elle va commettre un acte qui la place en dehors de toute procédure légale.

Depuis l'escalier, des voix viennent à sa rencontre. Dans le renfoncement d'une porte, le sac contre son ventre, elle s'étonne de prier pour qu'elles n'arrivent pas à son niveau. Une porte s'ouvre à l'étage juste en dessous et les voix se taisent. Elle dévale les marches et quitte les lieux.

Une mission me laisse toujours dans une excitation qui m'empêche de trouver le sommeil.

Au moment de me coucher, vers deux heures du matin, je ressens de la fatigue. Assis dans le canapé avec un verre de bordeaux, je pense au sexe de Riquet et à la tête de Le Peletier quand elle s'en est aperçue. Jamais les flics ne le retrouveront, je l'ai balancé dans un container de verre. C'est con mais ça me fait rire.

6 h 45

Le Peletier se réveille avec la sensation d'une lame plantée dans la poitrine. Elle s'est endormie vers 3 heures et se rappelle les sensations d'étouffement qui l'ont réveillée en sursaut et en sueur à plusieurs reprises. Chaque fois, la même idée l'a envahie, celle qu'elle est en train de passer l'arme à gauche.

Elle tente de reconstituer son existence quand elle aperçoit une bouteille de whisky vide sur la table basse. L'a-t-elle bue cette nuit ? Elle est incapable d'en avoir un souvenir.

Elle se lève, place ses mains sur les hanches et tourne dans tous les sens pour réveiller son corps plein de douleurs. Elle chope la bouteille, qu'elle jette dans la poubelle de la cuisine. Le bruit sourd du verre dans le fond métallique la sort de son engourdissement.

En appui contre l'évier, elle avale une tasse de thé vert en guise de petit-déjeuner et consulte son portable. Du message de Charon, elle retient qu'elle avance sans rien détailler et qu'elle sera en retard. Dans la liste des appels en absence, trois sont de Bosquet. L'ombre de Goncourt plane devant ses yeux, qu'elle frotte pour qu'il ne l'obsède pas.

Dans la salle de bains, elle fait onduler son corps devant le miroir, d'une façon qui fait penser à une danse imprécise. Elle malaxe son visage pour lui donner du sens. Il reste tendu. Elle allume le poste de radio, fait couler l'eau pour qu'elle chauffe et se glisse dans la cabine de douche.

À cet instant, elle entend son fils de seize ans. Ils vivent ensemble depuis que le père a quitté le domicile il y a dix ans pour une midinette. C'est cette version qu'elle a livrée à son ado, grand, fringué comme un ado, en pleine crise d'ado. Ils cohabitent et ne mangent plus ensemble. Elle l'entend farfouiller dans la cuisine, puis claquer la porte d'entrée. Pas de bonjour, pas d'au revoir, aucune parole matinale qui ferait du bien à l'un et à l'autre.

C'est comme ça tous les jours.

Sous la douche, Le Peletier se veut combative mais elle n'a plus que les traits d'une promesse lointaine quand le journal à la radio débute.

France Inter, bonjour à tous, nous sommes mercredi 29 juin, il est 7 heures. À la une de l'actualité ce matin, un fait divers hors du commun s'est déroulé cette nuit à Paris. Un homme a été retrouvé assassiné dans un appartement à Montmartre.

Le Peletier tend l'oreille.

On ne connaît pas encore les raisons de ce meurtre mais on sait qu'une toile a été découverte à côté du cadavre. Notre envoyé spécial, dépêché sur place, interviendra à l'antenne dès qu'il aura des éléments nouveaux.

Le Peletier redevient flic. Elle s'essuie à la va-vite sans écouter la suite, ça parle des États-Unis et des sorties de films du jour.

La fuite sur la toile la hante. Elle pense aux pigistes qui traînent parfois dans les locaux pour dénicher un écho. Elle se souvient d'avoir balancé l'adresse au flic de garde pour envoyer la Scientifique sur place.

Dans une enquête d'à peine douze heures, les événements sont nombreux. Beaucoup d'entre eux sont éloignés, voire oubliés. A-t-elle parlé d'un homme assassiné ? Elle est sûre de ne pas avoir évoqué le tableau, car elle n'en connaissait pas l'existence à cet instant. Elle n'imagine pas la fuite venir d'un flic, question de probité. Non, seul le meurtrier peut avoir averti les médias. Cela correspond à un acte de sa mise en scène.

Politique. Le Premier ministre est attendu ce mercredi vers 8 h 30 au palais de l'Élysée. Un rendez-vous qui alimente les rumeurs actuelles sur un potentiel remaniement, même s'il est traditionnel avant le Conseil des ministres. Sans doute beaucoup de remous en perspective lors des questions au gouvernement à l'Assemblée nationale.

En quittant son domicile, en pantalon noir, tee-shirt noir et perfecto noir comme la veille, Le Peletier fait de la peine à voir. La douche n'a rien changé à sa fatigue.

Dehors, le vent s'engouffre sous ses vêtements. Son téléphone vibre au fond de sa poche. Elle s'attend à voir le nom de Charon dont elle attend des détails sur son message de la nuit. En fait, « Ça » s'affiche sur l'écran.

« Ça », surnom du lieutenant Lormel. Il le doit à sa façon de ponctuer ses paroles du pronom démonstratif. Elle l'a connu dans le Val-de-Marne. La délinquance en région parisienne n'a pas de secret pour ce briscard oublié de toutes les promotions, malgré ses trente ans de boutique. Le Peletier ne s'est jamais intéressée aux raisons de son absence sur le tableau d'avancement, mais elle sait qu'il déteste les huiles de la maison. Il les juge trop poisseuses pour tailler une bavette avec elles. Insomniaque, *ça* suit les affaires sur la radio interne de la police. Dans la nuit, c'est à lui qu'elle a transmis la photo de la cicatrice du mutilé, consciente qu'il fouinerait. Un domaine où il excelle. S'il appelle, c'est qu'il a des infos.

– Je t'écoute.

– Ton bonhomme... C'est bien ça... Son nom est... Attends deux secondes... Je l'ai noté, ça... Putain, il est où, le papier ?... Ah, c'est ça. Avec la cicatrice, facile à trouver. Alors, il s'appelle Riquet. C'est ça. Victor Riquet. Il est né en Espagne. Il crèche à Vanves... C'est rue Jullien. Ensuite, il est peintre, pas dans le bâtiment, mais dans les tableaux, plutôt dans le trafic de tableaux, avec un classement dans la catégorie du recel de biens. Dernier truc, ça, c'est bizarre, sa fiche est classée.

Sur le coup, Le Peletier ne sait pas comment prendre cette nouvelle.

– Comme c'est chelou, ça, tu m'connais, j'ai gratté. (Bien sûr qu'elle le connaît.) J'suis tombé sur une affaire d'il y a dix ans où il est impliqué. J'ai plus les dates exactes en tête. Peu importe ça. L'essentiel est que ça a été étouffé à l'époque, car ça touchait du gratin administratif et politique.

– Des noms ?

– Que dalle.

– Par qui le classement de l'affaire ?

– Je savais que tu allais me poser cette question. C'est pour ça que j'ai tardé à t'appeler. Mais pour ça, j'ai rien trouvé. Désolé.

– Ce n'est pas grave. Bon, je te laisse, j'ai un comité d'accueil de journalistes.

– Oh là, ça, j'aimerais pas être à ta place. Aussi casse-couilles que les chefs. La bise.

Désormais, Le Peletier a l'identité du corps mutilé et son adresse.

Les neuf journalistes massés derrière une barrière confirment que l'affaire se médiatise. La première question tombe :

– Capitaine, pouvez-vous nous communiquer des informations sur le meurtre commis dans l'arrondissement du ministre de l'Intérieur ?

Le lien entre le meurtre et le fief du ministre est lâché sans préambule.

– Je n'ai pas de commentaires. Le procureur fera une déclaration plus tard.

Un autre journaliste enchaîne :

– Avez-vous identifié la victime ?

– Je l'ai déjà dit, je n'ai aucune déclaration à faire. Je vous demande de laisser la police faire son travail.

Elle choisit la diplomatie et la primeur des annonces au proc.

– Le commissaire principal Bosquet a indiqué ce matin à un de nos confrères que vous aviez la situation en main (« Connard », pense Le Peletier en cherchant à ne pas le laisser deviner sur son visage) et que cette affaire n'était pas ordinaire.

– Aucune affaire criminelle n'est ordinaire. Un crime est toujours odieux. Celui-ci l'est comme les autres. Je vous rappelle que la PJ traite les affaires sans les choisir. Mon groupe a été retenu sur cette enquête comme un autre aurait pu l'être.

– Cette affaire comporte tout de même des éléments singuliers, notamment le tableau et cette photo qui circule.

– Quelle photo ? De quoi parlez-vous ?

– Vous n'êtes pas au courant ? lui répond le journaliste en tendant son portable.

Le Peletier redoute de montrer son émotion. Le cliché montre un immeuble, avec une fenêtre ouverte. Le Peletier identifie la rue Caulaincourt.

Le journaliste :

– Le commentaire accompagnant la photo dit qu'il s'agit d'une fenêtre de l'appartement où a été découvert le corps cette nuit. Pouvez-vous le confirmer ? Et d'après vous, quelles sont les raisons de la publication de cette photo ?

Maîtrise-toi. Ne laisse rien paraître. Ne montre pas d'agressivité. Alors qu'elle se rabâche ces préceptes, le point lumineux aperçu quand elle fumait sur le balcon lui revient. Elle qui a cru à une hallucination, mise sur le compte de la fatigue ! En réalité, le meurtrier les observait depuis l'immeuble d'en face ! C'est lui qui a pris cette photo et l'a diffusée sur les réseaux sociaux. Un nouvel élément de sa mise en scène.

– Cette photo est de très mauvaise qualité, lâche-t-elle, et rien ne prouve son lien avec l'affaire.

Une journaliste de *Libération* s'avance. Grande, belle, en jean et blouson rouge. Elle souhaite faire un portrait de Le Peletier pour la dernière page du quotidien.

– Oubliez, c'est une très mauvaise idée.

Aussitôt, elle entend la foudre de Bosquet lui tomber dessus. La journaliste ajoute qu'une femme qui dirige des policiers, c'est peu ordinaire, et que cela mérite d'être médiatisée.

– Dans la police, une femme et un homme font le même boulot. De toute façon, faut une autorisation pour ce genre de reportage. Bien, bonne journée.

Dans le hall, Le Peletier marque un temps d'arrêt. Elle se remémore ses réponses, s'assure de n'avoir rien dit de compromettant. Lui reviennent le propos sur sa désignation pour mener l'enquête et sa bavure juste avant que l'état-major lui demande d'aller sur cette affaire.

D'une fenêtre du troisième étage, elle voit la rue reprendre sa vie normale. Les journalistes ont disparu telles des mouches chassées d'une main d'un mets sucré.

Dans l'évier, des restes de riz collés à une sauce marron, un verre de vin à moitié rempli et une bouteille de bordeaux presque vide.

Tout ici est glauque. Je n'y ai rien changé depuis mon installation, pas même les meubles de mes parents.

Devant moi, un café, un jus d'orange et deux tartines pour le petit-déjeuner. En fond, France Inter.

Mon portable vibre.

– Mais t'as laissé le tableau sur place ?

Le commanditaire. En colère.

– J'avais pas le choix.

– Putain, qu'est-ce qui t'a pris ? Faut faire le boulot comme ça a été décidé sans prendre des initiatives.

La plaisanterie a assez duré.

– Qui a demandé de médiatiser cette affaire ? C'est toi. Qui voulait que cela soit spectaculaire ? Toi. Où est le problème ? Si les radios et les télés en parlent ce matin, c'est que c'est réussi. Tu veux une preuve ?

Je clique sur les photos prises la veille. Je l'entends hurler que je suis malade.

– C'est réussi, tu ne trouves pas ?

– T'étais obligé de faire… tout ça ?

– Attends, t'as demandé du spectaculaire.

– T'es barge. Mais qu'est-ce qui t'a pris de laisser le tableau ?

Je donne un coup du poing dans la porte de la cuisine. Cette propension à ne jamais être content est effrayante.

– Je te l'ai dit, je n'avais pas le choix. Au moment de partir, des gens sont venus sur le palier. C'était risqué.

– Mais, putain, les flics vont gratter et remonter jusqu'à nous. Ils t'ont vu, ces gens qui discutaient dans l'immeuble ?

– Non, je les ai entendus derrière la porte. J'ai pas pu faire autrement, je pouvais me faire gauler.

– Mais, putain, t'es un amateur.

– Oh, tu ne me parles pas comme ça.

– Je te parle comme je veux.

– Attends, t'es content de me trouver pour faire ton boulot de merde. Tu baisses d'un ton, sinon…

– Sinon quoi ? Tu oublies que celui qui paie décide.

– Et toi que je fais le boulot. J'ai tout fait pour qu'on en parle. La prochaine fois, démerde-toi.

Silence.

– Tu sais bien que… Oublie. Bon, la suite, tu l'envisages comment ?

Le commanditaire capitule. De toute manière, il n'a ni la capacité ni le cran de faire ce boulot.

– Sans difficulté si tu me fais confiance.

– Bien sûr.

– Si le tableau t'affole, tu n'as rien à craindre, il ne va rien se passer. Je connais certains flics chargés de l'enquête. Ils vont retrouver l'identité de Riquet. Ils vont décortiquer sa vie et déduire qu'il est tombé dans un guet-apens. Fin de l'histoire et classement. C'est une question de moyens et les flics, des moyens, ils n'en ont plus.

– Mais putain, s'ils remontent jusqu'à toi et moi ?

– Tu ne les connais pas…

– Un peu quand même…

– Je te garantis qu'ils vont patauger dans leur jus. Y a pas de quoi s'inquiéter.

– Si tu le dis. Pour le moment, fais-toi le plus discret possible.

– Je fais ça depuis des années. Ça ne va pas beaucoup me changer.

Je tape sur la table. Une tasse et la bouteille de vin se renversent. D'une main, j'envoie tout valdinguer. La timbale se brise sur le carrelage et le bordeaux se répand sur le sol. Une veine de mon visage sort d'un sillon caché. Dans le reflet d'une vitre, elle donne l'impression qu'elle va éclater.

Durant trois ans, j'ai été médecin légiste en renfort à l'institut médico-légal de Paris. Les dirigeants de l'institut ont sacrifié sans ménagement les contractuels, plus faciles à jeter que des flics de terrain. Une fois viré, j'ai tenté ma chance dans d'autres instituts. Chaque fois, le même refrain : pas de poste, plus de poste, sauf dans les Hauts-de-Seine, où j'ai fait trois vacations d'une demi-journée par semaine.

Un jour, deux flics de la BRP m'ont contraint à falsifier des analyses toxicologiques pour faire croire qu'une victime était un drogué, impliquant un truand assassiné dans le quartier de Pigalle. À l'époque, Le Peletier était chargée de cette affaire. Elle a instruit mon dossier*

* Brigade de répression du proxénétisme.

à charge. Au fond du trou qu'elle m'a foutu cette salope. D'une dépression qui dura trois mois, j'en suis sorti avec l'idée suivante : on m'empêchait de décortiquer des corps et de trouver des indices qui aident les flics dans leurs investigations ? Alors, j'allais utiliser mes connaissances dans l'étape préalable à l'autopsie, celle d'éliminer à ma façon des personnes. Non pas en tuant pour tuer, je considère que c'est le domaine des petites frappes, mais en administrant une mort lente, sur des êtres conscients pour qu'ils plongent dans l'autre monde.

J'ai déjà exécuté dix missions. Des personnes qui m'ont causé du mal depuis ma naissance. Jamais les flics n'ont fait le lien entre elles, cela montre vraiment que j'avais affaire aux plus bêtes. À leur décharge, ces exécutions ont toutes eu lieu dans des régions différentes. Mais Le Peletier, c'est une autre histoire.

– Tu ne perds rien pour attendre, salope. Je finis la prochaine commande. Et ensuite, c'est ton tour. Je vais bien m'occuper de toi. Je vais te faire la peau. Tu vas bouffer ta prétention à en crever.

Dans la cuisine, je shoote dans la bouteille, qui tourne comme une toupie avant de se caler sous un meuble. Puis je me dirige vers une pièce fermée à clé. Dans une armoire, j'agite la main derrière une pile de vêtements et en sors un sachet plastique opaque. Au-dessus d'un lit, je le secoue. Un couteau s'échoue dans la couette. Je caresse la lame entre le pouce et l'index. Un écart et le sang pisse.

Devant un ordinateur, j'ouvre le navigateur Internet Explorer. La connexion est en mode privé. Je bifurque dans l'anonymat en passant par différents sites, pour ne pas être repéré, et poste une nouvelle photo. Le Peletier sur le balcon de l'appartement de la rue Caulaincourt en train de fumer, qui fixe l'objectif.

– On va voir si cette photo est de mauvaise qualité. Si cela ne suffit pas, la prochaine sera Riquet sur sa chaise.

8 h 55

– Elle est où, Charon ? Elle m'a laissé un message pour me dire qu'elle serait en retard ce matin. Ce n'est pas le jour. On a besoin de tout le monde sur le pont. Et l'enquête de voisinage, ça a donné quoi ?

– Rien, répond Avonne. L'appartement du dessous est vide et le locataire au-dessus est parti depuis quinze jours en voyage. C'est le gardien qui me l'a dit, lui n'a rien vu, ni entendu. Tout comme l'opticien et le fleuriste que j'ai interrogés. J'ai même sondé deux SDF installés plus haut dans la rue. Pas d'images, pas de sons.

– Bon, les photos de la foule autour de l'immeuble, ça donne quoi ?

Silence d'Avonne.

– Oh ! T'es avec moi ? Tu les as analysées, oui ou merde ?

Pas de réponse.

– Combien de fois faut-il que je dise que quand on débarque sur une enquête, nos neurones ne sont pas en place pour tout assimiler et que l'environnement peut révéler un détail, comme, par exemple, des gens qui regardent notre agitation.

– Désolé. Mais j'ai récupéré les bandes des caméras de surveillance.

Le Peletier demande ce qu'il y a dessus.

– L'une filme le carrefour et l'autre la rue du haut vers le bas, avec l'immeuble dans son champ de vision.

– Tu apportes tout ça au bureau et on les décortique ensemble.

– J'y suis déjà.

– Tu ne pouvais pas le dire plus tôt ?

Le Peletier entre dans le bureau sans frapper et s'installe à côté d'Avonne. Sur les premières minutes d'images, on voit la foule derrière des barrières métalliques et des familles qui se pressent. La cheffe du groupe s'agace de ne rien voir au numéro 91 bis. Avonne définit une lecture plus rapide. Dix minutes passent, quand Le Peletier lève la main :

– Reviens en arrière, en lecture normale, et agrandis quand je te le dirai.

Avonne repositionne la lecture une minute trente environ avant.

– Là, un individu pénètre dans l'immeuble.

– Mais il a une canne. Tu imagines ce type mutiler un corps ?

Le Peletier lève les épaules. Avonne accélère les images. À chaque entrée et sortie de l'immeuble, il met en arrière, diffuse en mode normal et reprend un visionnage rapide, si cela ne donne rien. C'est au bout d'un quart d'heure que Le Peletier hurle un « STOP ». Avonne clique sur le bouton « pause », sans comprendre, place la bande en arrière. À la trente-cinquième seconde, une personne entre dans l'immeuble. Avonne grossit l'image qui se pixelise sur une silhouette vêtue en noir de la tête aux pieds, un sac en bandoulière qui paraît rempli d'objets lourds.

– Ce type sait qu'il y a une caméra de surveillance, il ne la regarde pas. Note l'heure de son entrée (Avonne note 15 h 48) et accélère ; à tous les coups, on va avoir l'arrivée de Riquet.

– C'est qui celui-là ? demande Avonne, surpris.

– Le mutilé. Je viens d'avoir l'info. C'est pour ça que je cherche Charon. Il était espagnol, peintre de faux tableaux. Il a trempé dans une affaire il y a dix ans, qui a été classée sans qu'on sache par qui. J'ai son adresse dans les Hauts-de-Seine. On va y faire un saut mais, pour le moment, trouve-le.

Avonne accélère la bande. Vingt minutes plus loin, Riquet apparaît en polo, avec un sac en bandoulière qui cache la toile. Avonne écrit 16 h 08.

– Bon, inutile de chercher son heure de sortie. En revanche, faut celle de l'autre pour connaître le temps qu'il a passé dans l'appartement, ça peut donner une indication sur l'heure à laquelle Riquet a été tué.

À 18 h 48, le type en noir quitte l'immeuble.

– Putain, ça ne s'est joué à rien pour que le témoin le voie, il a appelé à 18 h 57. On a les images du trottoir d'en face ?

Avonne pointe du doigt un DVD.

– Place-les vers 18 h 48. J'espère que les pendules sont synchros.

Elles le sont. Le type traverse la rue et entre dans l'immeuble d'en face.

– Hier soir, je suis allée fumer une clope sur le balcon. J'ai vu un point orange dans un appartement situé au même niveau. Sur le coup, j'ai pris ça pour de la fatigue. En fait, c'était son appareil photo. Regarde, j'en ai la preuve, dit Le Peletier qui montre le cliché diffusé sur les réseaux sociaux.

Étonné, Avonne poursuit la lecture de la bande en accéléré et s'arrête à chaque sortie. À 23 h 35, le type sort, le visage dissimulé.

– Faut qu'on arrive à le distinguer pour l'identifier. J'informe le procureur.

9 h 15

Depuis un quart d'heure, Charon cherche une place de stationnement du côté d'Auteuil. Désespérée, elle laisse la Renault Clio à l'angle d'une rue, le gyrophare sur le tableau de bord et le pare-soleil POLICE en évidence.

Ici, pas de magasins de bouche, aucune boutique à l'horizon. Uniquement des immeubles haussmanniens de sept étages alignés le long d'une rue arborée de marronniers, dont les feuilles cachent une classe aisée. On compte des caméras sur quasiment chaque lampadaire. En quelques minutes, trois véhicules de police remontent le boulevard. Une fréquence plus élevée que dans des villes de banlieue qui ne se satisfont que d'un passage dans la journée. Et encore, parce qu'elles connaissent des incidents.

Ici, ce n'est pas comme l'ailleurs que fréquente Charon.

Ici, on jongle avec les millions comme un artiste de cirque avec des balles.

Ça flaire la même virtuosité.

À l'épaule, Charon porte *Le Peintre sur la route de Tarascon,* emballé dans une couverture. C'est la première fois qu'elle embarque une pièce à conviction. Si elle n'a rien dit à Le Peletier, qui n'aurait pas admis cette infraction au Code de procédure pénale, c'est qu'elle veut se faire certifier que la toile est fausse.

Devant une porte cochère, des plaques de laiton, astiquées depuis peu, mentionnent la présence de médecins au deuxième étage, de son contact au troisième et d'un cabinet d'avocats au quatrième. Dans le reflet, Charon replace une mèche derrière son oreille et se passe les doigts dans les cheveux en guise de peigne pour discipliner le reste. Dans le hall de l'immeuble, une baie vitrée fumée laisse deviner un jardin à la japonaise. Sur la rangée de sonnettes, elle repère :

Cabinet d'expertises Marcel Bouvillier
3e étage.

C'est à cet expert agréé par la Cour de cassation et auprès de plusieurs juridictions judiciaires qu'elle a envoyé un SMS cette nuit. D'abord restaurateur d'œuvres d'art, puis chef d'atelier dans deux musées nationaux, Bouvillier a ouvert un cabinet privé de restauration et d'estimations réalisées pour la justice, des maisons de vente et des particuliers qui veulent sécuriser leurs transactions.

Dans l'ascenseur, Charon serre le bois du cadre. Même s'il est estimé faux, elle le protège. Sur une porte du troisième étage, une plaque en lettres calligraphiées :

Cabinet d'expertise Marcel Bouvillier
Expert en art, agréé par la Cour de cassation

Elle concentre son ouïe pour saisir un mouvement, un bruit. Six ans qu'elle n'a pas revu l'expert, rencontré durant ses études. Il y dispensait un cours sur l'identification des œuvres d'art qui l'avait passionnée. Elle avait réalisé un stage de quatre mois dans son étude à l'issue duquel il lui a proposé une place. À l'époque, un ami n'avait pas compris qu'elle refuse. Elle a préféré servir l'intérêt général. Travailler pour l'art, oui, mais pas pour l'argent.

Un nœud se durcit dans son estomac, identique à celui qui précède un rendez-vous amoureux, et elle appuie sur le bouton de la sonnette.

Quand la porte s'ouvre, le visage de l'expert a les mêmes attentions que celles dont elle a gardé le souvenir. Avec le temps, la chevelure a blanchi, mais l'homme vieillit bien, élégant dans un costume de couleur bleu pétrole bien taillé, toujours porté sans ceinture car cela coupe l'allure en deux, dit-il, une cravate en laine et une montre accrochée sur le dessus de chaque poignet de sa chemise.

– Bonjour, Blanche. Je suis ravi de te voir. Tu es resplendissante.

Bouvillier est resté un séducteur.

– Vous… Vous non plus, vous n'avez pas changé.

– Je te remercie pour le compliment, Blanche, lui lance-t-il d'un regard resté malicieux, mais la vieillesse agit sur moi avec les mêmes ravages que sur mes contemporains et ni toi ni moi ne pouvons y faire quelque chose. Suis-moi.

L'appartement est un mélange de contemporain et d'ancien. Dans un coin, un Klimt accroché à côté d'un bronze de Giacometti. Plus loin, un Soulages.

Dans le salon, l'expert lui demande ce qu'elle veut boire. Charon décline la proposition.

– Si, si, j'insiste. Un verre d'eau ? Un café ?

– Je prendrai comme vous.

– Alors, ce sera un café.

Elle avoue qu'une dose de caféine sera la bienvenue après deux heures de sommeil à peine. Elle s'excuse pour son message nocturne sans qu'il l'entende à cause du bruit de la machine à café.

– Au fait, je t'ai tutoyée tout à l'heure, dit Bouvillier qui arrive dans la pièce, un plateau à la main. J'espère que cela ne te dérange pas. Cela fait combien de temps maintenant que nous ne nous sommes pas revus ?

– Six ans.

– Toujours à l'Office central de lutte contre le trafic des biens culturels ?

– Non, j'ai intégré un groupe de police judiciaire depuis quatre ans. Et j'enquête sur un meurtre commis hier à Montmartre.

– Un crime sordide d'après ce que j'ai entendu à la radio ce matin.

– On ne peut pas imaginer l'horreur que c'est. Même moi qui en ai vu pas mal en quatre ans, je n'ai jamais été confrontée à un truc pareil.

– C'est pour cela que tu m'as sollicité en pleine nuit ?

– Oui, et j'en suis encore désolée. Mais avant de vous en dire plus, je dois être sûre de pouvoir compter sur votre discrétion.

Bouvillier la fixe, presque déçu qu'elle dicte cette règle entre eux. Il ne dit rien et mesure que ce qui va suivre a de l'importance. Elle explique qu'un tableau a été retrouvé hier soir auprès de la victime. Un creux se forme au niveau des sourcils de Bouvillier, qui fixe le sac posé au sol. Charon fait glisser la fermeture éclair, pousse des livres posés sur la table basse, sort le cadre de la couverture, qu'elle dépose avec la plus grande délicatesse et déplie le chiffon avec autant de soin. Bouvillier scrute ses mouvements. Il en apprécie la justesse. Ce sont ceux d'une personne habituée à la manipulation d'objets d'art. Il attrape une paire de lunettes demi-lunes dans la poche de sa veste, se lève et se courbe par-dessus la toile.

Son œil travaille. Il se rétrécit en même temps que son corps prend du recul. Quelques secondes d'observation avant qu'il ne fasse tourner une branche de lunettes entre ses doigts et ne délivre son verdict.

– Ce tableau s'appelle *Le Peintre sur la route de Tarascon* de Van Gogh, il s'est dessiné lui-même et la toile a été détruite durant la

Seconde Guerre mondiale. Enfin, détruite ou elle a disparu, c'est une énigme. Dans cette toile, on retrouve l'univers de Van Gogh et les couleurs sont identiques à la toile originale.

– La toile originale ?

– C'est bien cette confirmation que tu es venue chercher : ce tableau est un faux.

– J'en ai eu l'intuition en le voyant et par les recherches que j'ai faites cette nuit. D'après vous, pourquoi ce tableau se retrouve-t-il sur une scène criminelle ?

– Blanche, je suis expert en art, et toi, lieutenante de police. Chacun son métier. Mais je te sens insatisfaite. Qu'y a-t-il ?

– J'aimerais avoir des éléments solides qui confirment que c'est un faux.

Bouvillier embarque Charon jusqu'à une porte blanche qui cache un laboratoire d'une cinquantaine de mètres carrés. C'est là que sont réalisées les expertises. La pièce est meublée d'un bureau de style Napoléon III avec de la marqueterie Boulle, d'une grande bibliothèque de la même époque, remplie de rapports et d'ouvrages techniques et d'art, et de larges tables sur lesquelles sont installés des appareils modernes et sophistiqués, reliés à des ordinateurs.

Avec délicatesse, Bouvillier pose la toile sur la plaque d'un microscope qu'il allume. Il ajuste le siège. Pose ses lunettes près de lui. Frotte ses yeux avant de les coller sur les oculaires noirs. De sa main gauche, il tourne une molette dans un sens puis dans un autre avant de la lâcher. Charon ne quitte pas des yeux son dos courbé en avant sur les optiques de l'appareil et ses mains qui font glisser la toile sur une large platine, sur le haut, puis vers la gauche, avant de se stabiliser à un endroit, puis à un autre, de manière ralentie, avant d'attraper de la main gauche un scalpel rangé dans un pot, qu'il utilise pour gratter un morceau du tableau.

– Le détail qui confirme que ce tableau est faux est là. Prends ma place et regarde.

Charon fait tourner la molette dans un sens ou un autre pour régler la qualité de l'optique jusqu'à ce qu'elle soit le plus adaptée.

– Maintenant, attarde-toi sur les cratères de matière sur la gauche, juste en bas du pied droit du personnage. Tu soulèves la peinture molle et dis-moi ce que tu vois.

– Des griffures de différentes profondeurs. Cette toile a été grattée ?

– Les faussaires poncent le papier pour rendre la toile plus vieille à l'œil nu. Ça donne l'illusion que le tableau a été peint à la fin du XIXe siècle. Quand tu n'y connais rien en art, tu te fais avoir. Maintenant, avec la pointe du scalpel, soulève la peinture située au-dessus des griffures. Redresse-la juste sans l'arracher.

– Elle est très molle, presque liquide.

– C'est la preuve que ce tableau a été réalisé il y a un mois. D'ailleurs, on trouve de la matière molle à d'autres endroits. J'ai expertisé des Van Gogh dans ma carrière, y compris des faux. Celui qui a fait celui-ci a un talent pour le reproduire car c'est bien plus difficile de cerner Van Gogh qu'on ne l'imagine. Par contre, le pigment du vert du champ en second plan n'existait pas à l'époque de Van Gogh. Et d'autres détails prouvent que le travail a été bâclé comme le dernier plan, avec le bleu. Attends, on va se faire confirmer tout cela.

Bouvillier accroche la toile sur un mur et l'éclaire avec deux projecteurs puissants pour passer dessus un projecteur aux infrarouges. La réflectographie permet d'entrer dans les couches picturales du tableau pour trouver la patte du peintre, et de lever ainsi le doute sur l'authenticité d'un tableau.

– On va passer à travers pour voir les strates sous-jacentes, les accidents sur la peinture. Et sur cet ordinateur, on va savoir s'il est vrai ou faux.

Une image en noir et blanc légèrement bleutée de la toile s'inscrit sur l'écran. L'expert l'épie, à la recherche des repentirs, ces imperfections que personne ne voit à l'œil nu, qu'un peintre masque au cours de son travail et qui n'apparaissent qu'à l'infrarouge. Il peut s'agir d'un personnage ou d'objets. Or, un faussaire n'en fait jamais car il recopie l'image d'un tableau telle qu'elle est.

– À l'écran, aucun détail caché, aucune correction. Ce tableau est bien un faux.

– C'est incroyable comme vos appareils font parler une peinture.

– Eux ? Ils ne remplacent pas nos connaissances, nos meilleurs outils de travail.

– Ce tableau ne peut-il pas être une création à la manière de ?

– C'est une bonne question, mais Van Gogh n'a pas fait de série avec ce tableau. En revanche, les faussaires font des peintures peu connues pour les vendre plus facilement. Sans doute que celui-ci devait servir à duper un étranger plein aux as qui ne connaissait pas l'histoire de la toile et on lui a fait croire que la toile prétendument disparue ne l'était pas.

– Pensez-vous possible de m'établir un rapport d'expertise ?

– Blanche, je ne me trompe pas en disant que cette pièce à conviction est sortie sans aucune autorisation. Donc, je ne vais rien rédiger, sinon il va t'arriver des bricoles. Maintenant, tu vas remettre cette toile à sa place avant que quelqu'un ne s'en rende compte, et tu as suffisamment d'éléments en mains pour dire que c'est un faux.

– Tout à l'heure, vous avez dit que celui qui a fait ce tableau avait du talent, qu'il avait pigé l'âme de Van Gogh et que vous aviez déjà expertisé des faux Van Gogh.

Bouvillier brosse sa chevelure blanche en arrière et se met à rire.

– Si je comprends ta question de flic, tu es en train de me demander l'identité de faussaires capables de reproduire un Van Gogh de ce niveau.

– Pas exactement, se confond Charon.

– Blanche, on ne raconte pas de salades à un vieux loup comme moi. Oui, je connais des faussaires. Tu as de quoi noter ?

Charon écrit les noms dans un carnet. D'un trait, Bouvillier avale le reste de café froid, s'essuie la bouche avec une serviette de papier et dit :

– Le premier, je ne l'ai vu qu'une fois, dans le cadre d'un vaste trafic de faux tableaux. À ma connaissance, il est toujours en prison. Le deuxième, j'en ai entendu parler par un confrère mais je n'ai jamais rien eu de lui entre les mains. Enfin, je ne le crois pas. Quant au troisième, tous les experts honnêtes de la place de Paris que tu interrogerais te le citeraient. S'ils ne le font pas, c'est qu'ils ont mauvaise conscience et sont de mauvais confrères.

Le visage de Charon se plisse. Bouvillier plonge son regard dans le sien.

– Blanche, je n'aime pas ta façon de me regarder. C'est celle d'un flic et pas de l'ancienne élève passionnée d'art envers laquelle je conserve beaucoup d'estime. Te donner des noms ne fait pas de moi un complice. Je les connais car j'expertise des tableaux et découvre des faux. Maintenant, peut-être que le type retrouvé rue Caulaincourt fait partie des noms que je viens de te communiquer ?

Charon répond qu'elle ne peut rien dire. Il s'excuse d'être allé trop loin. Il met sa curiosité sur le compte de la vieillesse et approuve qu'elle ne dise rien.

– J'aimerais te revoir dans d'autres circonstances, Blanche.

– Pas de problème, se trouble-t-elle.

– Et cette fois-ci, on parlera d'art. Uniquement d'art.

Dans la rue, Charon s'allume une cigarette quand elle découvre sur son portable le début d'un message.

« Blanche, je n'y ai pas pensé mais quelqu'un peut t'aider dans ton enquête. Une spécialiste de Van Gogh. Tu la connais. Vous avez fait vos études ensemble. Je t'envoie sa fiche dans un autre message. À bientôt. B. »

Le patronyme ne lui est pas étranger. Il remue quelques souvenirs dans son esprit, qui s'entrechoquent sans trop se mettre dans un ordre chronologique. Elle ne cherche pas à creuser. Elle déteste ça par-dessus tout.

11 h 30

Charon quitte le grenier. Dans l'escalier, des collègues la saluent, certains échangent des mots sans importance. Ce qui compte est qu'aucun ne l'interroge sur sa présence à leur étage.

Du velux ouvert de son bureau, elle observe les véhicules sur le quai qui forment les maillons d'une chaîne jamais rompue, quand Le Peletier fait irruption, le visage marqué par la colère.

– T'étais où ? Tu te souviens qu'on a une enquête sur les bras depuis hier soir ?

Charon descend de son bureau.

– J'ai besoin de tout le monde, poursuit Le Peletier, et non de personnes qui débarquent en fin de matinée et qui regardent par la fenêtre. Le chef ici, c'est moi et il ne faut pas l'oublier.

– Je t'ai laissé un message cette nuit, dit Charon. J'ai des infos sur la toile. Elle est bien de Van Gogh et s'appelle *Le Peintre sur la route de Tarascon*. Mais elle a disparu durant la Seconde Guerre mondiale. Le vrai tableau mesure quarante-quatre sur quarante-huit centimètres, comme celui retrouvé rue Caulaincourt.

– Attends. Tu viens bien de dire le vrai tableau ?

– Oui, car le tableau retrouvé hier soir est un faux. Je te préviens, j'ai sorti la toile pour l'examiner au microscope.

Le Peletier fronce les sourcils. Charon respire un grand coup et répète les explications de Bouvillier :

– Le tableau est reproduit sur un ancien support dont la couche initiale de peinture était suffisamment légère pour la gratter de façon sommaire. Au premier regard, c'est trompeur. Ensuite, la toile respire la production récente et, en l'analysant de plus près, il y a ce vert, qui m'a mise sur la voie de la copie. Cette couleur ne peut pas avoir été utilisée par Van Gogh, qui utilisait ce type de mélange fait de pigments interdits depuis une quinzaine d'années.

– C'est donc un faussaire qui a fait ce tableau ?

– C'est même sans doute le mutilé, à en juger par la peinture trouvée sous ses ongles. Il a choisi cette œuvre car prétendre avoir retrouvé une toile disparue représente un pactole.

Charon s'attend à se faire engueuler pour avoir sorti une pièce à conviction. Mais Le Peletier la félicite, quitte le fauteuil inconfortable d'Avonne et dit :

– Moi aussi, j'ai des nouvelles et elles confirment tes intuitions. Cette nuit, j'ai sollicité une de mes connaissances pour qu'elle effectue des recherches sur la victime. Elle s'appelle Victor Riquet. Et Victor Riquet peint des tableaux.

La lieutenante affiche une tête hébétée. Le Peletier demande si quelque chose ne va pas.

– Ce Riquet est effectivement un faussaire. Je l'ai découvert ce matin.

– Parfait. Cela tire l'enquête vers un trafic de tableaux. Faut découvrir pour quelle raison Riquet est venu à ce rendez-vous et pourquoi on l'a mis dans cet état. Autre chose, Avonne a récupéré les images des caméras qui filment la rue. On y voit un type entrer vers 15 h 38 dans l'immeuble de la rue Caulaincourt, sans doute le meurtrier, puis Riquet une demi-heure après. Le type en sort vers 18 h 48 et entre dans l'immeuble d'en face pour en sortir vers 23 h 30.

– Tu veux dire qu'il était sous notre nez toute la soirée ?

– Oui et il y a mieux. Regarde, une photo circule sur les réseaux sociaux.

– C'est bien l'appartement rue Caulaincourt. Bon, au moins, on ne voit pas le corps. On a un début du film de la soirée mais il nous manque encore…

Un planton frappe à la porte du bureau.

– Lieutenante, votre rendez-vous est arrivé.

– Faites-le patienter. J'ai sollicité une connaissance, Pauline Chapelle. On a fait nos études ensemble. Elle est commissaire-priseur, spécialiste de Van Gogh. Avec ton accord, je voudrais lui montrer des clichés de la toile retrouvée. Elle peut nous aider.

Le Peletier ne trouve rien à dire, et souhaite même assister à l'échange.

12 heures

Ce qui frappe Le Peletier lorsque Pauline Chapelle entre dans la pièce est sa beauté. Un visage fin, lumineux et sans rides, des yeux maquillés, surmontés de cils lissés par un mascara qui sent le luxe, des cheveux blonds attachés en chignon, une frange coupée net et de discrètes créoles aux lobes. Ses jambes moulées dans un tailleur laissent deviner une sportive. Sa taille montre que le sucre et le gras n'ont pas voix au chapitre. À ses pieds, des escarpins de luxe à talons hauts qui s'identifient par leurs semelles en cuir rouge inspirées par le pop art.

À sa façon de passer devant elle sans lui jeter un regard, l'appréciation de Le Peletier est d'emblée mauvaise.

Pauline Chapelle s'avance vers Charon pour lui claquer une bise. Par un pas de recul, la lieutenante montre que le lieu ne se prête pas à ce genre d'effusions, même après des années passées sans se voir. Elle lui désigne du doigt le siège situé en face du bureau.

Un effluve d'un parfum de haute tenue plane. Une légèreté bienvenue dans l'enquête.

Chapelle repositionne une mèche qui s'échappe de son chignon et dit :

– Alors, que me vaut d'être convoquée par la police pour une énigmatique urgence ? J'espère qu'il n'y a rien de grave ?

– Il ne s'agit pas d'une convocation, rectifie Charon. En réalité, j'ai besoin… Nous avons besoin, se reprend-elle en regardant Le Peletier, de ton aide dans le cadre d'une affaire criminelle.

Chapelle place sa main droite devant la bouche. Son étonnement interrogatif est sincère. Elle bafouille une expression inaudible.

Charon :

– Tu en as peut-être entendu parler ce matin à la radio ou à la télévision.

– Non, coupe Chapelle sur un ton assuré.

– En résumé, un meurtre a été commis hier soir rue Caulaincourt. Et dans le cadre de notre affaire, répond Charon qui matérialise le « notre » en désignant Le Peletier, nous aimerions ton avis sur un élément retrouvé sur la scène. Je te rassure, il ne s'agit pas de la victime, ponctue-t-elle en étalant des photos sur le bureau.

Chapelle ferme les yeux. Elle ne sait pas pourquoi elle pense qu'on va quand même lui montrer la victime. Sans doute parce qu'elle estime que les flics mentent pour obtenir ce qu'ils veulent.

Quand elle les ouvre, une trace légère de surprise marque son visage. Elle tait d'abord qu'elle reconnaît la peinture qui lui est montrée. Sur le coup, elle ne voit pas quelle autre attitude adopter que faire celle qui fouille sa mémoire. C'est son raisonnement. Elle n'en dévie pas. Sa posture est parfaite, pas le moindre signe pour trahir quoi que ce soit. Ses yeux restent rivés sur les trois clichés.

Mais être longue devant une toile de Van Gogh, pour elle la spécialiste, va paraître douteux. Alors, elle lève la tête et dit qu'il s'agit du *Peintre sur la route de Tarascon* de Van Gogh, que la toile date de 1888, qu'elle est répertoriée dans les catalogues consacrés à l'artiste et considérée comme détruite, brûlée même selon ses souvenirs, durant la Seconde Guerre mondiale, mais sans qu'aucune preuve de cette destruction ait été apportée.

– Une telle toile va chercher dans les centaines de millions de dollars, affirme Charon. Je veux bien un topo sur ce que tu viens de nous dire. Aujourd'hui serait l'idéal.

– Qui t'a dit de me consulter ?

Elle bredouille que son nom lui est revenu car elle a lu un de ses articles dans une revue d'art à propos des *Tournesols*.

Silencieuse, Chapelle observe les photographies. Pour couper court au temps qui s'éternise, Le Peletier lui rappelle qu'il s'agit d'une enquête criminelle et qu'elle est soumise au secret.

– Vous pouvez compter sur ma discrétion. Je me demandais si je pouvais la voir ?

Le Peletier formule son accord par un clignement des yeux et réclame sa pièce d'identité pour la photocopier. C'est la procédure. Charon quitte la pièce pour aller au copieur situé dans le couloir. En l'attendant, ni la capitaine ni la commissaire-priseur n'échangent un mot.

Dans le grenier, le visage de Chapelle s'emplit de traits surpris devant la toile.

– Vous saviez que sur ce tableau Van Gogh s'est lui-même dessiné ?

Charon lui répond positivement de la tête.

– Les exigences du maître sont respectées. C'est indéniable. Tout comme les émotions.

On les devine sur le visage du personnage. Dans tous les cas, ces effets sont toujours les plus difficiles à comprendre et à reproduire.

– Comment ça, reproduire ? demande Le Peletier.

– Parce que ce Van Gogh est un faux. Vous voyez, cette zone (Chapelle désigne l'ombre du peintre sur la toile) trompe l'œil. Mais si on s'y attarde, son auteur a manqué de mouvement. Demandez à un autre expert si vous voulez, il vous le confirmera. Il y a une maîtrise des émotions mais pas au point d'être un génie de la copie qui égale le maître. Et puis le vert de ce pré est anachronique. Tu l'avais vu, j'imagine, Blanche ?

Charon fait un signe positif de la tête, avec la désagréable impression que Chapelle la met en porte-à-faux, dans un domaine où elle est censée exceller. Le Peletier demeure courtoise, elle ne l'interroge pas du regard.

Chapelle chausse une paire de lunettes aux verres grossissants et scrute d'autres parties de la toile avec la même concentration avant de s'arrêter sur un point, qu'elle détaille longuement.

– Y a-t-il un business du faux autour de Van Gogh ? demande Le Peletier.

– Vous savez, capitaine, je ne vends que de vraies toiles.

– D'accord, mais vous ne répondez pas à ma question.

– Écoutez, sans doute, je… Je dois y aller, j'ai un rendez-vous et je vais être en retard. Blanche, je peux te contacter à quel numéro pour te donner les infos ?

– Tiens, ma carte, dit Charon. Tu peux me joindre à n'importe quel moment.

Charon la raccompagne. Elles se saluent d'un signe de la main, comme si elles allaient être amenées à se revoir. Dans le bureau, Le Peletier s'est assise dans le siège d'Avonne. Elle tortille un trombone dans tous les sens, qu'elle jette dans la corbeille.

– Vous vous connaissez bien ?

– On a été ensemble à la fac mais nous n'avions pas grand-chose en commun. Elle est sortie major de la promotion et beaucoup de maisons de ventes se sont arraché ses services. Elle se vantait d'avoir l'embarras du choix. Elle a choisi la plus prestigieuse et lui est restée fidèle. Je ne l'avais pas revue depuis la fin de nos études.

– Dans tous les cas, cette fille nous balade. Quand je lui ai parlé d'un business de faux, elle a coupé court à l'échange. Bon, je file à l'autopsie de Riquet.

– Tu veux que je t'accompagne ?

– Non, tu vas à Vanves, où il vivait. Samuel va t'accompagner. Tiens, voici l'adresse. Perquisition habituelle. Et l'un de vous deux me tient au courant. Au fait, quelqu'un est resté rue Caulaincourt ?

– Tu veux savoir si l'appart est gardé ?

– C'est le sens de ma question, oui.

– À ma connaissance, il n'y a plus de planton enraciné sur le paillasson. De toute façon, des scellés ont été posés sur la porte.

– Dépêche deux personnes sur place. Qu'elles y restent jusqu'à nouvel ordre. Pense à assurer les relèves. Je ne veux pas de trou dans la raquette.

Chapelle rejoint la station de métro Cité à côté du marché aux fleurs Reine-Elizabeth-II. Il y a bien le RER B qui marque un arrêt pas très loin de la place Saint-Michel mais il est plus simple d'emprunter la ligne 4, quatre stations plus loin, changement à Strasbourg-Saint-Denis pour prendre la ligne 8 et descendre à Richelieu-Drouot.

Dans la rame, de nombreux passagers. Certains lisent, d'autres ont les yeux collés à l'écran de leur téléphone ou écoutent de la musique. Dans tous les cas, personne ne se parle. Comme tout le monde, Chapelle s'occupe. Elle fait tourner la carte de visite de Charon entre ses doigts et pense à leur échange.

Elle s'estime satisfaite, sauf de cette capitaine, avec son regard méfiant qui la jugeait en permanence. Elle convoque ses souvenirs. Elle n'était pas amie avec Charon à la faculté. Aujourd'hui, elle ne sera pas son alliée.

De toute manière, elle ne peut pas avoir une amie flic.

Sur un strapontin, un type parle fort au téléphone dans le micro d'un casque, tenu dans sa main. Ses propos sont durs. Il lâche un « conasse » avant de descendre à la station suivante. À son départ, l'ambiance est paisible. Place à un groupe d'ados. Deux écoutent de la musique et un troisième consulte son portable. Le métro arrive à Grands-Boulevards. Deux mecs montent dans la rame et s'installent face à elle. Juste à la place du type grossier au téléphone qui est descendu plus tôt. Sans la moindre gêne, ils s'enlacent à la vue de tout le monde. Chapelle les fixe avec un regard attendri et se lève pour descendre à la prochaine station.

12 h 30

Le Peletier s'apprête à quitter les locaux quand un policier lui dit qu'une journaliste de *Libération* cherche à faire son portrait. Elle se contient pour ne pas exploser et répond qu'elle demande d'abord l'accord de la hiérarchie.

– Elle l'a.

Elle s'entend hurler dans sa tête : *enfoiré de Bosquet*. Elle arrache le post-it avec les coordonnées des mains du flic, qui prend un appel.

– Capitaine, le patron veut vous voir. Il a dit « sur-le-champ ».

La capitaine grimpe deux étages. Le visage de Bosquet est buriné par la fureur et ses doigts battent en rafale sur le dessus du bureau.

– Le Peletier, si je vous dis Simon Goncourt ?

La bavure la rattrape. Le rejeton a parlé et le papa a fait des siennes.

– À voir l'illumination qui s'inscrit sur votre tronche, j'en déduis que votre mémoire réagit. Je suppose que vos neurones avaient bien établi, durant la garde à vue, que Simon Goncourt est le fils du parlementaire Pierre Goncourt ?

Le Peletier ne répond rien.

– Évidemment non. Vous pouvez m'expliquer pourquoi il n'était pas assisté d'un avocat ?

– Il n'en a pas voulu. Il devait savoir que son papa allait intervenir.

– Je vais vous expliquer ma soirée d'hier, que je qualifierais de très désagréable.

Le Peletier n'ose pas lui dire que Laplace lui a déjà fait un compte rendu.

– J'étais place Beauvau, avec le ministre, quand son chef de cabinet a débarqué pour aller chuchoter à son oreille. Il a dit qu'un de mes groupes venait d'arrêter le fils Goncourt. Je ne vous décris pas les minutes humiliantes que j'ai passées. Dans la demi-heure qui a suivi, je suis revenu ici avec le chef de cabinet, j'ai présenté mes excuses à Goncourt fils et lui ai rendu sa liberté en priant que votre connerie ne nous coûte pas trop cher.

– Mais ce môme deale du shit…

– Je me contrefous de ce que fait ce merdeux, hurle Bosquet en tapant du poing sur la table. Nous sommes en juin et ce mois est consacré aux conférences budgétaires. Ça non plus, vous allez me répondre que vous ne le savez pas ?

Non, elle ne le sait pas.

– Qui vous accorde des voitures neuves ? Pierre Goncourt, rapporteur général du budget du ministère. Qui vous donne des bureaux fonctionnels ? Pierre Goncourt, rapporteur général du budget du ministère. Qui vous permet d'avoir des portables performants ? Pierre Goncourt, rapporteur général du budget du ministère. Avec vos conneries, ce sont des millions qui vont passer sous notre nez.

– Mais comment voulez-vous que je sache tout ça ? s'énerve la capitaine.

– C'est ce que je vous reproche, Le Peletier. C'est de ne jamais savoir tout ça. À votre poste, votre cerveau doit se remplir de ces informations et aurait dû intégrer qu'on ne touche pas un cheveu de la famille Goncourt sur dix générations. Faudrait pas oublier que de temps à autre, nos jobs nous obligent à l'humilité.

– Et à subir l'humiliation du père Goncourt qui fait intervenir le ministre dans une affaire qui le touche personnellement.

– Le Peletier, ne sous-estimez pas ce que peut coûter votre connerie.

Au contraire, Le Peletier la mesure très bien, sa connerie, et regrette de ne pas s'être montrée plus méfiante.

– OK, je ne savais pas qui était ce gosse. Mais quand j'interpelle, je ne décortique pas le CV, ni celui de sa famille, avant de passer les menottes.

– Eh bien, vous devriez. Rien d'autre à me dire sur la garde à vue ?

– Vous parlez de quoi ?

– Vous le savez bien.

Son cerveau hurle *putain, ce merdeux a vraiment parlé* sans que rien ne sorte. Bosquet relève la tête et coupe court aux réflexions de Le Peletier.

– Je suis peut-être un sans-couilles comme vous le pensez, énonce Bosquet en tripotant un crayon qui risque de pas résister longtemps, mais je sais soutenir mes équipes. Surtout quand elles déconnent. Hier soir, quand le chef de cabinet a appelé le parquet pour savoir quel magistrat pouvait intervenir en toute discrétion, j'étais seul avec Goncourt. Il m'a raconté comment vous l'avez cogné sur le bureau. Au début, je ne l'ai pas cru mais quand il a dit vouloir porter plainte, je lui ai dit : soit tu balances et je te plombe avec ton trafic de shit qui entachera la carrière de ton père, soit tu fermes ta gueule sur ce geste indélicat et j'enterre ton petit trafic. L'affaire est donc close. Mais, la prochaine fois, faites gaffe.

La main sur la poignée de la porte, elle le remercie et dit se rendre à l'IML*. Elle précise

* Institut médico-légal.

que la victime vient d'être identifiée et explique dans les grandes lignes ce qu'elle sait sur Riquet. Elle espère que l'autopsie racontera le film de la soirée et conclut que ce type n'a pas eu la chance de bénéficier d'appuis pour s'en sortir.

– Le Peletier, tenez-moi au courant, c'est ce que je vous demande. Toutes les avancées de cette enquête, même minimes, m'intéressent et intéressent plus haut. Et ne me dites pas ce que vous pensez de ces gens, je connais votre refrain par cœur.

Lorsqu'elle claque la porte, il hurle qu'il est inutile de la brutaliser. Dans l'escalier, elle ne saisit pas la suite de ses propos. Elle lui est reconnaissante de l'avoir sauvée. Dans l'escalier, elle conclut qu'avec un boulot de merde on a des journées de merde.

13 heures

Le Peletier s'assoit sur les consignes du préfet de police, rappelées le mois dernier, de ne pas considérer les voies réservées aux transports en commun comme des axes établis pour la police, sauf en cas d'urgence.

Pour Le Peletier, en finir avec une autopsie en est un. À l'IML, les horreurs défilent avant toute oraison funèbre. Elle colle le gyrophare sur le toit.

Coincé entre les quais Henri-IV et de la Rapée, l'institut a l'allure d'un paquebot échoué en bord de Seine. À proximité, la ligne 5 du métro hurle, pareille à un cri du groupe AC/DC en plein concert. En contrebas, un véritable toboggan routier lance les véhicules vers l'autoroute de l'Est.

Le Peletier déteste cet endroit. Ce n'est pas la vue d'un mort qui la contrarie, elle en a côtoyé des dizaines durant sa carrière. Non, elle ne saisit pas comment des types peuvent faire dix ans d'études et passer leurs journées à décortiquer des corps. Si elle s'y rend, c'est parce que les morts racontent des choses aux vivants. Ils ne mentent pas. Ils ne mentent plus.

L'autopsie a lieu dans quinze minutes. À la radio, le flash d'information de France Info. Sa gorge se serre quand le journaliste évoque l'enquête et annonce le ministre de l'Intérieur, en direct à la sortie du Conseil des ministres.

– *Monsieur le ministre, une réaction concernant le meurtre survenu cette nuit dans le XVIIIe arrondissement de Paris ?*

– *Aucun acte aussi abominable n'est toléré dans notre République. Vous pouvez compter sur ma détermination et celle des forces de police pour retrouver le ou les auteurs de cette barbarie qui sera punie avec la plus grande sévérité.*

– *À propos de l'enquête, pouvez-vous en dire plus ?*

– *Les premières investigations sont en cours et le procureur de la République tiendra une conférence de presse.*

– Ce meurtre peut-il porter un préjudice à votre campagne ?

– Absolument pas. D'autres crimes sont commis sur le territoire français et la campagne électorale n'est pas d'actualité.

– Cette affaire a-t-elle été évoquée par le Président ?

– Il ne me revient pas de rendre compte du Conseil des ministres, le porte-parole du gouvernement va intervenir dans quelques minutes. Je vous remercie.

Rattaché à la préfecture de police, l'institut médico-légal est placé sous la surveillance de policiers postés derrière une barrière métallique, la main sur une mitraillette tenue en bandoulière. Une protection renforcée depuis les derniers attentats. Le Peletier les salue, montre sa carte, qu'ils inspectent avec attention avant de la laisser passer. Dix mètres plus loin, des marches de granit en haut desquelles s'ouvre une porte vitrée, encadrée par deux colonnes blanches. Au-dessus, un fronton de marbre porte l'inscription : institut MEDICO-LEGAL. Le drapeau national, de grande taille, flotte au gré du vent. Les corps empruntent un passage situé à l'arrière du bâtiment. L'entrée des « arrivées ». Plus discrète, moins protocolaire.

Dans la salle d'attente, deux types de la BRP, aux visages noircis par des années passées dans des coins lugubres. Le Peletier leur adresse un signe de la tête tout en lisant un message de Monceau qui lui annonce qu'il a demandé au directeur Plaisance de pratiquer l'autopsie. Si le médecin-chef intervient en personne, cela signifie qu'un crime commis dans l'arrondissement du ministre oblige le magistrat à la jouer serrée.

Le Peletier apprécie Plaisance. La cinquantaine, une carrure de rugbyman, un franc-parler et une façon d'aborder son métier avec une rigueur quasi religieuse. Tout le monde encense ses conclusions, toujours déterminantes dans la lecture d'un crime. Plaisance. Porter un nom pareil dans un lieu pareil ne s'invente pas. Jamais Le Peletier n'a osé lui demander s'il trouve plaisant d'autopsier des corps.

Sapé d'une blouse blanche et d'un masque chirurgical autour du cou, Plaisance surgit d'une porte battante marquée d'un panneau rouge *zone interdite à toute personne non accompagnée par un membre de l'IML.* Il agite une main. Le Peletier le suit. Dans le couloir, le parfum fruité du produit désinfectant masque mal l'odeur de putréfaction des corps. Plaisance avance d'un pas de bûcheron. Derrière, Le Peletier dresse une oreille dans ce passage dont elle pense qu'il regorge de réminiscences sordides gravées dans les murs, ou d'histoires de gens qui ont rendu tripes et boyaux à certains endroits. Elle tente de capter ce qui aurait pu s'y dire, ne serait-ce qu'un chuchotement.

– T'as la réquisition avec toi ? (Le Peletier lui remet le document.) Prends une blouse, un masque, une charlotte et des gants dans les boîtes.

Une question. Des ordres. Le Peletier s'exécute.

Le sol rappelle la couleur d'un ballon de basket. Les murs aussi, dans la partie inférieure. Au plafond, deux bras télescopiques incrustés de LED sans ombre optique pour un travail en surface et en profondeur. Un légiste nettoie des instruments biscornus, qu'il place dans un bac en plastique. Jeune, grand et fin, il salue Le Peletier d'un signe de la main. Elle lui répond à la va-vite, le regard figé sur une table en inox, identique à celle d'un bloc opératoire, si ce n'est que celle-ci a une forme de L, avec, dans le retour, un évier et une balance pour la pesée des organes.

Dessus, un corps couvert d'un drap blanc. Dessous, Victor Riquet.

– Si tu veux attendre dans le couloir, tu peux. Je viens te chercher pour te donner mes conclusions, une fois que j'ai fini.

Plaisance est direct. Rien ne lui échappe, même quand il frotte ses doigts entre eux dans une formule savonneuse qui mousse. Elle explique avoir arrêté le fils d'un député sans dire qui. Elle n'évoque pas sa bavure. Parle de l'intervention du père, du cabinet du ministre, de l'engueulade de Bosquet et finit par balancer le patronyme de Goncourt.

– Faut jamais toucher à un Goncourt, c'est sacrilège.

– Comment je peux savoir qu'un mec arrêté pour trafic de shit est un fils à papa qui fait la pluie et le beau temps sur la police ?

– Ben, faut le savoir. Bon, on attaque ? Ici, on ne chôme pas. Ce matin, six corps sont arrivés. Tous urgents. Ton bonhomme l'est comme ceux qui attendent dans les tiroirs. Mais un ordre est venu de très haut pour le traiter en priorité.

Plaisance exécute des gestes comme un rituel. Il surmonte sa blouse d'un tablier de plastique, descend les petites lunettes posées sur le haut de son crâne, épouse le latex des gants en croisant ses doigts et vérifie le matériel. Il retire le drap posé sur Riquet. Ce qui frappe Le Peletier, c'est la blancheur de sa peau sous l'effet des LED, alors qu'il n'a pas été lavé.

Plaisance regarde le scanner post-mortem.

– On a reconstitué le corps en 3D, regarde !

Cinq minutes suffisent pour réaliser le scanner et le corps reste dans sa housse. Plaisance, l'autre médecin légiste, l'Identité judiciaire et Le Peletier se retrouvent devant l'écran. Plus la capitaine l'écoute, plus elle a le sentiment de plonger dans un livre ouvert.

– On n'a pas retrouvé de projectile dans le corps mais on voit une plaie thoraco-abdominale oblique en bas, en avant et à droite, dont la longueur est de quarante-sept centimètres et la profondeur maximale de douze centimètres.

Plaisance pose un regard bienveillant sur Riquet, comme pour effacer les souffrances qu'il a subies, puis il débute l'examen externe du cadavre et parle au dictaphone :

– Il s'agit du corps d'un individu de sexe masculin, de corpulence moyenne et en bon état de conservation. Il mesure cent soixante et onze centimètres pour soixante-treize kilos. Il est noté une pâleur des téguments et des muqueuses. Les yeux sont absents. Les cheveux sont blancs avec de larges golfes frontaux. La pyramide nasale présente une mobilité anormale et un volumineux hématome qui s'étend aux lèvres. Les dents 11, 12, 21, 22, 31 et 41 sont fracturées. Les oreilles ont été découpées avec un objet tranchant. Elles pendent, tenues sur deux millimètres de peau par leur extrémité inférieure. Au niveau de la face antérieure du thorax, il est observé une plaie à bords nets en regard du sternum, se prolongeant vers l'abdomen avec une plaie du foie et se terminant au niveau de l'artère fémorale droite, qui est lacérée sur sa face antérieure. Les doigts ont été sectionnés au niveau de la deuxième phalange. Sur le bras gauche, on remarque un tatouage représentant une fleur avec une tige assez longue qui fait penser à un chardon. À la face postérieure de l'épaule droite et en projection de la partie basse de l'omoplate, on constate la présence d'une cicatrice chéloïde mesurant six centimètres de long, oblique en haut et à gauche. Le pénis a été sectionné au niveau de la partie proximale du corps. Il n'y a pas de mobilité anormale du squelette, ni de déformation apparente d'un membre. Il n'y a pas de stigmate de point d'abord vasculaire. Au niveau de l'abdomen, en région para-ombilicale gauche, il est noté une tache achromique de deux centimètres de diamètre, possiblement congénitale. Je passe aux incisions profondes.

Il fend à l'aide de son scalpel les membres inférieurs et supérieurs.

L'autre légiste effectue des prélèvements pour la toxicologie, la génétique et l'anatomopathologie : sang périphérique et sang cardiaque, bile et mèche de cheveux pour la toxico ; prélèvements de rein, poumon, foie, rate et cerveau pour l'anapath. À la fin de l'examen, Plaisance retire sa paire de gants et son masque.

Le Peletier pose l'inévitable question :

– Quelle est la cause de la mort ?

– À mon avis, son décès découle d'un ou plusieurs coups portés au visage, qui l'ont rendu inconscient. Puis les mutilations ont été faites en post-mortem, sans que nous puissions en préciser la séquence : section des doigts, découpe des oreilles, ablation des yeux, plaie thoraco-abdominale et section du pénis. Les mutilations ont été effectuées sans hésitation dans le geste. Cela nécessite des connaissances anatomiques poussées. Celui qui a fait ça savait comment faire. Ça pourrait être le travail d'un médecin. Ou d'un équarisseur.

Le Peletier patiente du côté de l'entrée des « arrivées », jouant à faire rouler la molette d'un briquet sans allumer la flamme. L'hypothèse que le meurtrier soit un médecin l'entête. À la première bouffée de la cigarette, l'impression de cracher ses poumons n'est pas loin. Quatre types des pompes funèbres sortent le cercueil d'un client du coffre d'un véhicule. Ils disparaissent dans l'embrasure d'une porte. Elle joint Charon, qui lui indique par message qu'elle est en ligne. À la deuxième tentative, Charon décroche. Le Peletier débite les conclusions de l'autopsie dans les grandes lignes, estime qu'on a retiré à Riquet ce qui faisait son talent : les doigts pour l'empêcher de toucher, les oreilles pour occulter l'ouïe et les yeux pour lui ôter la vue. Même le nez a été broyé alors même que c'est le sens le moins utile pour un peintre.

– Tu sais, dit Charon, un peintre respire une atmosphère avant de se lancer.

– Plaisance pense que le tueur est peut-être médecin en raison des mutilations réalisées avec professionnalisme. Je te laisse, Monceau cherche à me joindre.

Le Peletier respire un coup avant de décrocher.

– Monsieur le procureur, j'allais vous appeler. Je sors de l'autopsie de Riquet.

– Je sais. Livrez-moi l'essentiel, je lirai les commentaires techniques dans le rapport.

Le Peletier livre un résumé succinct.

– Ce crime dépasse les limites de ce que nous pouvons imaginer. Mais attendez, vous dites Riquet. Vous l'avez identifié ?

– Oui, justement, je viens d'avoir l'information et j'allais vous appeler, ment la capitaine. Il vivait à Vanves. Deux de mes lieutenants sont partis sur place.

– Parfait. Vous me tenez au courant dès que vous en savez plus.

– Autre chose, nous avons rencontré ce matin une commissaire-priseur.

– Elle a identifié le tableau ? s'impatiente le procureur.

– Il s'agit bien d'un Van Gogh, qui s'appelle *Le Peintre sur la route de Tarascon*. C'est un faux.

– Un faux ? Bon, je vous félicite capitaine, vous avancez bien. Je vous laisse, un rendez-vous m'attend. N'hésitez pas à me donner des infos, même par SMS.

14 h 30

Avec la chaleur, Charon a ouvert son perfecto, sous lequel on devine un débardeur kaki. À un carrefour de Vanves, elle aperçoit Avonne en appui contre un mur, les yeux sur son portable. Elle se planque derrière un pylône. Il la regarde derrière ses lunettes de soleil et se retient de rire.

Il ne le lui a jamais dit mais elle lui plaît. Sa bouche pulpeuse. Ses seins taillés comme il les aime. La peur d'être pris en flagrant délit de lui porter un regard trop appuyé et de recevoir, en retour, un uppercut le conduit à regarder au loin et à lui adresser un simple signe de la main, quand, en un rien de temps, elle sort de sa cachette.

Ils accèdent à la résidence de Riquet par une allée arborée. Le hall est en marbre et boiseries précieuses, et d'une propreté irréprochable.

Charon ouvre la porte avec un passe-partout, fonce sur les boîtes aux lettres et trouve celle de Riquet. Troisième étage.

À cet instant, un couple sort d'une porte dans le fond du hall. Avonne brandit sa carte et sollicite leur présence pour la perquisition. La loi exige la présence de deux témoins. Sur le coup, l'homme prétexte un rendez-vous pour ne pas tomber dans ce qu'il juge être un guet-apens. La femme, mal à l'aise, ne dit rien. Avonne leur certifie que cela ne sera pas long, au maximum une heure. La précision n'a aucune valeur, lui-même sait que l'engagement peut ne pas être tenu.

Au moment où tout le monde pénètre dans l'ascenseur, le serrurier sollicité par Avonne arrive, essoufflé. Dans la cabine, l'artisan fixe ses chaussures. Il évite tout regard sur Charon.

Il l'a vue bondir sur des gars qui la regardent mal. Avonne capte sa gêne et sourit.

À l'étage, Charon frappe deux coups sur la porte de Riquet. Pas de réaction. Elle recommence. Pas de réponse.

Avec un tournevis, une plaque de radio et des clés, l'artisan triture la serrure et les écarts de l'encadrement. Très vite, il entrouvre la porte, range son matériel, fait signer un reçu à Avonne et quitte les lieux, son portable l'appelle ailleurs.

D'un geste, Avonne écarte le couple. Effrayés, comme si un événement imprévu allait survenir d'une seconde à l'autre, l'homme et la femme se retranchent près du vide-ordures.

L'arme en main, le lieutenant pousse la porte. S'ensuit un silence. Il détaille l'entrée, éclairé par la fenêtre d'une pièce située plus loin.

Derrière, Charon, armée elle aussi. Le lieu lui rappelle un tableau de Hopper, *Le Soleil dans une pièce vide*. Une lumière extérieure se crée un passage à l'intérieur du logement vide. Une table, une chaise, un sommier, un matelas et un canapé, des différences de tons sur les murs qui laissent penser que des toiles y étaient accrochées, des marques dans la moquette qui signalent la présence de meubles disparus.

– Ma parole, on a fait un grand ménage ici.

Une forte odeur de javel confirme que le nettoyage a été fait il y a peu de temps dans la cuisine. Les placards sont vides. Dans la porte du réfrigérateur, une bouteille de bière sans étiquette.

Charon range son arme dans son holster, dit au couple d'entrer et s'attaque à la chambre. Elle tape certaines zones des murs, à la recherche d'une sonorité creuse et note que les marques incrustées dans la moquette beige tachetée à certains endroits disent que le lit n'est pas à son emplacement habituel. Elle passe une main entre le matelas et le sommier et en tire une carte de visite. Au recto, un prénom, Maurice, et un code postal, 75018, et au verso, un numéro au crayon gris trouble Charon. Il correspond au portable de Chapelle.

Sur le balcon, où elle repousse la fenêtre derrière elle, sans la fermer complètement, elle appelle Le Peletier pour lui faire part de sa découverte.

– On retrouve donc son numéro chez un faussaire sur la carte d'un Maurice, dit la capitaine. J'avais raison de me méfier d'elle. On la convoque à 15 h 30. Tu l'interroges seule, tu sors la carte et tu ne la lâches pas. Et nous restons discrets.

Discrets. Chez Le Peletier, ça signifie secret absolu. À commencer par Bosquet.

Fin de la perquisition. Avonne fixe aux témoins un rendez-vous au lendemain pour signer le procès-verbal. En attendant, il leur tend une feuille qui détaille la procédure sur laquelle ils apposent deux gribouillis, pressés de partir.

En déchiffrant les paraphes, Avonne a la certitude que ce ne sont pas des vrais.

Au bureau, des voix éclatent. Un interrogatoire part en sucette. Le timbre qui s'emporte est féminin, avec des pointes dramatiques. Désormais, ça cogne contre un meuble métallique, sans doute un poing. L'interrogée hurle qu'elle est victime de violences policières. Un court instant de calme, avant qu'elle dise vouloir déposer plainte. Là, un flic crie plus fort, sans doute pour impressionner sa « cliente ». Comme souvent, l'ordinaire finira couché dans une procédure qui suivra son cours durant de longs mois pour aboutir à une relaxe, à un rappel à la loi ou à une convocation devant le tribunal de police. La vie d'un flic ressemble à un village bombardé.

15 h 30

À peine entrée dans le bureau de Charon, Chapelle demande la raison de sa nouvelle convocation. La lieutenante se dit que cela ne va pas être simple. Et, en effet, la commissaire-priseur explose :

– Tu cherches quoi exactement ? Venir chez les flics pour une affaire criminelle épouvante tout le monde. Alors, va à l'essentiel.

Charon place ses mains à plat sur le bureau.

– Tu as raison, allons droit au but. Dis-moi ce que tu sais sur les faussaires.

– Tu me fais revenir pour ça ? T'as dû mener une enquête sur mon compte.

– Non.

– Si tu l'avais fait, tu aurais vu qu'il y a une semaine je présidais la vente de l'intégralité de la bibliothèque d'un ancien Premier ministre à Paris, que trois jours après, je participais aux enchères d'un tableau de Dali à New York, qui s'est arraché à plus de cinquante millions de dollars, et que dans deux jours je m'envole pour Singapour pour une expertise. Alors, faut m'expliquer comment je trouve du temps pour traîner avec des faussaires.

– Je ne te demande pas si tu traînes avec eux mais ce que tu sais sur eux.

– Mon métier me conduit parfois à expertiser un faux. Mais je m'arrête là, car dans deux minutes tu vas me fourguer un recel de fausses croûtes dans les pattes ou me soupçonner d'être complice du crime sur lequel tu bosses.

– Qu'est-ce qui te fait penser ça ?

– Ta manière de m'interroger.

Charon se redresse.

– Je te conseille de changer de ton. Je ne t'ai pas fait revenir pour que tu me déballes ton agenda mais pour que tu me parles des faussaires. Ça inclut l'identité de certains si tu en connais.

– J'aimerais t'aider mais je n'en connais pas.

– Tu mens.

– Prouve-le.

Charon sort la carte de visite retrouvée à Vanves et la pose sur le bureau. Un instant interdite, Chapelle dit :

– C'est mon portable. J'ai dû rencontrer ce… Maurice, et il l'a noté.

– Cette carte a été découverte au domicile d'un faussaire. Dans une enquête, ce genre de détail interpelle. Surtout si on ajoute que le faussaire chez qui la carte a été découverte est mort.

La stupéfaction fige le visage de Chapelle. Elle perd de son assurance.

– Je t'avertis que, dans une enquête policière, le mensonge n'est pas une carte à jouer. Alors, tu me donnes des noms, et ensuite, je te fous la paix.

Si Le Peletier l'avait entendue, elle l'aurait fusillée du regard.

Chapelle se réajuste sur la chaise. Adopte une attitude plus modérée. Elle accepte d'être plus collaborative dans le périmètre du marché proposé.

– OK. Parmi les expertises que j'ai pu faire, certaines contrefaçons demandent des heures pour déceler le détail qui va la qualifier ainsi. Prends le Van Gogh, celui qui l'a fait a…

– Stop. Je te demande des noms de faussaires.

– T'as des Chinois mais c'est d'une qualité très médiocre.

– Stop. Tu cherches quoi ? La perquisition de ta boutique ?

En regardant Charon, Chapelle considère la menace crédible.

– Ce ne serait pas plus simple que tu me montres la tête du faussaire mort et que je te dise si je le connais ? Ensuite, tu l'as dit, je pars.

Affronter le visage de Riquet, même deux secondes, requiert du cran. Charon n'est pas sûre que Chapelle le supporte. À moins qu'elle ne veuille le voir pour une autre raison. En défaisant le lien qui entoure une chemise cartonnée, Charon se dit qu'elle ne doit pas louper la réaction qui s'affichera sur le visage de son ancienne condisciple.

– Tu sais, il est défiguré, je ne peux pas te le montrer. Tu m'as parlé de deux ou trois personnes. Je t'écoute.

Chapelle ouvre son sac et en sort un paquet de cigarettes, un magazine, une paire de lunettes, une brosse à cheveux, un carnet et une trousse. Elle farfouille à nouveau puis lâche :

– Bon, je ne trouve rien. Ce Maurice, je le connais un peu. Son nom est Duvernay. De mémoire, il vit à Montmartre. Maintenant que tu as ce que tu veux, j'y vais.

Chapelle quitte la pièce sans se retourner. Charon reste assise, médusée devant un tel culot. Elle n'a pas de moyen de la retenir. Elle joint Le Peletier.

– J'ai récupéré l'adresse du fameux Maurice, qui se nomme Duvernay. Il crèche dans le XVIIIe arrondissement. Je te l'envoie par SMS.

– Elle était comment ?

– Nerveuse et odieuse.

– Je te le dis depuis le début, elle n'est pas clean, ta copine.

– Ce n'est pas parce que j'ai fait mes études avec elle que nous sommes copines. Attends une seconde… Je te rappelle.

Charon enfile une paire de gants en tirant au maximum sur le latex pour qu'ils épousent la forme de ses doigts. Chapelle a oublié son agenda.

Il s'agit d'un carnet fermé par une patte à pression. Dans la couverture, une pochette zippée, et des emplacements, tous bourrés de cartes rigides ou souples. Les pages de l'agenda sont attachées à des anneaux en acier et, sur le côté droit, un passant pour un stylo, mais vide. Charon feuillette l'agenda. L'écriture au crayon est fine. On retrouve la vente de la bibliothèque d'un ancien Premier ministre, l'enchère du Dali et le déplacement à Singapour.

À la page de la semaine, comme dans celle d'avant, des morceaux de gomme témoignent que des rendez-vous ont été effacés. Charon lit les noms inscrits et la répétition d'initiales. Certaines ont été gommées. L'appui de la mine laisse deviner les majuscules.

Parmi les cartes de visite, on trouve celles de collectionneurs d'art, d'avocats, de collègues travaillant dans des maisons de vente et une qui l'interpelle.

Elle rappelle Le Peletier.

– Chapelle a oublié son agenda sur mon bureau. Dedans, il y a la carte de visite de Duvernay. La même qu'à Vanves. Et certains rendez-vous ont été effacés. Ils concernent la même personne. Ce sont des initiales. MC. Le M pourrait correspondre à Maurice mais le C ne colle pas.

– Bon, on lui colle Laplace au cul. Elle ne le connaît pas. Et nous, on rend visite à ce Maurice Duvernay. J'appelle le procureur.

Assise sur une bordure dans un endroit ombragé de la place Louis-Lépine, Chapelle encaisse mal son échange avec Charon. Autour d'elle, des enfants s'amusent avec leurs parents. Derrière, des jeunes jouent une partie de foot, les poteaux de but sont improvisés avec leurs sacs d'école. Ils se donnent des airs de vainqueurs à la Ronaldo ou Mbappé. Mais impossible de trouver un visage rassurant parmi la foule.

Son téléphone vibre. Un message de son assistante. Elle répond : « Je suis en RDV. Une urgence ? » Trente secondes après : « Non. Le boss vous cherche. » Chapelle pense : « Quelle conne, c'est une urgence. »

La station de métro est à une cinquantaine de mètres. Elle prend la direction de

Saint-Germain-des-Prés. Le territoire de sa jeunesse, de sa famille, de ses études, de ses premiers amours, de ses boutiques de fringues. Le territoire où elle se sent chez elle.

Elle bifurque dans une rue, avec des appartements de grand standing à plusieurs dizaines de millions d'euros. Chapelle presse le pas vers un passage. À cet instant, il lui paraît un gouffre. Face à un bâtiment noirci à certains endroits par la pollution, elle appuie sur une sonnette greffée dans un mur. Pas de réponse. Elle recommence. Une fois. Encore une fois. Ça la désespère.

Elle recule. Scrute le troisième étage. Cherche de la lumière, une ombre, un mouvement derrière une fenêtre.

Elle croit voir un rideau bouger. Elle sort son portable. Une sonnerie. Puis une deuxième. Elle recommence. Personne ne décroche et impossible de laisser un message.

Elle tente un dernier appel. Elle regarde les fenêtres avec insistance. Aucune lumière. Plus aucun mouvement.

Rester là ? C'est peu conforme aux codes de la population qui vit ici et qui s'inquiète vite de voir quelqu'un attendre trop longtemps.

Quand elle part, quelqu'un pousse le rideau d'une fenêtre du troisième étage.

17 heures

Le Peletier remonte les rues Lamarck, Becquerel et Saint-Vincent. Elle finit par planter le véhicule sur une place de livraisons, le gyrophare sur le tableau de bord.

Dans la rue, un article de *Libération* lui donne la migraine. Le titre, « Crime en plein Montmartre, la police piétine », la fout en colère. Ça parle de « lenteur policière », « d'absence d'indices », « d'enlisement ». Même Bosquet interviewé lâche des infos d'on-ne-sait-où.

Elle rejoint son équipe et distribue les rôles. Charon et elle chez Duvernay, Avonne en appui sur le seuil de la porte. Elle précise :

– On n'a pas grand-chose sur Duvernay, donc on est vigilants.

Tous hochent la tête en signe d'accord.

La porte d'entrée de l'immeuble, sans digicode, donne sur une cour pavée fermée par une grille en fer. Derrière, une table de jardin et des pots de fleurs. Dans un coin, un chat gratte les racines d'une vigne vierge qui envahit un mur. À la vue de ces étrangers qui s'agglutinent dans le couloir, le félin file sur le toit d'une verrière.

Avonne appuie sur un bouton à côté des initiales MD. La voix qui répond semble celle d'un gros fumeur. L'interphone crépite.

– Police. On peut entrer ?

– C'est-à-dire que…

Le Peletier n'apprécie pas cette voix enrouée et hésitante.

– Ouvrez, gueule Avonne.

Le timbre viril a l'effet recherché, la serrure grésille.

Chacun prend ses marques dans la cour. Le Peletier et Charon empruntent une cage d'escalier, éclairée par deux fenêtres, suivies par Avonne. À l'étage, le palier est encombré d'objets entassés qui ont perdu tout sens de vie. Ça sent l'humidité, le tabac froid et la peinture. Sur la porte, un bristol identique à celui retrouvé à Vanves et dans l'agenda de Chapelle.

Le Peletier réajuste son pantalon et frappe. La porte s'ouvre et la voix éraillée de Duvernay a désormais un physique. Massif, un peu voûté, âgé et habillé d'un peignoir en éponge, les pieds dénudés, qui donne l'apparence d'être pris au saut du lit, l'air bête avec. Des traits de surprise s'inscrivent sur son visage de se retrouver face à deux femmes. Il détaille leurs cartes professionnelles, sans un mot. Le Peletier brusque les événements.

– Nous souhaitons vous poser quelques questions, pouvons-nous entrer ?

Duvernay saisit la porte. Charon place un pied dans l'embrasure. Il finit par les laisser entrer.

À l'intérieur, les mêmes odeurs que sur le palier, mêlées à un arôme de beurre brûlé à s'en coller un mal de crâne.

D'autorité, Charon tire les rideaux troués et ouvre les fenêtres pour aérer, comme elle l'aurait fait chez elle.

Tout ici est vieillot, mais avec un potentiel que les bobos en mal d'un bien sur la Butte rêveraient d'acquérir. Une cheminée avec une tablette en marbre surmontée d'un grand miroir piqué, des moulures au plafond, un ancien parquet. Quarante mètres carrés à vue de nez transformés en atelier, avec des murs couverts de tableaux, un patchwork coloré au sol, des bocaux posés sur un meuble bringuebalant où croupissent dans des eaux troubles des pinceaux de différentes tailles. Dans un coin, une grande boîte ouverte déborde de tubes de peinture perforés d'où s'échappent de la couleur par des trous à force d'être pressurés. Il y a aussi des chiffons, de vieux cadres et des bouteilles de produits de type solvant. Dans le fond, des chevalets se dressent comme des statues, des toiles attendent d'être grattées à l'aide d'une spatule et d'autres d'être maquillées de formes et de couleurs. Au milieu, une caisse en bois pour table basse, elle aussi maculée de couleurs, avec des bouteilles dessus. Autour, deux fauteuils défoncés en cuir déchiré n'invitent pas à s'y asseoir. Sur le côté, une cuisine microscopique aux murs sales et à l'évier encombré de vaisselle.

Charon observe un Corot, un Cézanne, un Rembrandt. Elle ne se trompe pas en tombant sur un Modigliani dont les traits sont sublimés par les rayons du soleil. Il y a aussi ce Matisse, suspendu juste au-dessus de trois toiles qui ressemblent à un Braque, un Léger et un Monet.

Alors qu'elle photographie chaque toile avec son portable, Duvernay crie être victime d'une intervention policière sans mandat.

Le Peletier :

– Vous regardez trop de séries américaines. Les mandats n'existent pas en France, on agit avec une commission rogatoire d'un juge mais là, nous sommes dans le cadre d'une enquête de flagrance.

– Mais ces tableaux sont pour mon usage personnel. Ce n'est pas un crime de reproduire un style qui vous plaît et de vivre avec.

Charon, qui fixe un Magritte, réplique :

– Évidemment qu'aimer la peinture ne constitue pas une infraction. Vous avez du goût et ce n'est pas non plus interdit. En revanche, leur vente est répréhensible.

– Mais je ne vends rien.

– Vous n'allez pas nous faire croire que vous peignez tout ça uniquement pour votre usage personnel ?

– Je vous jure que c'est vrai.

– Ne jurez pas, j'ai horreur de ça. Où sont vos créations ? Je n'en vois pas.

– Celles-ci, je les vends. Ça, c'est légal.

– J'imagine que vous avez un registre qui les comptabilise.

Duvernay ne répond pas.

– Écoutez, ces toiles sont suffisamment bien exécutées pour tromper un amateur. Donc, vous allez arrêter de nous prendre pour des connes.

– Puisque je vous dis que je ne vends rien. Mon rêve était de vivre dans un musée.

– Personne ne gobe votre histoire.

– On a le droit de douter que vous peigniez des faux, tout comme on a le droit de penser que vous les revendez. Allons au but. Hier soir, un individu a été retrouvé mort, pas très loin d'ici, rue Caulaincourt. Vous en avez entendu parler ? Victor Riquet. Ce nom vous dit quelque chose ?

C'est étonnant ce qu'une personne exprime avec son corps quand les choses se corsent. Le visage de Duvernay est passé d'une certaine désinvolture à la concentration. Il se gratte le haut du bras, comme pour se soulager d'un eczéma qui le démange, se déplisse les traits avec les mains. À moins que cela ne soit pour effacer l'horreur qu'il imagine. Mais il ne dit rien.

– Lui aussi était peintre et faussaire.

– Vous n'avez pas le droit, je ne suis pas un faussaire.

Le Peletier a souvent le sentiment d'être proche de la vérité quand on lui sort des termes juridiques.

– Vous n'allez pas recommencer avec le droit, s'agace Charon. Riquet était spécialiste de Van Gogh. Vous, c'est qui ? Monet ? Magritte ? Il suffit de regarder ce Manet, ce Rubens et, dans ce coin, je ne me trompe pas, ce Seurat pour qu'on vous croie faussaire. Pardon, on ne va retenir que le soupçon.

– Ces toiles m'ont toujours fasciné quand je les voyais dans des livres. Alors, j'ai eu envie de les avoir avec moi. C'est la seule raison de leur existence.

– En allant jusqu'à imiter la signature sur chaque tableau ?

– Ça fait partie d'une toile.

Après mon déjeuner, j'ai rejoint un studio loué dans le XVIIIe *arrondissement.*

J'ai lu un polar publié dans les années soixante-dix. L'histoire de trois meurtres avec viol commis dans la même région, pour lesquels la police dispose d'un suspect idéal. Le bouquin est un long interrogatoire où le type fait face à un inspecteur qui garde ses nerfs jusqu'aux aveux. À table, *c'est son titre, a été adapté dans les années quatre-vingt au cinéma. Le film s'appelle* Garde à vue, *Lino Ventura joue le rôle du flic, et Michel Serrault, celui du suspect. Je crois qu'il a eu un César pour ce rôle.*

Je ne sais pas si c'est à cause des nems que j'ai du mal à digérer, mais j'ai pioncé comme un bébé durant une heure. Jamais cela ne m'arrive. Si le commanditaire ne m'avait pas appelé, je dormirais encore.

Pressé, il m'a demandé de me tenir prêt. Il parle comme s'il craignait qu'on le surprenne en train de m'appeler ou, pire, il se croit sur écoute. « Je t'envoie les instructions. Tout doit être réglé pour demain soir. »

Je déteste l'urgence. Je pourrais l'envoyer chier, mais cela ne changera rien. Je raccroche et l'insulte à haute voix. Une mission nécessite de réfléchir, mais je n'ai pas d'autre choix que de respecter les délais qu'il m'impose, car j'ai besoin de fric.

Je ravale les dernières obscénités que je m'apprête à dire quand les informations pour la suite s'affichent sur mon portable. Au même moment, ce qui se passe dans le bas de la rue attire mon attention.

19 heures

Charon ouvre la porte d'un placard. Il s'agit d'un réduit rempli de livres sur la peinture, les techniques, les périodes, les couleurs. Il y a aussi des revues, des catalogues d'expositions, des biographies. Entre deux livres, un carnet à spirales dépasse, qu'elle feuillette avant de rejoindre Le Peletier.

Lorsque Duvernay l'aperçoit, il tente de le récupérer. Charon montre à la capitaine les initiales MC inscrites sur plusieurs pages. Mais elle enchaîne sur autre chose :

– Je lis dans ce carnet que vous avez peint *L'Empire des lumières* de Magritte il y a trois semaines. Dans mes souvenirs, il en existe trois ou quatre.

– On ne connaît jamais le nombre exact des tableaux peints en série.

– Ce qui est un bon filon pour en faire d'autres. Il est où ?

– Je l'ai détruit car il ne m'inspirait pas.

Ces deux femmes flics sont pires que des mecs, se dit Duvernay. Il regrette de ne pas avoir brûlé son carnet.

Dans la cour, des cris d'enfants cassent subitement l'ambiance pesante. Le Peletier décide d'embarquer Duvernay.

– À partir de 19 h 47, vous êtes placé en garde à vue pour faux et usage de faux pour une durée de vingt-quatre heures, période renouvelable une fois, lance Le Peletier. Vous avez le droit de consulter un médecin. Vous voulez en voir un ? (Duvernay fait un signe négatif de la tête) Vous pouvez contacter un avocat.

– Je n'en ai pas.

– On vous en commettra un d'office. Vous pouvez également prévenir un membre de votre famille. Vous avez le droit de garder le silence ou de répondre à nos questions.

Duvernay fait un signe négatif de la tête.

Les policiers retournent l'atelier. Mais finalement ils n'emportent que le cahier à spirale.

Installé à l'arrière du véhicule, Charon prend à part Le Peletier.

– Y a forcément un lien entre les initiales MC trouvées dans le cahier que je t'ai montrées tout à l'heure et dans l'agenda de Chapelle. Faut creuser.

Dans la voiture, France Info diffuse un flash. Ça parle de la courbe du chômage qui ne fléchit pas et du ministre du Travail qui explique que c'est à cause de la croissance qui ralentit malgré l'embellie de certains secteurs de l'économie. Dans le rétroviseur, Charon voit Avonne les suivre à scooter.

Duvernay passe une demi-heure avec l'avocat commis d'office désigné par le bâtonnier. Vers 20 h 20, ils se retrouvent face à Charon et Avonne dans une pièce sans fenêtres, avec quatre chaises dépareillées autour d'une table rectangulaire. Un faible néon laisse l'arrière-plan dans la pénombre.

Sur un mur, un miroir sans tain et une caméra de surveillance dans un angle.

Avonne se frotte les yeux pour rester en alerte.

Un élément brouille son esprit. Il considère ses vingt-sept ans décalés pour interroger un type qui a la soixantaine. Ça lui rappelle sa première audition, une femme de soixante-huit ans interpellée pour un trafic de drogue. Elle stockait du shit dans son appartement contre une somme qui l'aidait à arrondir ses fins de mois. Durant la confrontation, le visage vieilli lui rappela celui de sa grand-mère maternelle. Un cauchemar. Il en était sorti en vomissant dans les toilettes.

Avonne est droit sur la chaise. Les pieds à plat. Les doigts crispés laissés sur la table. Duvernay a les mains plongées dans les poches de son pantalon. S'il lance des rictus insolents à Avonne, il est moins sûr de lui face à Charon.

– Revenons à Victor Riquet, l'interrompt Charon. Vous le connaissiez ?

Duvernay tourne la tête vers son avocat, qui l'invite à répondre.

– Oui. Mais puis-je savoir qui vous a parlé de moi ?

Charon le pointe du doigt.

– Ici, c'est nous qui posons les questions. Pourquoi pensez-vous qu'on vous a balancé ?

– Parce que la police ne passe pas dans une rue, voit de la lumière et se dit : allons mettre en garde à vue un type parce qu'il a des peintures connues chez lui.

– Personne ne vous a donné. Nous avons fait des recherches sur les peintres dans le quartier. Et vous êtes peu nombreux. Pour en revenir à Riquet, vous le connaissiez comment ?

Duvernay se gratte de nouveau l'épaule, comme si un eczéma le démangeait.

– Nous étions peintres et échangions parfois sur des techniques.

– Vous le connaissiez bien ?

– On se croisait.

– Auriez-vous une idée de qui lui commandait des toiles ?

– Aucune.

– Et vous, qui vous passe des commandes ?

Duvernay attrape sa tête avec les mains. Quand il se redresse, son visage est sévère.

– Vous n'allez pas recommencer. Je vous ai dit que je ne revends rien. Les faux chez moi, je les ai peints durant ma jeunesse et j'en ai vendu pour bouffer.

– Donc, vous êtes bien un faussaire ?

– Non, j'ai été un faussaire. Nuance. C'est de l'histoire ancienne.

– J'aime l'histoire ancienne. Pour qui peigniez-vous de fausses toiles ?

– Y a pas besoin de faire un dessin.

– À cette heure de la soirée, si.

– Des riches que je ne connaissais pas. Ça passait par un intermédiaire.

– Son nom ?

– Un type rencontré en prison. Ce sont des choses qui arrivent dans une vie.

– Pas à tout le monde, dit Avonne avant de se faire fusiller du regard par Charon, qui fait un signe de la main à Duvernay de continuer.

– J'avais vingt ans. On a sympathisé. Un jour, j'ai fait un Miro pour une de ses amies. Elle a cru que la toile avait été dérobée dans un musée. Ensuite, il m'a demandé une autre toile. Je me suis pris au jeu et j'encaissais l'argent.

– Ça vous prenait combien de temps pour peindre une toile ?

– Deux jours. Je peignais jour et nuit, une heure pour bouffer, deux ou trois pour dormir s'il le fallait mais pas plus. Le reste du temps, peinture, peinture.

– N'espérez pas la Légion d'honneur. Votre copain de cellule, on le trouve où ?

– Il est mort, je crois.

– Ben voyons. Où étiez-vous cette nuit ?

– Chez moi.

– Seul ?

– Seul.

– Bien, nous allons arrêter l'audition. Nous la reprendrons demain matin. Relisez et signez.

Duvernay quitte la pièce entre deux policiers qui l'emmènent dans une cellule.

21 h 30

Face au distributeur situé dans le couloir du bureau du procureur, Le Peletier se rend compte qu'elle est plongée dans cette enquête depuis vingt-quatre heures maintenant. Elle a le sentiment désagréable de mener des investigations qui ne se déroulent pas comme elle le veut. Un corps mutilé, une fausse toile, une commissaire-priseur qui ment, un faussaire en garde à vue qui dupe son monde. Résumée de la sorte, cette enquête pue l'embrouille à tous les niveaux.

Quand Le Peletier saisit le gobelet, son portable vibre. Laplace. Son dernier appel l'a plongée dans l'arbre généalogique de Goncourt. Le lieutenant raconte la filature de Chapelle, le métro en direction de Saint-Germain-des-Prés, son acharnement à sonner devant un immeuble, ses appels en fixant des fenêtres et son départ, le visage grave et bouleversé. Laplace croit qu'elle épiait le troisième étage, sans en être sûr.

Avant que Le Peletier ne pose la question sur l'identité de la personne qu'elle cherchait à joindre, Laplace indique avoir effectué des recherches sur les locataires à l'adresse en question. Des appartements loués via des agences à des entreprises pour héberger des cadres de passage à Paris.

Quand Le Peletier frappe à la porte de Monceau, sa voix graveleuse l'invite à entrer. Le bureau, dépourvu de toute décoration, seul le portrait du Président de la République est accroché sur un mur, baigne dans un jus années soixante-dix. Des pochettes vertes sont dispersées sur des meubles. Certaines sont sanglées et marquées d'une étiquette griffonnée de numéros en chiffres romains.

Monceau a la réputation de ne pas tolérer les gens en retard.

– Installez-vous, capitaine, je suis à vous dans quelques secondes.

Il la gratifie d'un sourire réconfortant avant de replonger dans sa lecture. Les jambes croisées, Le Peletier détaille ses cheveux, sa barbe de trois jours, ses yeux, qu'elle devine verts, sans être affirmative. Parfois, son visage se ride d'un trait frontal, de légères pattes d'oie et deux sillons nasogéniens pas encore trop creusés.

Monceau la surprend en demandant où en est l'enquête, sans lâcher sa lecture. Le Peletier s'agite comme si elle était assise sur des oursins et dit :

– On a placé en garde à vue Maurice Duvernay. Il vit à Montmartre. On le soupçonne d'être un faussaire en peinture. Chez lui… Comment dire… C'est Orsay en miniature, avec que des faux. On reprend son interrogatoire demain. On a aussi reçu une commissaire-priseur, Pauline Chapelle, spécialiste de Van Gogh. Charon… la lieutenante Charon la connaît.

– Que vous a-t-elle révélé d'intéressant ?

– Rien, mais elle cache quelque chose. Lors de sa venue, elle a oublié cet agenda.

Monceau le saisit et le retourne dans tous les sens.

– Vous ne l'avez pas rappelée pour lui signaler qu'elle l'avait oublié ?

Silence.

– Vous savez que, dans mes fonctions, je ne me base que sur ce que je lis dans les procédures et sur ce que me rapporte la police. Je vous écoute.

– Dedans, des cartes de visite, un répertoire téléphonique et des rendez-vous.

– Bref, c'est un agenda.

– On a trouvé la carte de visite de Duvernay, le peintre en garde à vue. Il y a aussi des initiales, MC, qui apparaissent à de nombreuses reprises sur des rendez-vous notés le soir. Les mêmes retrouvées dans un carnet saisi chez Duvernay, dans lequel il répertorie sa production. Nom de la toile, auteur originel, date de sa reproduction, et des initiales. On pense que cela correspond à des acheteurs.

– Des acheteurs de faux tableaux. Bon travail.

Le Peletier sourit, ravie d'entendre un compliment, si rare ces derniers temps.

– Ne lâchez pas ce Duvernay mais allez-y en douceur.

Le Peletier est surprise par cette recommandation, qu'elle prend pour un reproche.

– Dernière chose, j'organise un point avec Bosquet et Plaisance demain. Je souhaite votre présence. Soyez à l'heure. 14 heures précises.

22 heures

Charon regagne son appartement, où elle s'est installée lors de son arrivée à l'OCBC*.

* Office central de lutte contre le trafic des biens culturels.

Exténuée, elle jette son blouson au sol et s'effondre sur son canapé. Passer quasi vingt-quatre heures debout ôte tout repère. Elle ne sait même plus à quelle heure elle s'est levée, encore moins déplier les séquences de sa journée avec l'assurance de les placer dans le bon ordre. Même ce qu'elle a mangé au déjeuner en dix minutes lui échappe. D'ailleurs, son ventre crie famine. Elle se dirige vers le frigo. Vide. Elle chope une bouteille d'eau et se vautre à nouveau dans le canapé, le cerveau rempli des mots de cette affaire, qui tournoient sans qu'elle arrive à trouver de lien entre eux.

Elle se redresse. Accroché à une chaise, le sac d'une enseigne d'électroménager. Dedans, le faux Van Gogh.

Les risques de sortir encore cette pièce à conviction, elle les connaît. Ce qu'elle veut, c'est entrer dans la toile, s'en imprégner, se l'approprier et la comprendre. Elle est persuadée d'y découvrir la clé de l'enquête.

Elle retire ses chaussures. S'étire à en faire craquer ses articulations. Se passe les mains sur le visage, tel un coton qui la démaquillerait de la crasse de cette journée. Elle tire la toile de sa housse de fortune et la stabilise devant elle. Même si elle est fausse, ses motifs et ses tons l'absorbent. Elle l'ausculte, s'attache à ces recoins, colle, de temps à autre, son regard à quelques millimètres, se remémore les analyses de Bouvillier à propos des couleurs anachroniques, et se pose la même question : quel est le rapport avec le crime ?

Lui reviennent les photographies d'un Léger, prises chez Duvernay. Elle les fait défiler sur son téléphone, les agrandit avec ses doigts pour étudier un détail. Elle ne trouve rien que son intuition lui fasse trouver anormal.

Par une fenêtre en forme d'œil-de-bœuf, elle aperçoit quelques nuages filer à vive allure, laissant apparaître des étoiles. Elle se met à les compter. Une, deux, trois… Elle s'arrête. Il y en a beaucoup ce soir-là. Elle se souvient que sa mère disait qu'un ciel chargé d'étoiles était signe de beau temps le lendemain. Elle aimait cette phrase, pleine de promesses. Souvent, elle y pense avant de s'endormir.

Elle gagne la salle de bains, dégrafe son soutien-gorge, retire sa culotte et entre sous la douche, qu'elle laisse couler à une eau tempérée pour ôter les méfaits des heures écoulées. Elle glisse le long de la paroi murale de la cabine. S'accroupit à la manière du *Penseur* de Rodin. Fait défiler encore l'affaire. Elle range les morceaux du puzzle dans un ordre, puis dans un autre. Rien ne la convainc.

Dans son lit, le corps emmitouflé dans un plaid rouge, elle lit trois pages d'un polar qui lui rappelle trop le boulot. Elle éteint. Se retourne dans tous les sens. La fatigue ne l'autorise même pas à s'assoupir, ni à rêver. Elle se redresse. Attrape son téléphone. S'apprête à appuyer sur un numéro, se ravise et regarde un site d'actualité avant d'ouvrir à nouveau son répertoire et d'appeler.

– C'est moi.

– Je sais, ton nom apparaît.

– Ça te dirait de boire un verre ?

– Il est 23 h 30. Tu sais, beaucoup de gens dorment à cette heure-ci.

– T'as raison. Bonne nuit.

Charon jette son téléphone. Reprend son livre. Un bip retentit.

« J'arrive… »

Trente minutes après, l'interphone grésille.

En peignoir, son regard s'aimante à celui qui lui fait face. Elle attrape sa main, le tire dans le hall et claque la porte.

Elle se serre contre ce corps carré qui exerce la même pression sur le sien. Les baisers sont brûlants. Chacun prend possession de l'autre. Charon sent s'accroître son besoin bestial de se frotter à ce corps charpenté. Ses doigts suivent des muscles en relief et qui étouffent dans un tee-shirt. Elle le déshabille sans décoller ses lèvres des siennes. Avec maladresse.

D'une main un peu gauche, il jette sur le sol une couverture, avec le besoin de se libérer de quelque chose.

Sans tabou.

Dormir comme les gens normaux à cette heure-ci n'a plus de sens.

Dans ces bras, elle oublie tout.

La journée.
La police.
Le tableau.
Riquet et Duvernay.

JEUDI

2 h 50

Charon secoue le bras encombrant qui enveloppe sa poitrine pour faire revenir son propriétaire dans le monde des vivants.

– Le Peletier te cherche. Allume ton portable, elle a dû te laisser un message.

Avonne croit à un mauvais rêve.

Dans l'obscurité, Charon fixe le sac accroché à une chaise. Si elle en parle, Avonne lui rétorquera que sortir une pièce à conviction sans un accord hiérarchique est une faute professionnelle passible d'une mise à pied sur-le-champ, d'un passage en conseil de discipline et d'un dessaisissement du groupe de l'enquête.

– Tu ne trouves pas bizarre de trouver une toile auprès d'un cadavre ? demande-t-elle.

– Non, on a déjà retrouvé pire sur une scène criminelle.

– Mais là, c'est forcément l'œuvre d'un fêlé qui laisse un message.

– C'est la meilleure. Quand j'ai évoqué cette hypothèse, tu m'as humilié devant le proc et maintenant, sur l'oreiller, tu avoues que j'ai raison.

– Pardon.

– Toi qui es calée en art, tu sais s'il existe une toile d'un mec qui a la bite coupée ?

– Pourquoi tu me demandes ça ?

– Parce que j'aurais aimé voir la gueule de Monceau en le voyant.

– T'es con, dit Charon en frappant la tête d'Avonne avec un coussin. On dort maintenant. On a une dure journée qui nous attend.

La lumière éteinte, Avonne se colle contre le dos de Charon en chien de fusil et l'enlace. Il caresse son bras d'un geste tendre et attentif.

– On fait comment tout à l'heure au bureau ?

– Comme tous les jours.

À 3 heures du mat', les règles entre eux restent identiques.

Même comme amants.

9 h 30

Depuis une demi-heure, Avonne interroge Duvernay.

– Ne te fous pas de ma gueule et arrête de jouer, hurle-t-il en tapant sur la table. Tu peins des faux tableaux et tu les revends. On veut savoir à qui et combien.

L'avocat assis à côté de Duvernay intervient.

– Lieutenant, je me permets de vous rappeler que…

– Laissez, maître, l'interrompt Duvernay en posant la main sur son bras. Pourquoi ce tutoiement, lieutenant ? Vous, vous savez, vous jouez mal l'autoritaire.

– Reprenez-vous ! hurle à son tour l'avocat, quand Avonne saisit Duvernay par le col.

– Considère cette audition comme une chance pour sauver ta peau.

– Comment pouvez-vous imaginer que je vais vous dire quelque chose ?

Avonne place sa bouche à quelques millimètres de l'oreille de Duvernay :

– Espèce de…

– Espèce de quoi ? susurre Duvernay, gagnant en assurance, le sourire aux lèvres.

Avonne le relâche et dit qu'il a intérêt à parler.

– Sinon quoi ?

– Sinon tu vas finir les doigts traumatisés et la bite découpée.

– Des menaces maintenant ?

– Des menaces ? Tu veux voir la tronche de ton ami Riquet, espèce de connard.

– C'est donc ça que vous cherchiez quand vous m'avez traité d'espèce de… Que vous le vouliez ou non, vous n'avez rien à me reprocher. Vous voulez mon avis ?

– Je préfère tes aveux.

De ses deux mains, Avonne attrape la table. La penche vers Duvernay. La laisse en suspens une dizaine de secondes, prêt à commettre l'irréparable, avant de la laisser claquer contre le sol. Un bruit métallique résonne dans la pièce.

Derrière la vitre, ni Le Peletier ni Charon ne reconnaissent Avonne. L'urgence est qu'il sorte.

Le Peletier considère qu'un bon interrogatoire se déroule ainsi : faire s'exprimer la personne auditionnée le plus largement possible, dans un échange spontané, sans lien précis avec l'objet de l'audition, dans le but de la mettre en confiance, de détecter des attitudes révélatrices, puis glisser vers l'interrogatoire accusateur.

En temps normal, quand un lieutenant pète un plomb lors d'une audition, la réaction de Le Peletier est à l'opposé de la bienveillance prônée par les manuels de management. Elle considère qu'un flic doit savoir se maîtriser.

Ça, c'est en temps normal.

Là, Avonne, d'ordinaire si calme et réfléchi durant les interrogatoires, s'est fait bouffer par Duvernay.

Quand il les rejoint dans la pièce contiguë, Le Peletier et Charon s'abstiennent de tout reproche. Comme si tout ce qui touchait à cette enquête était hors norme.

Avonne est furieux de s'être laissé baguenauder comme un jeune premier.

– Vous ne pensez pas qu'il faut saisir l'OCBC ? lâche Le Peletier.

– Le quoi ? demande Avonne.

– L'Office central de lutte contre le trafic de biens culturels, précise Charon. Il dépend de la Direction centrale de la police judiciaire.

Il a en charge la répression de la contrefaçon artistique.

– Tu plaisantes, j'espère ?

– Tu sais bien qu'on marche sur leurs plates-bandes. On va se prendre un boomerang dans la tronche si on ne le fait pas. Et toi, qu'est-ce qu'il t'arrive ?

Avonne serre les poings d'une telle force que ses ongles marquent l'intérieur de sa paume. Il n'a pas d'explications à donner et encore moins envie de se justifier.

– Mais y a un meurtre quand même ? dit Charon, qui revient à l'idée de Le Peletier de parler de l'affaire à l'OCBC. Je les connais, ces gugusses.

– Ce n'est pas le sujet.

– Si, justement. Leur truc à eux, c'est le vol et le recel de biens culturels dans les églises ou chez les particuliers. Patauger dans le sang, c'est pas leur came…

– Putain, je m'y prends comme un manche, coupe Avonne.

Il détend ses poings et étire ses doigts à leur maximum pour les faire craquer et balance qu'il y retourne.

Avant, il s'isole dans son bureau un instant pour se concentrer sur la manière de mener cet interrogatoire et de gagner la deuxième manche de ce combat psychologique. Dans le couloir, il se souvient d'avoir lu de Sénèque : « La colère n'a rien de grand, ni de noble. Il n'y a de vraiment grand que ce qui, en même temps, est calme. »

Quand il entre dans la pièce, il s'assoit, pose ses paumes à plat sur la table. Sa façon de prendre de la hauteur pour faire parler Duvernay. Le peintre semble moins serein.

Pour faire diversion, il demande si les deux nanas sont derrière le miroir sans tain. Avonne imagine la tête de Le Peletier et celle de Charon, porte-drapeau du militantisme féminin du groupe.

– On va tout reprendre. Vous êtes d'accord ?

– Qu'est-ce que vous me voulez à la fin ?

– Depuis combien de temps vous peignez ?

Duvernay masse son visage et dit :

– Cela fait quarante ans.

– Ça explique la liste de tableaux inscrits dans le cahier. Elle ferait pâlir les grands musées du monde s'ils devaient organiser une exposition avec tout ce qu'il contient.

– Je ne crois pas être ici pour trouver une date de vernissage.

Contrôle-toi, reprends le dessus, ne le lâche pas.

Des recommandations courent dans l'esprit d'Avonne quand Charon entre dans la pièce, le cahier à la main. Une suée coule le long du dos de Duvernay quand il la voit le feuilleter pour mettre en évidence la page où apparaissent les initiales MC.

– Tu sais, j'ai fait des études dans l'art, dit Charon. Tu peins plutôt pas mal.

– Lieutenant, vous aussi estimez que passer du temps ensemble ouvre droit à me tutoyer ? Je ne sais pas où voulez-vous en venir, mais…

– À tes aveux, par exemple.

– Lieutenant, je ne me confesse pas et je ne suis pas une personne de souvenirs.

– Si tu veux sortir d'ici, il va falloir faire des incursions dans ton passé. Qui t'as appris à peindre ?

– Votre question n'est pas digne de quelqu'un qui prétend avoir étudié l'art. L'art ne s'apprend pas. J'ai ce don depuis ma naissance.

– Mais un don, ça se travaille ?

– Vous marquez un point. Ces facilités, je les dois à mon père, qui m'a traîné dans les musées. Il estimait que c'était la meilleure école pour former son œil à tous les styles. Le soir, il m'apprenait les techniques de dessin. Je reproduisais des pages entières de triangles, de ronds, de carrés et de rectangles. Je devais les tracer à la perfection sans l'usage d'un instrument. Il disait que cela assouplissait le poignet et qu'ainsi on ne ressentait jamais la moindre souffrance au niveau des articulations pour peindre. Il m'a appris les nuances, à éprouver la force qu'il faut pour rendre le meilleur trait. Il m'a fait peindre des paysages où je n'avais jamais mis les pieds, juste à partir d'une photo ou d'une gravure.

Avonne lève la main et demande s'il n'allait pas à l'école.

– J'ai été renvoyé de beaucoup d'établissements. Mes parents n'étaient pas assez riches pour me coller dans une pension privée. De toute façon, l'école n'était pas mon truc. Quand j'ai eu vingt ans, mon père est mort. Il avait englouti ses économies dans la piquette à trois sous, qui a eu le dessus sur son foie. Bref, pour m'en sortir, je bricolais et j'ai fait ma première connerie. J'ai été embringué dans un vol à main armée qui a mal tourné. Résultat : quatorze mois de prison. Mon compagnon de cellule aimait l'art et m'a entraîné sur des feuilles et sur les murs de la cellule. Il connaissait des techniques qui font la différence en peinture. Nous sommes sortis le même jour. Le soir, on s'est saoulés jusqu'au petit matin. Assez vite, il m'a demandé de reproduire *Le Cheval de cirque* de Miro. Le résultat était trompeur. Ensuite, il m'a passé d'autres commandes, que je réalisais en plus de mes propres toiles.

Charon attrape le cahier à spirale posé sur la table.

– Là-dedans sont répertoriés les tableaux que tu as reproduits et ça dit que tu en fais encore.

– Là, la conversation m'ennuie.

– Sur cette page, on lit les initiales MC. Elles apparaissent devant des tableaux faits récemment. Un peu avant, on trouve d'autres initiales. PC. Là, je lis à... une, deux, trois, quatre, cinq, six reprises, JD. Ce sont bien des personnes ? Qui ?

– Jurez-moi que si je vous dis quelque chose, vous me foutrez la paix.

Ni Avonne ni Charon ne peuvent prendre cet engagement.

– Évidemment que non. Ces initiales ne correspondent pas à des personnes. C'est une codification qui sert à me souvenir de ce que j'ai fait des toiles. ET correspond à *excellent travail*, MC à *mauvais choix*, PC à *pas concluant* et JD à *jeté définitivement*. Maintenant que vous savez pour les initiales, y a pas moyen d'avoir un verre d'eau ?

– On te le donnera quand tu arrêteras de nous prendre pour des cons avec ton explication foireuse. Personne ne va croire à ton histoire d'initiales, répond Avonne.

– Vous entendez, maître, je coopère et cela ne va toujours pas.

Charon reprend :

– Non, ça ne va pas. Ton truc de *mauvais choix, jeté définitivement,* etc. ne tient pas la route. Moi, je crois que ces initiales correspondent à tes commanditaires. Et tu ne dis rien pour protéger les PC, JD et MC.

Duvernay pige qu'elle ne va pas le lâcher. Il fixe un point invisible sur la table pour ne pas paraître troublé. Son avocat croit bon de clouer ses yeux sur le même endroit. En le regardant, Charon se dit qu'il est en train d'affiner sa stratégie. Duvernay passe ses mains sur son visage comme pour effacer un mal qui le ronge. Il relève la tête :

– Je n'ai rien à voir avec ce crime.

– On ne t'a jamais soupçonné de ce meurtre.

– Ça suffit. Maintenant, je fais appel à mon droit au silence.

Derrière la vitre, Le Peletier s'étouffe en entendant les mots de Goncourt.

Charon admet que, si l'atmosphère ne s'apaise pas, le risque est que Duvernay s'enferme en effet dans le mutisme. Or, elle ne sait pas pour quelle raison encore mais elle pressent qu'il est à deux doigts d'en dire beaucoup plus qu'il n'a bien voulu le faire jusqu'à présent.

– À propos de Riquet, comment le connaissais-tu ?

– Vous cherchez vraiment à me foutre ce meurtre sur le dos ?

– Je cherche à savoir comment vous vous connaissiez. Mais revenons à la peinture. Vous arrive-t-il de peindre des toiles appartenant à des séries ?

La question a un effet immédiat qui se lit sur le visage du peintre.

– Bien sûr que cela m'est déjà arrivé. Le Miro en est un exemple. J'ai aussi fait des *Montagne Sainte-Victoire* de Cézanne, des coquelicots ou des bateaux. Avec une série, c'était facile de peindre le onzième, le seizième ou le soixantième exemplaire. Il suffisait de partir de plusieurs tableaux pour en faire un qui se confondait dans une œuvre. Avec les brouillons ou les esquisses, on ne savait jamais très bien combien tel artiste avait peint de toiles dans une série. Quand vous en présentiez une, personne ne posait de questions.

– Donc, tu en peins ?

– Ce que je vous raconte là date de ma jeunesse. C'est vous qui m'avez invité tout à l'heure à faire des incursions dans mon passé.

Les épaules crispées, Charon se lève pour les détendre. Elle s'observe dans la glace sans tain, comme dans le miroir d'une salle de bains. De l'autre côté, Le Peletier capte une expression qu'elle ne lui connaît pas. Charon s'étire une dizaine de secondes, comme si elle se réveillait, et se retourne.

– Pourquoi tu ne peins pas que tes propres œuvres ?

Le visage de Duvernay se décompose. Elle vient de lui planter une banderille en plein cœur. Elle considère ses mains. Pour la première fois, elle les voit trembler. Sans doute parce qu'il s'en rend compte, il serre fort les poings. À elle désormais d'abattre ses cartes.

– Je vais répondre. Copier est plus facile que de créer une toile. T'as un don, tu possèdes les techniques, mais tu n'as pas d'imaginaire, ni d'esprit. En fait, tu n'es qu'un copieur qui trompe son monde pour prendre sa revanche. Et tu le fais encore, j'en suis convaincue.

Les poings serrés. Le visage rouge. La tête basse en guise de réponse. Duvernay pige qu'il a été con de noter ces initiales dont il pensait faire usage un jour pour faire chanter ces commanditaires.

– Lorsque vous avez ce don, dit-il, il faut le faire vivre tous les jours. Au réveil, vous êtes comme dans un rêve qui se prolonge. Je peignais pour acheter ma liberté et vivre comme je l'entendais.

– Foutaises tout ça. Tu copies toujours des peintres connus, il suffit de lire ton cahier, ça saute aux yeux. En fait, tu es un peintre de seconde zone.

Peintre de seconde zone. Duvernay n'est pas dupe qu'on le pousse pour le faire craquer. Comment s'en sortir ? Tout dire ? Faire tomber les autres ? Se taire ?

– Je souhaite déposer une plainte pour garde à vue abusive, dit Duvernay.

– Tu t'adresseras à un commissariat de quartier quand tu seras libre. Nous allons te remettre en cellule.

Charon et Avonne rejoignent Le Peletier dans son bureau.

– Je ne sais pas qui il protège mais on n'a rien contre lui, conclut Le Peletier.

Charon se colle devant la fenêtre. D'un coup, elle se retourne :

– On n'a rien contre lui et on n'arrive pas à le faire plier. Il n'y a plus qu'une chose à faire, c'est le relâcher et on le file.

Souvent, je me considère comme chanceux.

Ce qui va se passer le prouve. Peu avant midi, je rejoins le lieu où travaille

Le Peletier. Au cours d'une mission, j'ai besoin d'être proche de ceux qui en sont acteurs.

Je suis installé sur un banc en face de l'entrée principale. Je peux tout observer, caché par la camionnette d'un plombier.

Il y a dix minutes, la capitaine Le Peletier a quitté les lieux. Quand je l'ai aperçue, elle m'a ramené à la raison de ma présence : en savoir le plus possible.

Elle a remonté la rue, le nez plongé sur son portable, un sandwich dans l'autre main.

14 heures

Bosquet est arrivé en avance à la réunion organisée par Monceau. Aux yeux du taulier, le magistrat fait partie de ceux à qui il est bon de cirer les pompes. Le Peletier prend place à ses côtés quand Plaisance arrive. Monceau ferme son dossier et lance la réunion.

– Bien, je souhaite rappeler qu'une telle affaire exige de la prudence et que son traitement ne peut souffrir d'attitudes néfastes qui la contrarient.

Sur ce coup, Le Peletier ne sent pas le proc.

– Il me faut des éléments de langage pour rattraper le coup de *Libération* de ce matin. Le travail de la police et de la justice n'en sort pas grandi. Je tiens une conférence de presse dans deux heures. Plaisance, on vous écoute.

Alors que Bosquet se tortille sur sa chaise comme s'il était assis sur des oursins, le légiste s'appuie sur les accoudoirs du fauteuil et pose devant lui un pense-bête.

– J'en ai déjà touché un mot à la capitaine lors de l'autopsie. Le meurtrier a une connaissance de l'anatomie humaine et a certainement effectué des études de médecine. Prenez les oreilles. Elles ont été découpées en suivant le contour sans déborder sur le crâne et en s'arrêtant sous le lobe, à trois millimètres de chaque côté. Son travail est méticuleux. Les lésions sont bien faites. C'est le travail d'un fétichiste aussi, avec le sexe découpé et non retrouvé, et d'un schizophrène.

– Pas évident à déballer en conférence, lâche Monceau. Je ne m'étendrai pas sur le profil du criminel. Et si on me pose des questions, je dirai que c'est prématuré de le dresser à ce stade.

Les trois participants à la réunion approuvent.

– Capitaine, voulez-vous apporter un complément ?

Le Peletier évoque l'arrestation de Duvernay, ce qui a été retrouvé chez lui et qui a potentiellement un lien avec l'affaire.

Bosquet se redresse dans son fauteuil et marmonne qu'il n'était pas au courant.

– J'ai essayé de vous joindre, chuchote Le Peletier, à voix basse.

– Mon portable est toujours allumé.

– Je vous assure.

Monceau racle sa gorge pour ramener tout le monde dans la réunion.

– Capitaine, votre gardé à vue a un lien avec le tableau retrouvé ?

– Son atelier est couvert de toiles connues et il connaissait la victime. Leurs appartements ont été perquisitionnés mais ça n'a rien donné.

– Je garde l'éventuelle affaire de faux tableaux sous le coude, il sera toujours temps de le mentionner. Capitaine, il va falloir saisir l'OCBC. Vous devrez collaborer, même si nous sommes en présence d'un meurtre. Comment envisagez-vous la suite ?

– On peut prolonger la garde à vue de Duvernay, dit Bosquet. Nous n'avons rien de probant contre lui mais il faut le cuisiner encore.

– De mon côté, je ne m'y oppose pas, répond Monceau.

Bosquet sourit et saisit le dossier de Duvernay posé sur le bureau. Il le compulse, avant de dire :

– Attendez, il y a un os. Je ne vois pas la notification de la garde à vue dans son dossier.

– Mais elle y est, précise Le Peletier, sûre d'elle.

– Si je dis qu'elle n'y est pas, c'est qu'elle n'y est pas.

– Ce n'est pas possible. On lui a dicté ses droits, Avonne s'en est chargé. Ensuite, on l'a déposé en cellule hier soir et on l'a interrogé ce matin et…

Le Peletier s'arrête de parler. La suite ne lui vient pas.

– Si je comprends bien, la garde à vue saute, dit Monceau. C'est très ennuyeux. Le groupe saisi par l'enquête ne serait-il pas trop chargé ?

– Monsieur le procureur…

– Capitaine, la question, je la pose à votre patron.

Bosquet est si droit qu'il donne l'impression d'avoir le dos cloué au siège.

– Il y a bien un vice de procédure, mais confier le dossier à un autre groupe que celui de Le Peletier serait contre-productif. Il devra tout reprendre.

– Vous proposez quoi alors ?

– On le relâche et on le file, dit Le Peletier.

– C'est d'accord, capitaine.

L'accord du procureur annonce la fin de l'entrevue.

Bosquet attrape le bras de Le Peletier et la tire dans un coin.

– On est passés à deux doigts d'être hors tension avec ce vice. Heureusement que l'avocat n'a rien vu. Avec le jeune Goncourt, ça fait beaucoup. Maintenant, je veux être au courant de tout ce que fait ton groupe. Qui ? Où ? Comment ? Pourquoi ? Considérez que je suis un mouchard au fond de vos frocs. Et on arrête les déconvenues et on n'oublie pas que je suis joignable à toute heure. À plus tard.

Le Peletier appelle Charon.

– Putain, la garde à vue tombe. Il n'y a pas la notification de ses droits dans le dossier.

– Merde, lâche Charon. Bon, on voulait le relâcher. Cette connerie précipite les choses. Tu arrives ?

– Oui, dans cinq minutes, dit Le Peletier.

En marchant, elle pense qu'elle ne devrait pas aller aussi loin avec Bosquet.

De retour au bureau, elle claque des doigts. C'est le signal pour réunir son groupe, toutes affaires cessantes. À la voir fermée et contrariée, tous comprennent que quelque chose cloche. La stupeur se lit sur les visages quand elle annonce l'absence de la notification de garde à vue dans le dossier de Duvernay. Elle évoque sa responsabilité, elle aurait dû vérifier ce point, mais fait de cette bévue une alerte pour tous. Quand elle ajoute que c'est Bosquet qui l'a relevée, tout le monde pige que cela a dû être sa fête. Elle ne cache pas que cela a failli leur coûter l'enquête, que cela s'est « joué à ça » en rapprochant son pouce et son index. Elle ajoute que le taulier est comme il est mais qu'il a été là quand Monceau a hésité à confier l'enquête à un autre groupe.

– Maintenant, on relâche Duvernay et on monte une filature. Comme le type est malin, on ne va prendre aucun risque. Je ne sais pas pourquoi mais y a une chance qu'il regagne son domicile et qu'il ait de la visite. Or, ni moi, ni Samuel et ni Charon ne pouvons le filer. Ce sera donc Laplace. En revanche, Blanche et Samuel, vous filez vous planquer devant son domicile.

Les autres se dispersent et Le Peletier prend Laplace à part. Elle le prévient qu'il est hors de question qu'il se fasse repérer, sinon… La suite, elle n'a pas besoin de la détailler, le lieutenant la connaît : un départ pour un commissariat de quartier de la capitale ou de la banlieue, voire de province pour le restant de sa carrière. Elle dit tout ça plus par nervosité que par un manque de confiance envers Laplace.

Elle sait qu'il pige vite.

16 heures

Monceau relève le menton sur la salle de presse du palais de justice et fait signe à Bosquet de le rejoindre. Il taque des feuilles A4 contre le pupitre duquel sortent deux micros. Derrière, un fond bleu, agrémenté de deux drapeaux, français et européen, pour le décor républicain.

– Bien, mesdames, messieurs, je fais cette déclaration avec le commissaire principal Bosquet, qui est à la tête du groupe chargé de coordonner l'enquête qui a été ouverte par le parquet de Paris. Un acte d'une grande cruauté a été commis dans le XVIIIe arrondissement de Paris, rue Caulaincourt, il y a deux jours. Une enquête a été ouverte en flagrance du chef d'homicide volontaire.

Monceau marque un temps d'arrêt. Des flashs crépitent. Deux caméras le cadrent pour diffuser la conférence en direct sur des chaînes de télévision.

Calée contre une armoire, Le Peletier fixe Monceau, qui poursuit :

– Quelques mots sur le déroulement des faits que je suis en mesure de fournir. Mardi, vers 19 heures, l'appel d'un témoin a conduit un groupe de police du DPJ de Paris à intervenir dans un appartement rue Caulaincourt, dans le XVIIIe arrondissement. Y a été découvert un homme sans vie d'une soixantaine d'années, en position assise sur une chaise, présentant de nombreuses mutilations. La police technique et scientifique procède actuellement à des analyses d'empreintes retrouvées sur place. Les témoignages recueillis n'ont pas encore permis de reconstituer avec exactitude le déroulement de la soirée. Une caméra de surveillance placée à une vingtaine de mètres dans la rue montre un individu portant des habits sombres entrant dans l'immeuble vers 15 h 45, suivi, cinq minutes après, de la victime. Le premier individu a quitté les lieux vers 18 h 40. Le dispositif de surveillance n'a pas permis de le suivre au-delà. Un cliché de son visage a été diffusé sur le territoire national et dans les gares et les aéroports. Les investigations débutent, ce qui explique que je ne peux pas vous en dire plus cet après-midi. Par ailleurs, un individu, qui n'est pas connu des services de police, a été interpellé ce jour, interpellation sur laquelle je ne souhaite pas, à ce stade, m'exprimer davantage pour préserver les opérations en cours. Je suis prêt à répondre à une ou deux questions.

Plusieurs journalistes tendent le bras en l'air.

Le Peletier tique sur l'évocation de l'arrestation de Duvernay. Si Monceau ajoute cette information, qui n'a pas été débattue lors de leur réunion, c'est pour détourner l'attention. Monceau désigne du menton une femme au premier rang.

– Est-ce que l'on peut en savoir plus sur l'individu retrouvé mort ?

– Pas pour le moment.

– Pouvez-vous en dire plus sur les mutilations ?

– Il m'est impossible de vous répondre pour le moment.

Monceau lève les mains pour signifier qu'il s'en tiendra là, attrape ses feuilles et quitte la salle. Les journalistes restent sur leur faim.

16 h 30

En milieu d'après-midi, Duvernay descend un escalier, le regard collé aux marches. Il évite de croiser celui de ceux qu'il rencontre.

Dans la cour, le thermomètre frôle les trente degrés. Un record pour un mois de juin.

Il y a une demi-heure, Charon lui a signifié la fin de sa garde à vue. Au moment de lui rendre son portefeuille et son téléphone, elle a dit : « Signe ici et pars. » Les yeux rétrécis, comme si sa vue s'altérait, il a dit : « Vous m'avez fait vivre un cauchemar. »

Dans la rue, Duvernay scrute l'environnement, le visage pétri d'angoisse. Il ne comprend pas pourquoi on le relâche, comme ça, sans explication, après l'avoir interrogé durant des heures. Sauf à considérer l'événement comme un traquenard, tendu par les flics.

En contrebas, il devine la Seine. Au loin, les immeubles du quai des Grands-Augustins, couverts par le soleil, se dressent comme des citadelles imprenables. Au dernier étage de l'un d'eux, de grandes baies font penser à un atelier d'artiste converti en appartement de luxe, avec une vue imprenable sur le nord parisien.

Duvernay bifurque sur la droite. Remonte le quai dans le sens inverse de la circulation. Emprunte la rue de Harlay. Longe l'arrière du palais de justice. S'oriente vers la place Dauphine. Ici, des gens mangent sur les bancs tandis que d'autres jouent à la pétanque.

D'un coup, il se retourne, puis accélère son pas tel un marathonien qui souhaite franchir la ligne d'arrivée le premier.

Il s'engouffre dans une station de métro.

En même temps, Laplace quitte les locaux. Il ajuste son oreillette et met sa radio en mode porteur. Une distance de sécurité de quinze mètres le sépare de Duvernay. La consigne de Le Peletier lui cogne les neurones comme un haut-parleur qui gueule : *hors de question que tu te fasses repérer.*

Sa vigilance est mise à l'épreuve. Près d'une banque, Duvernay se retourne. Laplace a le temps de se planquer dans un coin. Cette alerte le pousse à accroître sa concentration.

Plus tôt, je me suis planqué derrière la camionnette blanche du plombier, en mauvais état, avec des griffes sur la carrosserie. Là, j'ai vu Duvernay sortir, balayer la rue de gauche à droite. Il se sent si traqué qu'il ne pense pas à fixer son attention devant lui. L'erreur d'un débutant ou d'un tourmenté qui relâche sa vigilance.

Dans ses pas, un type jeune, avec des cheveux ramassés en chignon.

Cette façon de marcher en regardant son environnement d'un air perdu est celle d'un flic.

Je décide vite de la suite. Je conserve une distance suffisante pour ne pas les perdre de vue et ne pas me faire repérer. Je focalise mon attention sur ce flic qui ne semble pas être un perdreau en matière de filature.

Je me fonds dans la masse, sur mes gardes.

Passé une trentaine de mètres dans la rue, nous voilà tous les trois en file indienne, dans cette situation curieuse : Duvernay est suivi par un flic et moi, je les piste.

17 heures

Le Peletier a la conviction que Duvernay va chercher à regagner son domicile. Aussi, elle demande à Charon et Avonne de se rendre à Montmartre. Vingt minutes plus tard, Charon s'ébroue pour donner une forme à ses cheveux aplatis par le casque. À la tête que fait Avonne, il n'a que moyennement apprécié leur traversée rapide d'une partie de la capitale. C'est vrai que sa façon de conduire son Piaggio n'est pas banale. Elle pose un baiser sur ses lèvres.

– Qu'est-ce qui t'arrive ? Tu oublies qu'on est en service.

– Y a personne, dit-elle avec un grand sourire.

– Bon, j'ai faim. Je vais trouver une boulangerie avant que l'autre n'arrive.

Avec la chaleur qui cogne dans la rue, Charon cherche un endroit pour s'abriter. À quelques mètres, un arbre. Certaines de ses branches sortent d'une propriété et forment un parasol végétal idéal pour se planquer et faire le guet.

À l'abri, elle règle le son de son oreillette, connectée à Laplace, qui file Duvernay, puis elle sort une cigarette de son paquet, en déchire un bout à l'extrémité, la cale entre ses lèvres et l'allume.

La bouffée la libère des tensions qui la grignotent depuis le début de la journée.

– Il entre dans le métro.

Retour au cœur de l'enquête. Elle capte la voix de Laplace comme s'il était à ses côtés.

– Tu l'perds pas de vue.

– Attends… Attends… Attends…

Charon est à deux doigts de se le payer par oreillettes interposées. Recevoir cet ordre quand on ne saisit pas la situation est ce qu'il y a de pire dans une filature.

– Merde, il se faufile comme une anguille.

– Ne le perds pas, putain.

– Ça va aller. Y a du monde. Il est devant les portiques. Attends…

Charon se retient de lui rentrer dedans.

– Il passe par-dessus les tourniquets comme un cabri.

– T'en es où ?

– Ça y est, je suis passé. Il prend la direction La Défense. Ligne 1. Je répète : direction La Défense.

Charon coince une nouvelle cigarette entre les lèvres. Elle s'entend dire : *Pourvu qu'il ne le perde pas.*

Dans les couloirs, Duvernay fait tout pour passer inaperçu. Il se faufile et baisse la tête quand il croise les caméras de surveillance. Laplace sent ses nerfs se tendre quand des touristes amassés devant le plan du métro ralentissent son pas. Il accélère, sans dire à Charon qu'il a perdu de vue Duvernay. Sur le quai, à l'instant même où une rame quitte la station, il trouve Duvernay assis sur un banc.

Laplace plaque son épaule contre un distributeur de friandises et feuillette un journal. De temps à autre, il guette Duvernay qui, ses mains sur les genoux, regarde dans le vide, indifférent à ce qui se passe autour de lui.

« Direction La Défense, prochain train dans une minute. Le suivant dans trois minutes. »

L'annonce retentit et l'indicateur lumineux du panneau suspendu au milieu du quai clignote. Un train s'arrête. Du monde en descend durant dix secondes.

Duvernay est imperméable à l'agitation qui l'entoure.

Méfiant, Laplace évalue sa distance pour monter dans la voiture.

Quatre mètres environ.

Autant dire que Duvernay peut bondir d'un coup. Laplace s'avance vers l'entrée du métro. Les portes se ferment. La rame disparaît. Passé le flux de voyageurs, la zone devient quasi déserte. Duvernay est toujours assis sur le banc.

Laplace se cale à nouveau derrière le distributeur, rassuré de ne pas prendre le chemin de Béziers pour régler des problèmes de voisinage, et active le volume du micro caché dans le revers de sa veste.

– On est encore sur le quai. Il est sur un banc et il ne peut pas me voir, sauf s'il a des yeux à la place des oreilles.

« Direction La Défense, prochain train dans une minute. Le suivant dans deux minutes. »

– Je te laisse, il se lève.

Duvernay marche le long du quai quand la rame défile devant lui avant de s'arrêter. Là encore, du monde en descend et des personnes se pressent pour monter, serrant un peu plus celles présentes qui, debout, s'agrippent aux barres métalliques. L'alerte retentit pour la fermeture des portes.

Au dernier moment, Duvernay monte. Laplace pousse des Allemands qui râlent dans leur langue sans que le lieutenant en comprenne un mot.

– On est dedans. Il est à une dizaine de mètres.

La ligne 1 automatisée du métro parisien est un long lombric sans délimitation entre chaque voiture, qui permet d'avancer à l'intérieur. Charon lui demande de s'en approcher sans se faire remarquer.

– Facile à dire.

– Ce que je te demande, c'est de le faire, pas de commenter. T'en es où ?

À sa gauche, une femme de vingt-cinq ans, pas plus, le fixe. Sur le coup, Laplace fait celui qui ne la voit pas. Pas farouche, la fille le colle un peu plus. Laplace détourne son visage pour cacher l'écouteur et éviter que la voix de Charon ne s'entende si elle parle. À ce moment, la jeune femme pose sa main à proximité de son entrejambe et effleure carrément son sexe. Malgré la distance, Charon capte que quelque chose cloche. Connaissant Laplace, elle pige aussi vite qu'une inconnue débarque dans la filature et fait du gringue au bellâtre de service. Sous les feuillages de l'arbre, elle explose de colère dans l'oreille de Laplace :

– T'as cinq secondes pour dégager la greluche sur une autre planète.

Laplace grimace. La jeune femme interprète le rictus comme une acceptation à la suivre. Aussitôt, il exprime, d'un regard plissé et d'une mimique de la bouche, des regrets. Ce que Charon ne voit pas, c'est qu'il glisse son numéro de portable dans le sac de la femme avant qu'elle ne s'appuie contre un strapontin un peu plus loin.

– C'est bon.

– Faut que t'arrêtes de te comporter comme ça. Si vous changez de métro à Concorde, tu te racles la gorge.

Dans ce sens, le terminus est à douze stations et seule Concorde a une correspondance pour rejoindre Montmartre.

La femme lance un regard à Laplace, qui dit grosso modo : « T'es sûr que tu ne veux pas venir boire un verre ? » Il s'en détourne et fixe Duvernay, debout, sa main droite accrochée à une barre métallique.

Un quidam parmi les quidams. Un visage quelconque, comme on en croise dans le métro.

À proximité de la station Palais-Royal – Musée du Louvre, Duvernay reçoit un appel. Aussitôt, Laplace prévient Charon par SMS.

La rame à l'arrêt, Duvernay s'écarte pour laisser des personnes sortir. Laplace est comme un chien de chasse en position d'arrêt pour sortir d'un coup si Duvernay descend. Finalement, le métro repart, eux deux dedans, fonce dans le tunnel avant que le quai de Concorde ne défile jusqu'à l'immobilisation.

Au moment où le signal sonore braille, Duvernay quitte la rame sous les protestations des passagers bousculés. Le métro parti, Laplace, qui a réussi à sortir, scrute l'environnement. Il distingue Duvernay de dos, en direction de la ligne 12. Il se racle la gorge.

– Ne t'excite pas. C'est la gonzesse qui te met dans tous tes états ?

– C'est malin. On est sur la ligne 12 en direction d'Aubervilliers – Front Populaire.

– Bon, tu ne le perds pas de vue.

– Le Peletier avait raison, il rentre chez lui.

Dans une demi-heure, Duvernay sera à Montmartre. Cachée sous l'arbre, la cigarette de Charon crépite.

17 h 45

Duvernay remonte la rue, se retournant à plusieurs reprises, et entre chez lui. Une minute après, il regarde la rue par une fenêtre de son appartement, avant de la fermer. Par l'oreillette, Charon informe Laplace que Duvernay est bien chez lui et qu'il peut rendre compte à Le Peletier, quand Avonne arrive derrière elle.

– J'ai trouvé une supérette dans le bas de la rue. J'ai acheté ça.

Dans le sachet, de quoi manger pour trois jours.

En appui sur le rebord d'un mur, Avonne place ses mains sur les genoux, le corps penché, pour reprendre sa respiration. Charon explique que Duvernay est arrivé comme s'il avait le feu au cul, qu'il a ouvert la fenêtre, regardé la rue et s'est enfermé. Elle interrompt sa synthèse et fixe Avonne.

– Tu devrais te remettre au sport. Tu n'arrives plus à faire le tour d'un quartier et à monter une trentaine de marches sans être essoufflé. Fais gaffe à toi.

– Attends ? Tu m'engueules parce que je n'arrive pas à reprendre mon souffle à cause des deux kilos que j'ai pris ce mois-ci ?

– J'en sais rien si t'as grossi. Je te dis juste de prendre soin de toi.

– Tu parles comme ma mère.

– J'ai cru comprendre que ta mère n'était pas un cadeau. Enfin, je te dis ça, c'est pour ton bien. Je trouve dommage qu'un mec comme toi… Attends… Planque-toi.

Charon plaque son corps et celui d'Avonne contre le muret avec son bras. Duvernay se penche par la fenêtre et inspecte à nouveau la rue avant de disparaître.

– On ne prend pas de risque avec l'autre qui contrôle tout ce qui se passe à l'extérieur. Faut aller dans l'immeuble d'en face pour voir ce qu'il fait. J'y vais et tu restes ici. Il doit bien y avoir une vieille prête à rendre servir à la police.

– Ou un vieux.

– Ou un vieux, si tu veux. De toute façon, y en a toujours dans les immeubles.

– Si c'est statistique…

Charon longe la rue, à l'opposé des fenêtres de Duvernay, côté gauche. À mi-parcours, elle reçoit un appel. Avonne l'aperçoit statique avant qu'elle ne revienne vers lui. Silencieuse, elle se colle au grillage, attrape une cigarette dans son paquet, en déchire un bout. Après trois taffes tirées en rafale, elle lâche que Le Peletier, à qui elle a expliqué vouloir aller jeter un œil dans l'immeuble quelques secondes avant, lui a ordonné de retourner à la planque, d'attendre et de rester ensemble, sans donner d'autre explication.

Lorsque j'aperçois Duvernay traverser le pont Neuf, je me dis qu'il va rentrer chez lui. Une évidence. J'ai pressé le pas pour retrouver ma moto et j'ai disparu de la zone en quelques secondes.

Vingt minutes après, Montmartre. Plus précisément, l'immeuble qui fait face à celui de Duvernay. Là même où j'ai dormi comme un bébé dans un fauteuil et ai assisté à son arrestation.

Derrière la fenêtre, je le vois remonter la rue, en panique, taper le code de son entrée et claquer la porte derrière lui. Du studio loué il y a un mois avec un nom d'emprunt, je veille à ne jamais me pencher par la fenêtre. Je viens ici tous les jours en début de soirée pour connaître les habitudes de Duvernay, suivre ses mouvements, détailler ses failles, vivre à son rythme, avec ses manies, ses agacements.

La veille, quand Le Peletier a débarqué, j'ai tout suivi, depuis le fauteuil de cuir, sans jamais m'inquiéter d'être remarqué.

À cette heure de la journée, une partie du groupe de Le Peletier doit planquer dans les parages. Je connais leurs méthodes, certain que la zone pue le flic.

Assis à un mètre d'une fenêtre du studio, je regarde Duvernay. Il est nerveux. Il fais les cent pas. D'un coup, il place une toile vierge sur un chevalet et pose les bases d'une nouvelle production en quelques traits assez fins. Ensuite, je le vois saisir une palette et poser des couleurs différentes. Par moments, il disparaît quelques secondes avant de réapparaitre. J'ouvre le rabat de mon sac posé à côté de moi. Le commanditaire me transmet un message : « L'autre va parler si on ne l'arrête pas. Agissez. »

Agir signifie être grandiose.

Mieux, il faut marquer les esprits.

Cette fois-ci, mon travail va être reconnu.

Enfin.

22 h 25

« Paris est une dame différente la nuit. Plus rebelle. Plus revêche. Plus noire encore, surtout l'été, elle se voile d'une promesse caniculaire. À Montmartre, ce temps est plus atténué. Sans doute à cause de la lumière urbaine qui renforce le côté idyllique du lieu. Allez la nuit dans Montmartre. »

Avonne referme le journal gratuit qu'il lit à haute voix et le jette au sol.

– C'est affligeant ce que certains journalistes écrivent. « Sans doute à cause de la lumière urbaine qui renforce le côté idyllique du lieu. » Ça ne veut rien dire.

– Quoi ?

– Rien, oublie.

Avonne se navre que Charon n'ait pas écouté un mot de ce qu'il a lu. Il sait qu'ils en ont jusqu'au matin, dans une voiture banalisée amenée par Laplace car la météo risque d'être capricieuse. Alors, il essaye simplement de la distraire. Pour lui, une planque est un supplice.

Un jour, il en a fait la remarque à Charon. Elle l'a renvoyé dans ses cordes et l'a qualifié de casse-burnes. Il tente quelques diversions. À chacune de ses tentatives, Charon lui oppose le même « non » ferme à ses demandes. Il y a dix minutes, il a sorti son portable de sa veste. Aussitôt, elle l'a fixé, lui a demandé ce qu'il comptait faire et lui a ordonné de le ranger, car la luminosité de l'écran risquait d'attirer l'attention. Elle a comme ça une série d'interdits, et Avonne ne bénéficie d'aucun régime de faveur. Chaque fois qu'il parle, elle soupire et lui demande de la boucler.

Le temps est long dans un quartier où il ne se passe rien. Avonne observe les promeneurs, qu'il classe dans deux catégories. D'un côté, les riverains qui promènent leur chien, comme cet homme d'une cinquantaine d'années, qui tient en laisse un berger allemand. Il en déduit que la première partie de la soirée télévisée s'est achevée. Il jette un œil sur sa montre. 22 h 53. Dans l'autre catégorie, il y a les couples qui s'émerveillent dans Montmartre. L'un d'eux s'enlace, à proximité du véhicule, avec des gestes censurables.

Charon finit par s'assoupir.

Dans le rétroviseur, Avonne regarde le berger allemand en train de pisser contre la jante d'une voiture garée juste derrière eux.

Il ne remarque pas la silhouette qui vient de sortir précipitamment de l'entrée de l'immeuble de Duvernay.

VENDREDI

8 h 30

Les bureaux de police ressemblent à une ruche en ébullition. Les OPJ* butinent les informations nécessaires pour renseigner des PV qui rejoindront la pile de ceux de la veille. Parfois, des personnes changent de pièce et d'autres attendent la convocation d'un juge ou les résultats d'une analyse. L'imprimante crache des procédures en quatre exemplaires. Dans un bureau, un homme en garde à vue hurle contre deux jeunes lieutenants. À sa voix, Le Peletier l'estime jeune. Pas plus de vingt ans. Quatre jurons plus tard, elle prend un coup de vieux.

Au bureau, elle était persuadée que Duvernay recevrait de la visite. Avoir une mauvaise intuition dans les investigations est le pire pour un flic. Les vingt-six SMS d'Avonne ou de Charon, un toutes les demi-heures durant leur planque, se résument à un RAS.

À cet instant, un orage frappe la fenêtre. Le Peletier fixe ce gris inattendu. Son cerveau tisse un fil, le relie à une photo ou à un mot-clé de l'enquête, et ainsi de suite. Convaincue que

* Officiers de police judiciaire.

la manifestation de la vérité est là, elle croise les fils autrement. Au moment où elle pense tenir une piste, la fatigue la rappelle à l'ordre. L'idée de dormir à dix heures du matin est absurde, mais cela fait trois jours qu'elle tire trop sur la corde.

Un SMS de Charon tombe. Il suit ceux déjà reçus. RAS.

Elle forme un oreiller avec ses bras et ferme les yeux, mais l'affaire s'invite. Encore. Toujours. Corps, crime organisé, mutilations, Van Gogh, clichés publiés sur les réseaux sociaux, Monceau, Bosquet, Plaisance, Chapelle, la presse, le meurtrier. Elle balaie la chronologie des événements. Les prend sous différents angles, comme une caméra qui tourne autour d'un sujet pour choper un détail qu'elle n'aurait pas décelé. Celui qui fera la différence. Un scénario s'ébauche quand elle s'endort.

Cette nuit, je suis rentré tard. Ce qui est rare, j'étais fatigué. Je n'en ai pas compris la raison. Comme chaque fois, j'ai nettoyé mon couteau, puis j'ai pris le soin de déchiqueter la combinaison et la cagoule portées, que j'ai réparties dans six sacs poubelle. Ensuite, j'ai bu un verre de bordeaux avant de sombrer dans le sommeil sur le canapé.

C'est le téléphone qui m'a réveillé. Le commanditaire. Il est d'un tempérament inquiet, ce qui ne l'aide pas à se contenir. Ses premiers mots m'ont attendri. Allez savoir pourquoi. Sur un ton mielleux, presque complice, il a demandé si tout s'était bien passé et a été plus bavard que d'ordinaire. En principe, il hurle, c'est même inévitable, car il a le sentiment que rien ne va. Là, il a gardé un ton neutre, cherchant même à poursuivre l'échange. Comme j'étais crevé et qu'il me gonflait, j'ai raccroché après lui avoir demandé de me verser la somme d'argent le plus vite possible.

10 heures

Le Peletier est tirée du sommeil par les vibrations de son portable, persuadée d'avoir dormi plus de trois heures, alors qu'elle s'est assoupie une demi-heure à peine. Le taulier la somme de le rejoindre, toutes affaires cessantes.

Les trois coups sur la porte de son bureau sonnent comme le glas des morts.

– T'en es où avec ce Duvernay ?

Inutile d'avouer qu'elle vient de pioncer dans son bureau. Elle livre des éléments qui ont comme dénominateur commun d'être rassurants et non problématiques. Charon et Avonne ont passé la nuit sous ses fenêtres, elle a reçu des nouvelles très régulières par SMS qui disaient qu'il ne se passait rien.

Bosquet gratte le bureau avec ses ongles et sort une pochette.

– Je mets un billet que ce qu'il y a là-dedans ne va pas te plaire et j'en ajoute un concernant Monceau et la hiérarchie de cette maison qui vont tomber à la renverse quand ils auront ça entre les mains.

Il s'agit d'un article de presse publié sur un site, sous le titre « Meurtre artistique et odieux rue Caulaincourt à Paris », et d'une photo, prise d'un téléphone portable, qui montre Riquet et le tableau.

– D'après la cellule d'investigations sur Internet qui l'a repérée et m'a aussitôt alerté, ça circule sur un site confidentiel.

– On fait quoi ?

– D'abord, on va commencer par bosser autrement.

– C'est-à-dire ?

– Je parle de nous deux. Cette affaire est pénible et il faut la régler le plus vite possible. Nous sommes partis sur de mauvaises bases. J'ai beau avoir cinquante-cinq ans, je trouve terrible ta façon de me renvoyer l'image d'un flic en fin de piste, toujours à côté de la plaque. J'aimerais que l'on revienne à la case zéro ensemble.

– Ça signifie quoi « ensemble » ?

– On se parle, on se complète et on se respecte. Concrètement, tu contactes tes lieutenants. Ils foncent chez Duvernay et ils me plantent son derrière ici et on le cuisine tous les deux. On peut espérer avancer dans l'enquête et avoir un début de piste solide concernant l'assassinat de Riquet.

La main sur la poignée, elle s'apprête à quitter la pièce quand il l'interpelle :

– Isabelle.

L'usage de son prénom est le signe que l'échange va devenir plus intime.

– Tu as ma confiance. Je ne lâcherai ni ton équipe, ni toi. Alors, essaye d'être indulgente à mon égard.

– C'est déjà le cas, non ?

– Ramène-moi ce gugusse.

11 h 30

– Ordre du patron, dit Le Peletier, vous ramenez Duvernay, il veut l'interroger.

– Pardon ? lâche Charon, qui active le haut-parleur du portable pour Avonne, qui dresse le poing serré en guise de victoire avant de quitter le véhicule.

Dans la cour de Duvernay, Avonne cherche du regard le chat et sonne. Pas de réponse. Il a un mauvais pressentiment.

Il fait un signe à Charon de reculer et balance un coup de pied dans la grille, qui se coince dans les racines de la vigne vierge. Sur le palier, la porte d'entrée de l'appartement de Duvernay est entrouverte. Ça pue l'embrouille. Son arme au poing, Avonne avance dans l'atelier. Des rayons de soleil laissent apparaître des particules de poussière qui dansent dans l'espace encombré de mille choses.

– Duvernay ? crie Charon.

Pas de réponse. Son arme toujours à la main, elle donne un coup de pied dans la porte du débarras. Le sang bat dans ses tempes. Duvernay est nu, le corps entaillé au niveau de la poitrine, les yeux posés sur le sol, les doigts découpés et reconstitués à côté et les oreilles entaillées, pendant dans le vide.

C'est la même scène que Riquet, sauf qu'ici, il y a du sang partout.

En l'inspectant, Charon en déduit qu'il a été assassiné il y a plusieurs heures.

Elle émet un claquement de doigts à l'attention d'Avonne. Quand il voit Duvernay, il appelle Le Peletier.

Odieuse, la cheffe du groupe parle sans retenue. Avonne l'écoute sans broncher. Il se dit qu'elle n'a pas tort.

– Elle est furieuse, dit-il en raccrochant. Elle arrive, avec la Scientifique.

Charon confronte les lieux à son souvenir. Aucun tableau ne manque et les pots de pinceaux et de peinture sont à leur place. En revanche, le drap blanc qui enveloppe un chevalet n'était pas là. Elle contourne le support et retire l'étoffe.

– C'est pas le même tableau que rue Caulaincourt ? demande Avonne.

– Il n'était pas là hier et Duvernay ne l'avait pas quand il est rentré.

– Ça veut dire qu'il l'a peint cette nuit et qu'il a fait l'autre faux ?

– Il a dit détester Van Gogh et il n'y en a aucun sur les murs. Non, c'est le meurtrier qui l'a apporté avec lui.

– Attends, il s'est introduit ici, a buté Duvernay, a laissé une toile et il est reparti sans que l'on s'en aperçoive ?

– Tout semble correct et c'est bien la fin de l'histoire qui va nous causer des emmerdes.

À cet instant, Charon remarque le portable de Duvernay dans la tablette du chevalet. Elle le glisse dans sa veste, puis elle ouvre les rideaux. Son regard se fige sur une caméra de surveillance fixée sur un pilier à une trentaine de mètres environ.

12 h 25

À proximité du Casino de Paris, Le Peletier se demande comment annoncer la nouvelle à Bosquet. Ses bonnes résolutions connaissent une fin tragique avant d'être réalisées. Avec le patron, les mots ont de l'importance. Faute de posséder des éléments de la scène, elle décide de repousser l'appel à plus tard.

Quand elle débarque à Montmartre, le véhicule de la Scientifique stationne sur un passage piéton, à proximité de l'immeuble de Duvernay et des riverains sont derrière des bandeaux de police. Ses lieutenants viennent à elle.

– Inutile de vous précipiter, fallait garder vos forces pour surveiller Duvernay.

– OK, on a merdé.

Avonne et Charon ont décidé que c'est elle qui parlerait la première.

– Merdé ? Un peu court comme explication. D'ici, je vois les fenêtres et la porte d'entrée avec une précision qui me vaudrait un dix sur dix sur une échelle Monoyer. Vous m'attendez ici.

– Je te jure qu'on n'a pas…

– Pas avec moi.

Dans l'appartement, Berteau lui indique de la main le débarras. Du regard, elle ausculte Duvernay comme un dermatologue à la recherche d'un grain de beauté, quand son attention se fige sur un point. Avec un mouchoir en papier, elle soulève le bras droit du peintre. Le tatouage d'une tige de chardon apparaît. Elle fait signe au procédurier de prendre les clichés d'usage et demande à Berteau de lui transmettre ses conclusions le plus vite possible.

– Il n'était pas sous surveillance, celui-là ?

Le Peletier ne répond pas.

– Un trou dans la raquette, peut-être ?

– Chacun son boulot. Contente-toi du tien.

Devant l'immeuble, Charon enchaîne cigarette sur cigarette et Avonne, un pied appuyé sur un mur, prend avec son portable plusieurs clichés de différents points de vue des passants présents.

– Qu'est-ce que tu fous ?

– Je me rattrape. Elle arrive.

– Tu me laisses parler la première, glisse Charon.

– On en reparlera plus tard. Dites-moi ce que l'on a.

– Cette caméra dirigée dans le sens de la descente de la rue, dit Charon, et le portable de Duvernay, qu'elle brandit, les mains gantées.

– Avonne, tu me récupères les bandes auprès de la préfecture. Quant à ça, qu'est-ce que tu veux qu'on en foute ? Même si un juge délivre un mandat ordonnant au fabricant de débloquer le téléphone, on aura une fin de non-recevoir en l'absence du mot de passe de l'utilisateur. Bon, maintenant, faut que j'informe Bosquet. D'ici là, on ferme notre gueule sur la mort de Duvernay.

– Mais avec cette foule, c'est compliqué.

– J'ai dit silence radio. Rien ne filtre, c'est bien compris ?

Le Peletier se dit que sa relation avec Bosquet ne va pas virer au beau fixe avec ce qu'elle va lui annoncer. Un pied contre un muret, elle allume une cigarette pour se donner du courage et appuie sur le numéro du taulier.

– Alors ?

– Duvernay est mort. Il est mutilé de la tête aux pieds comme Riquet.

Silence. Elle connaît Bosquet pour savoir que tout passe dans son regard qui se plisse, concentré sur un point précis que personne ne devine. Elle n'ose pas demander s'il est toujours là avant qu'il lâche un « et » qui n'augure pas une suite facile.

– Et les deux as qui rendaient compte de la situation par SMS, ils n'ont rien vu ?

– Je sais.

– Le Peletier, te rends-tu compte que ton groupe nous fout dans la merde ? Trois jours d'enquête et un deuxième cadavre. Il me faut du biscuit pour l'expliquer.

– Justement, on a retrouvé son portable.

– Tu comptes en faire quoi ? L'examiner ? Hors procédure, j'imagine. Je préviens le proc. Avec un nouveau cadavre sur les bras, on peut estimer que nous avons affaire à un mode opératoire qui va demander d'agir vite et avec professionnalisme.

Bosquet raccroche.

Je suis aux abords du domicile de Duvernay, le pied en appui contre un mur. L'endroit est idéal pour ne rien perdre de l'agitation policière et de cette foule de curieux. Je peux m'y fondre comme le commun des mortels sans que personne me remarque. Je peux même écouter la radio de deux flics, branchée à plein volume.

Sur la gauche, un groupe d'Asiatiques en visite ne trouve rien de mieux que de prendre des clichés de la scène dans ce

Montmartre si charmant et vanté comme tel dans les guides touristiques. À la vue d'un appareil, je m'écarte de l'objectif, hors de question que ma bobine se retrouve sur une image prise au hasard. Plus loin, un couple récite en boucle ce qu'il pense avoir vu. La femme assure que quelqu'un est monté sur une moto. L'homme, lui, est convaincu qu'un individu courait dans la descente de la rue.

C'est comme une série policière, sauf que les acteurs sont de vrais policiers et que le sang de Duvernay n'est pas un vulgaire liquide rouge de cinéma. Dans la rue, j'ai mon sac noir en bandoulière. Je caresse le couteau dans son plastique à travers la toile. Avec, j'ai découpé le sexe de Duvernay que j'ai balancé de l'autre côté du mur qui fait face à son immeuble.

Dans un cimetière. La symbolique m'amuse.

À l'instant où je quitte les lieux, j'aperçois Le Peletier monter dans un véhicule noir, un air sombre et des traits marqués par la colère. Tu fais moins la maline, salope ?

13 h 30

Au bureau, Le Peletier retrouve ses lieutenants, assis l'un à côté de l'autre. Ils visionnent les images de la rue de Duvernay, récupérées par Avonne auprès du service de surveillance de la voie publique.

Un regard suffit pour qu'ils pigent que ça va être leur fête.

– Maintenant, je vous écoute.

Cette façon d'amener les choses fait dire qu'elle ne les lâchera pas tant qu'elle ne saura pas clairement ce qui s'est passé.

– Mais attends…

– Tu ne crois pas que c'est plutôt moi qui attends une explication à votre planque foireuse.

Le ton rappelle à Avonne son père qui lui hurlait dessus à lui coller la trouille au ventre. En voyant Le Peletier les bras croisés, il mesure que l'enquête peut leur être retirée, avec une mutation d'office à gérer des PV de stationnement et à ne jamais remonter dans l'estime de la hiérarchie. Il connaît des collègues qui ont merdé, qui s'en mordent encore les doigts, plongés dans la déprime. Impensable d'en arriver là à son âge, pense-t-il. Il relève la tête et dit qu'ils n'ont rien vu.

– C'est un peu court.

– On n'a rien vu car il a plu très fort à ce moment-là. Quand on regarde les bandes, on voit une ombre qui sort de l'immeuble et quand on regarde l'heure sur la bande, 23 h 43, il flotte à torrent. À la distance où nous étions, il était impossible de voir.

– Et l'heure de sortie ?

– 1 h 45.

Silencieuse, Charon se dirige vers la fenêtre, contre laquelle elle colle son front, les mains dans le dos. D'un coup, elle se retourne et balance une phrase sur un ton si bas que Le Peletier lui demande de répéter.

– Nous sommes sortis car j'avais envie de fumer. Là, la pluie est tombée d'un coup. On s'est réfugiés sous un arbre et on a attendu que ça passe.

– Il n'est pas à l'autre bout de Paris, cet arbre ?

– Non, dans la rue mais il pleuvait très fort et nous étions trop éloignés de l'immeuble pour le voir.

– Vous avez attendu combien de temps ?

– Un quart d'heure, peut-être vingt minutes.

– Putain, c'est large. Et vous ne l'avez pas vu sortir ?

– Non.

Les mains sur la tête, Le Peletier marche dans la pièce. Elle lâche trois « bon » qui signifient qu'elle ne sait pas quoi en penser, lorsque Charon dit brusquement :

– Tout ça ne serait pas arrivé si tu m'avais laissé aller dans l'immeuble d'en face.

– Et pourquoi tu ne l'as pas fait ?

– Parce que tu m'as ordonné de ne pas bouger quand je t'en ai parlé.

– Depuis quand tu respectes un ordre quand tu l'estimes mauvais ? dit-elle en se remémorant l'appel. Et pourquoi tu me parles de cet immeuble ?

– Parce que, sur la bande-vidéo, c'est là que l'ombre se rend à 1 h 45.

Le Peletier donne un coup de pied dans la poubelle. Les papiers volent dans la pièce. Elle demande à voir les images. Ils se scotchent au mauvais film qui montre une rue calme, des maisons aux fenêtres closes et de rares véhicules qui circulent à vive allure. Effectivement, il pleut beaucoup. Le Peletier demande d'accélérer sur un ton de chien. Cinq minutes après, ils aperçoivent une silhouette humaine entrer dans l'immeuble de Duvernay avec un objet sous le bras. L'heure qui s'affiche est bien 23 h 43.

– Accélère, ordonne Le Peletier.

Les images défilent à la vitesse supérieure, la pluie a cessé et la silhouette quitte l'immeuble, les mains vides. Elle traverse la rue pour entrer dans l'immeuble d'en face à 1 h 45. Le Peletier lève la tête.

– Avonne, tu vas dans cet immeuble, tu me trouves ce que tu peux et tu m'appelles. Et toi, Charon, tu fais parler le portable de Duvernay.

Dans le couloir, Avonne balance son poing contre la paroi du distributeur en attendant sa boisson.

– Arrête de cogner ce distributeur. On a merdé la planque. Elle a raison.

Il avale son café d'un trait, jette le gobelet dans la poubelle et fixe Charon.

– Pourquoi tu ne lui as pas dit ce qui s'est vraiment passé ?

Charon part et claque la porte du bureau. Des larmes de colère, de rage et de fatigue coulent sur son visage. Elle rumine de ne pas être allée dans cet immeuble et cette excuse bidon sur la clope fumée.

Oui, cette nuit, il pleuvait et la visibilité était impossible. La bande vidéo ne le dément pas.

Oui, ils n'ont rien vu, alors même que là où ils étaient, même avec la pluie, ils voyaient très bien puisqu'ils n'ont pas quitté la voiture.

En réalité, ils sont restés collés l'un à l'autre et se sont endormis. C'est la pluie qui tambourinait sur le toit du véhicule qui l'a réveillée en sursaut. Quand elle a regardé son portable, il était 2 heures. Elle a secoué Avonne pour le réveiller.

Dehors, ce qui n'était qu'une bise de fin de printemps redouble de force pour s'infiltrer par la fenêtre ouverte. Ce changement climatique soudain et inattendu plaît à Charon. Elle chope le sachet qui enferme le portable de Duvernay et se dirige à l'étage du dessous pour demander à un collègue de l'aider à le faire parler.

15 heures

Charon entre dans le bureau de Le Peletier sans frapper. La capitaine relève la tête d'un dossier dont plusieurs pages sont étalées. Elle fait comprendre à la lieutenante qu'elle n'est pas la bienvenue. Mais celle-ci se plante devant elle, et Le Peletier saisit qu'il ne sert à rien de lutter et se lève. Devant la fenêtre, elle observe le ciel devenu bleu.

Dans son dos, Charon frotte la paume des mains sur son pantalon avant de dire qu'elle a exploré le portable avec un collègue d'un autre service.

– Parfois, il est utile d'agir en dehors des articles d'un code républicain. Je t'écoute.

– Devine.

– Je ne suis pas d'humeur à jouer aux devinettes.

– Duvernay a un Nokia 8210. Un joujou à dix euros qui fait sensation chez des trafiquants de drogue. Pas de Bluetooth, de GPS, de Wifi, donc pas d'Internet, ni de puce MCS intégrée. Y a même pas d'appareil photo. Avec ça, t'es totalement sous les radars pour passer et recevoir juste des appels et des SMS.

– Y a un code d'accès pour ouvrir ce tank, j'imagine ?

Charon place l'appareil en contrejour, jusqu'à montrer la seule touche marquée par l'usure, sans doute à cause du dissolvant utilisé par le peintre.

– J'ai trouvé pas mal d'appels entrants et sortants et des SMS. Beaucoup sont avec Chapelle.

– Tiens donc. Pour quelqu'un qui prétend ne pas connaître de faussaire…

– Rien que ce mois-ci, j'en ai compté une centaine. Dans certains, elle dit que la police va débarquer, ça parle de toiles, qu'il faut effacer leurs échanges et d'autres choses. Ça peut correspondre au cahier ou à des toiles. Surtout, ça pue le trafic de fausses toiles. Et il y a encore plus intéressant. Dans certains SMS, MC apparaît.

Les yeux de Le Peletier pétillent mais, quand elle demande si on sait à qui correspondent les fameuses initiales, Charon fait un signe négatif de la tête. Le Peletier a une idée qui lui traverse l'esprit et qui mérite d'être creusée. Elle se gratte le cou avec une telle force que sa peau rougit puis demande le dossier sur Chapelle.

Dedans, la carte de visite de Chapelle agrafée sur la page de gauche, remise en échange de celle du lieutenant, la photocopie de la carte d'identité effectuée lors de sa première venue, des pages imprimées du site Internet de la maison de ventes où elle travaille et un résumé de leurs échanges, rédigé sommairement par Charon.

Le Peletier relit la copie de la carte d'identité.

– Chapelle est née un 15 octobre 1982 et…

La capitaine pointe du doigt un deuxième nom qui figure sous celui de Chapelle.

– Canone, dit Charon. Ça doit être le nom de son mari, attends, je vérifie.

La lieutenante active la souris de son ordinateur et tape le patronyme sur un moteur de recherche. Plusieurs noms s'affichent, dont l'actuel ministre de la Culture. À la rubrique consacrée à sa vie privée, il est fait mention de son union avec Pauline Chapelle, commissaire-priseur.

– La vache, son mec est le ministre de la Culture.

– Surtout, il s'appelle Mathias Canone.

– Putain, c'est le fameux MC.

– Pas un mot au taulier. À sa façon de lécher les bottes de ces gens-là et avec sa connaissance du bottin administratif et politique, je me méfie.

Face au panneau de liège, Le Peletier écrit MC sur un post-it, qu'elle colle à côté de celui de Chapelle. Elle reste devant le panneau, hypnotisée par cet élément qui s'insère dans l'enquête.

– Cette Chapelle n'est décidément pas aussi honnête qu'elle veut nous le faire croire. Faut la convoquer à nouveau et lui mettre la pression. Fais appel à ta mémoire et donne-moi des détails la concernant.

Charon explique qu'elle est très hautaine avec les gens qui ne lui apportent rien et qu'elle n'aime pas être brusquée, sinon elle s'enferme dans le mensonge.

Ça, Le Peletier l'avait déjà compris.

16 heures

D'une main, Avonne salue le planton de faction et part en direction de Montmartre. La chaussée glissante à cause de la pluie tombée il y a quelques minutes l'oblige à la plus grande vigilance.

Sur place, le quartier a repris sa vie d'avant. Les curieux se sont volatilisés comme des mouches.

On accède par quelques marches en pierre à l'immeuble qui fait face à celui de Duvernay. Alors qu'Avonne scrute les sonnettes scellées dans le mur, une femme apparaît dans le jardin. Belle, grande, un visage lumineux, des cheveux châtains, la trentaine pas plus. Elle porte un uniforme et tire une valise derrière elle. *Elle, je parie qu'elle est hôtesse de l'air*. Elle perçoit Avonne comme un importun dont elle estime qu'elle va avoir du mal à se dépêtrer. Captant sa réticence, il sort sa carte tricolore de son blouson.

– Je vous ai fait peur ?

– Pas du tout, assure-t-elle en appuyant sur un bouton qui libère la gâchette.

– Vous habitez ici ?

– Oui, au quatrième. J'y vis depuis trois mois.

Sur les habitudes des lieux, elle répond n'avoir rien remarqué de bizarre, et ne pas connaître ses voisins. À la question sur la soirée de la veille, elle dit s'être couchée tôt, il devait être environ 22 heures, et n'avoir rien entendu. Avonne note son identité sur son portable, la remercie et lui souhaite une bonne fin de journée. Une manière de lui dire qu'elle peut partir.

Dans le hall, une table en bois fait office de dépôt de courrier. Avonne examine les enveloppes qui traînent, les considère sans intérêt et grimpe les marches d'un escalier en bois.

Dans sa tête, il élimine le dernier étage. La femme a indiqué que l'appartement voisin donnait sur le cimetière. Or, ce sont les logements à la même hauteur que celui de Duvernay côté rue qui l'intéressent.

Sur ce palier du troisième niveau règne un silence étrange. Avonne progresse dans le couloir, la main posée sur son pistolet. Deux coups sur la première porte. Un court instant s'écoule. La moitié d'un visage féminin apparaît. Derrière, une femme plus âgée se tient sur la pointe des pieds. Leur ressemblance fait dire qu'il s'agit de la mère et sa fille.

Avonne cale sa carte professionnelle dans l'interstice.

– Lieutenant Avonne, police judiciaire.

Lorsqu'elle détache l'entrebâilleur, Avonne découvre que les fenêtres du logement donnent directement sur celles de Duvernay.

– Vous venez pour ce qui s'est passé tout à l'heure ?

La plus jeune femme lui dit de la boucler mais la vieille poursuit.

– Vous savez, le type qui habite au fond du couloir est bizarre.

– Comment savez-vous qu'il est bizarre ?

– Ben, quand il est là, il n'écoute ni musique, ni la télé. Il ne vient que la nuit. Et encore, pas toutes. Parfois, il est là, la journée. Je l'entends rentrer très tard.

– Quand l'avez-vous entendu pour la dernière fois ?

– Maman, arrête, tu vas nous apporter des ennuis.

– Madame, que votre mère réponde à mes questions et, ensuite, je vous laisse tranquille. Donc, vous l'avez entendu quand, la dernière fois ?

– Ben, cette nuit.

– Vers quelle heure ?

– Je me souviens que la pluie claquait contre les carreaux et le zinc de la corniche. Je suis certaine qu'il est sorti deux fois. J'ai le sommeil léger. Le moindre bruit me réveille et après je n'arrive plus à m'endormir. Dites, il est chargé, votre pistolet ? demande la vieille dame en pointant du doigt le bas du blouson d'Avonne.

– Mais, enfin, ça va pas ? lui balance sa fille.

– Restez bien chez vous…

Avonne n'a pas fini sa phrase que la porte est déjà fermée.

Il ôte la languette de l'étui qui enveloppe son arme, pose sa main sur la crosse et avance vers la dernière porte. Il écoute mais pas un son ne filtre. Il serre la poignée sans la brusquer.

Au moment de la baisser, une boule dans la gorge l'empêche de déglutir. L'issue n'est pas verrouillée. Il sort son arme et pousse la porte. Quelques secondes encore à dresser l'oreille, à faire pivoter ses yeux à grande vitesse avant d'avancer d'un pas et de s'arrêter comme un chien de chasse aux aguets. Le reflet d'une voiture qui fonce à vive allure dans la rue se réverbère sur le plafond de la pièce. La trouille de tomber sur le voisin ou de découvrir un corps mutilé l'empêche de faire un pas de plus. Il se colle contre le mur, le corps en arrière, son arme devant lui. Jamais il n'a éprouvé une telle peur au cours de précédentes opérations. Sans doute est-ce à cause du silence, de l'absence de mouvement, du récit de la voisine et de la porte d'entrée non fermée à clé.

Alors qu'il se dit qu'il ne devrait pas être seul, il glisse le long du mur et s'arrête, à la limite de l'encadrement d'une porte. Il inspire profondément et bondit. La pièce est déserte. Elle fait trente mètres carrés environ, avec une cuisine équipée dans un coin. Les murs sont blancs, rafraîchis depuis peu. Sur le côté, une autre porte cache une salle de bains dont la propreté montre qu'elle n'a jamais servi.

La vieille avait raison, il n'y a ni télé, ni radio. Juste une table, une chaise de cuisine et un fauteuil club en cuir de dimension réduite et de basane élimé, positionné devant la fenêtre, avec une vue sur l'appartement de Duvernay.

Avonne appelle Le Peletier. Il parle de la porte d'entrée laissée ouverte, de l'appartement vide, de sa propreté, du fauteuil. Il raconte ce que la voisine a dit au sujet de ce locataire. En l'écoutant, la capitaine se dit qu'elle n'aurait pas dû l'envoyer seul. Un mauvais pressentiment la gagne elle aussi. Elle dit à Avonne de ne toucher à rien et lui envoie l'Identité judiciaire.

Avonne raccroche et s'assoit dans le siège en cuir, les coudes en appui sur les accoudoirs. C'est certain, cette place est idéale pour observer ce qui se passe en face.

Une fois l'enquête finie, il se promet d'emmener Charon en week-end. Madrid ? Elle lui dira que c'est pour voir un match du Real. Lisbonne ? Elle y est déjà allée avec un autre mec. Rome ?

L'idée l'emballe quand il entend le frottement d'un pantalon au ralenti. Il tourne la tête et reçoit un énorme choc au niveau de la nuque. Il sent son corps partir en avant, plonger dans le noir et il s'effondre sur le sol. Son agresseur s'acharne et lui envoie deux coups de pied violents dans le ventre. Il n'arrive plus à trouver une respiration convenable. D'autres coups suivent, au niveau des épaules. Ils sont suffisants pour qu'il ne capte plus rien.

Si, il pense que seules des rangers peuvent faire autant de mal.

Il reçoit un dernier coup de pied au visage et perd connaissance.

17 heures

– J'ai autre chose à foutre que de répondre à tes convocations.

– Calme-toi, dit Charon à Pauline Chapelle, assise devant elle.

Comme convenu, elle l'a convoquée pour préciser certains éléments de leur dernier échange.

– Me calmer ? Comment veux-tu que je me calme, vous me traitez comme une criminelle. C'est inadmissible et, crois-moi, je vais porter plainte.

– Personne ici ne laisse supposer que tu es une criminelle.

Le Peletier arrive. Elle contourne le bureau, s'assoit à sa place et parcourt un dossier, sans regarder Chapelle, qui marque son impatience par des soupirs réguliers. La cheffe du groupe prolonge la situation encore un peu avant de poser le dossier sur une pile et ses mains au bord de la table.

C'est cet instant qu'elle choisit pour planter ses yeux dans ceux de Chapelle.

Avachie dans son fauteuil, les genoux un peu écartés, celle-ci demande à nouveau ce qu'elle fout encore ici.

Dans un coin de la pièce, Charon prend conscience que rien n'annonce un échange constructif. Surtout quand Le Peletier laisse traîner un silence qui rend l'atmosphère plus pesante. En réalité, elle veut montrer qu'ici c'est elle qui décide de la manière dont le temps s'écoule.

Désormais assise à la gauche de Le Peletier, Charon ne sait pas quoi faire de ses mains. Elle les planque dans les poches de son pantalon avant de croiser les bras. Chapelle relève la tête et parle d'abus de pouvoir.

– Allons, dit Le Peletier, vous utilisez des expressions juridiques inappropriées. Je vous ai demandé de venir pour revenir sur certaines de vos déclarations qui me semblent incohérentes.

– Je ne comprends pas, vous deviez me parler d'un truc nouveau dans l'enquête.

– Dans une affaire criminelle, tout est important et la police et la justice n'aiment pas être contrariées et qu'on se foute d'elles.

– Écoutez, je ne comprends rien. Vous est-il possible d'être plus précise ?

– N'oubliez pas que je définis la manière dont se passe l'échange, à commencer par poser les questions et pas l'inverse.

Le Peletier lâche sa chaise et cale son nez contre la vitre. Charon remarque le cou rouge et zébré de plaques de Chapelle. Elle se souvient de cette caractéristique physique chez elle quand elle est mal à l'aise. C'était déjà le cas à la faculté. Certains étudiants l'avaient même surnommée la « dinde ». Le Peletier fixe le ciel quelques secondes puis s'en détache brusquement.

– Madame Canone, je souhaite revenir sur certaines de vos déclarations.

– Mon nom est Chapelle. Comme une chapelle.

– Chapelle est votre nom de jeune fille et Canone, votre nom d'épouse. Je ne me trompe pas ?

– D'accord, vous avez fouillé ma vie privée. Qu'est-ce que cela veut dire ? Vous me prenez pour une criminelle ? J'exige la présence d'un avocat.

– Cela fait deux fois que tu te qualifies de criminelle, dit Charon. À ce que je sache, tu n'es accusée de rien. À moins que tu aies quelque chose à nous dire ?

– Je ne te permets pas. Tu es…

– N'allez pas plus loin, madame Canone, l'interrompt Le Peletier, vous allez regretter vos paroles. Nous n'avons pas fouillé votre vie pour connaître votre nom de femme mariée, il figure sur la photocopie de votre carte d'identité. Autre chose, vous connaissez Duvernay.

– Bien sûr, c'est moi qui vous ai donné son nom et son adresse. N'importe quel commissaire-priseur vous l'aurait donné si vous le lui aviez demandé.

– Mais nous ne l'avons pas demandé à n'importe quel commissaire-priseur. (Chapelle rougit.) Nous avons retrouvé sa carte dans votre agenda. Vous l'avez oublié lors de votre dernière venue. Il est curieux, ce Duvernay, vous ne trouvez pas ?

– Je le cherchais partout. Vous l'avez fouillé ?

– Répondez à ma question sur Duvernay.

– Je ne le connais pas assez pour m'en faire une opinion aussi précise.

– Dans tous les cas, il a de multiples talents ; celui de peintre mais aussi de comptable, il note tout ce qu'il produit dans ce cahier. Ça vous parle ?

– Ça devrait ?

– À vous de nous le dire.

– Non, ça ne me parle pas. Interrogez-le.

– Nous l'avons déjà fait. Pour revenir à ce carnet, Duvernay note ce qu'il peint, ainsi que les initiales des destinataires de ses tableaux. Vous voyez, là, on trouve les lettres M et C. MC comme Mathias Canone, votre mari.

– Mon ex-mari. Nous sommes séparés depuis un an environ.

– Soit mais on les retrouve à huit reprises au moins. Avez-vous une explication ?

Pauline Chapelle fixe à nouveau les lignes mises sous son nez. Elle se dit : « Quel abruti, je lui avais dit de brûler ce cahier. Quel con. » Puis, elle redresse son buste, pose ses mains sur ses genoux et fixe Le Peletier, sans porter un regard à Charon.

– Ces initiales semblent correspondre à celles de mon ex-mari, sans qu'elles ne prouvent qu'il s'agit de lui, puisque c'est bien ça que vous cherchez à me faire dire.

– Mon petit doigt me dit de ne rien croire à ce que vous racontez. Il a de la malice, ce petit doigt, à moins que cela ne soit de la bonté, car il me dicte de vous laisser une seconde chance pour répondre.

À nouveau, Chapelle exige de voir un avocat.

– Vous en connaissez un ? demande Le Peletier. Sinon, on vous en commet un d'office. Certains sont d'excellents pénalistes. Je vous laisse cinq minutes pour y réfléchir.

Le Peletier réclame la présence d'un policier dans son bureau et fait signe à Charon de la suivre.

Devant le distributeur à café, elle insère une pièce d'un euro et sélectionne un café long sans sucre, sans rien proposer à la lieutenante.

– Elle est coriace mais elle est prête à craquer. On dirait qu'elle est retenue par un esprit intérieur. Y a un truc comme ça.

– Je ne te savais pas mystique. Une chose est sûre, elle a balancé le nom de Duvernay, sans réaliser ce qu'elle faisait.

– Les choses vont se compliquer avec un avocat. On fait quoi ? On ne va tout de même pas la placer en garde à vue parce qu'on soupçonne que les initiales de son ex-mari ont été retrouvées dans le cahier d'un faussaire ? L'avocat va nous retourner en moins de deux.

– Je sais. Écoute, suggère Charon, j'ai une idée un peu bancale mais je ne vois pas d'autre issue. On la relâche.

– Attends, la dernière fois, on a fini avec un mutilé.

– Je suis certaine qu'elle va entrer en contact avec Duvernay. Je ne sais pas si tu as vu sa réaction quand elle a vu le cahier.

– Mais il y a un hic à ton plan. Duvernay est mort.

– Mais elle ne le sait pas. Comme elle ne sait pas que nous avons le portable de Duvernay.

– Si je te suis, si elle le contacte, tu réponds à sa place.

– J'ai lu leurs échanges énigmatiques. Il y en a un qui donne toute une série de chiffres qui correspondent à des coordonnées GPS. C'est notre seule chance. Tu te souviens, quand tu m'as demandé ses faiblesses. Eh bien, quand elle ne maîtrise plus la situation, elle fonce tête baissée avec un résultat jamais concluant. Dès qu'elle envoie un SMS, je te fais signe.

17 h 30

La voisine n'arrive pas à déterminer le temps exact qui s'est passé depuis qu'elle a entendu quelqu'un dévaler l'escalier de bois. Elle se décide à ouvrir sa porte, lance un regard sans sortir de chez elle, puis avance dans le couloir sans allumer la minuterie, un couteau à la main.

Elle hésite quand elle voit la porte du voisin entrouverte. Y aller ou faire demi-tour et appeler la police ? Mais la curiosité est la plus forte.

Elle masque son visage de la main quand elle voit la tête tuméfiée du jeune lieutenant et le sang qui coule de sa bouche. Soudain, le bruit d'un scooter qui dévale la rue la fait sursauter comme si le deux-roues lui fonçait dessus.

Affolée, elle regagne son appartement. Elle tait les événements à sa mère, qui regarde un jeu à la télé. Depuis la cuisine, elle compose le 17. Au policier, elle livre un discours incompréhensible. Il prend néanmoins l'appel au sérieux, comprend qu'un lieutenant de police est en sang. Il lui demande de ne toucher à rien et de rester enfermée chez elle. Une patrouille qui circule dans le quartier va arriver le plus vite possible.

Quinze minutes après, des pas dans l'escalier. La femme entrouvre sa porte, sa parano tourne à plein régime. Elle s'avance d'abord vers la cage d'escalier, puis dans le fond du couloir au fur et à mesure que les personnes montent. Elle s'agrippe à une barre imaginaire et s'alarme quand elle se rappelle que la porte de son appartement est restée ouverte.

Sans savoir pour quelle raison, entendre un timbre féminin la tranquillise. Trois tenues bleues apparaissent. La femme s'effondre dans les bras de l'une d'elles tandis que la flic s'arrête devant la porte ouverte du studio et sort son arme en découvrant le corps inanimé et en sang d'Avonne allongé au sol.

La policière enfile une paire de gants, retourne le corps étendu puis se redresse d'un coup.

Tout être humain éprouverait la même difficulté à encaisser ce qu'elle découvre. Une chose est sûre, l'agresseur s'est plus qu'acharné.

Elle entreprend la fouille des poches de la veste, d'où elle sort une carte.

– Merde, c'est bien un des nôtres. Lieutenant Samuel Avonne.

18 heures

Le Peletier fait signe au flic qui surveille Chapelle de sortir. Celle-ci a un regard chargé de haine.

– Il est inutile de contacter un avocat, vous pouvez partir. Je vous demande de vous tenir à notre disposition pour une éventuelle convocation à laquelle vous devrez bien entendu vous rendre, avec un avocat si vous le souhaitez.

Chapelle attrape son sac, posé sur le sol et claque la porte faisant voler les stores vénitiens du bureau.

Désormais, tout est une question de temps. Et de patience.

Installée dans son siège, les pieds posés sur le bureau, Le Peletier chope une cigarette. Elle fixe la tige entre ses deux lèvres. Un briquet à la main, elle joue avec la molette. Elle retrace l'échange qui vient de se dérouler, pense que les gens comme Chapelle montrent toujours qu'ils ont l'autorité avec eux, le pouvoir suffisant pour considérer les autres comme rien.

Mais Le Peletier se dit que ces gens commettent toujours un impair.

Elle se dirige vers la fenêtre et voit Chapelle s'éloigner d'un pas pressé quand Charon entre dans le bureau. Elle brandit le portable du peintre en l'air.

– Chapelle est entrée en contact avec Duvernay. Elle veut le voir au plus vite.

Le Peletier sourit.

– J'ai répondu ce soir. Elle a dit OK. Le lieu est la même série de chiffres que tout à l'heure.

Le Peletier allume la cigarette bloquée entre ses lèvres quand son portable sonne.

– J'écoute.

– ...

– Quoi ?

– ...

– Où ?

Charon lui lance un regard inquiet.

– J'ai un truc urgent à faire. Je te tiens au courant.

18 h 15

Faute d'informations sur l'état de santé d'Avonne, transporté à la Pitié-Salpêtrière, Le Peletier n'a rien dit à Charon. À moins que cela ne soit par manque de courage ? À vive allure, elle emprunte les rues, regrettant encore plus d'avoir laissé Avonne aller seul dans cet immeuble.

Aux urgences, il y a du monde à la borne d'accueil. Des corps fragiles. Des visages inquiets. Certains sont inondés de larmes.

Le Peletier ignore les protestations de la file d'attente, devant l'attitude irrespectueuse de cette femme qui double tout le monde, se plante devant l'hôtesse d'accueil et plaque sa carte de flic sur le comptoir. Elle demande où est Samuel. Elle en oublie son nom sur le coup et se reprend :

– Avonne. Samuel Avonne. Il est arrivé il y a une heure environ. Cherchez.

Celle qui pianote sur un ordinateur est infirmière. C'est écrit sur le badge accroché à sa blouse. Ça dure dix secondes. Une éternité quand on est de l'autre côté du comptoir.

– Il est en réanimation, avec un traumatisme crânien grave, et le pronostic de son œil droit est engagé.

Le Peletier frappe le comptoir du plat de la main. Le geste fait sursauter l'infirmière. Non qu'elle ne soit pas habituée à se trouver face à des gens nerveux, elle en croise tous les jours et une affiche sur le comptoir mentionne qu'un dépôt de plainte est systématique contre les personnes agressives. Ce qui la surprend, c'est l'état second de cette policière qui donne l'impression qu'elle va lui bondir dessus.

– Putain, ce n'est pas vrai ?

Assise, l'infirmière menace d'appeler la sécurité.

Le Peletier ne l'écoute pas. Tout bascule dans sa tête. Elle frappe le comptoir, cette fois-ci avec son pied.

– Si, je vais le faire, dit l'infirmière. Vous dépassez les limites.

– Putain, ce n'est pas vrai ?

– Qu'est-ce qui n'est pas vrai ? demande l'infirmière, mesurant qu'elles ne sont pas sur la même longueur d'onde.

– Son œil droit… Ça veut dire que…

Son portable vibre. « Ça va ? » Elle a envie de répondre non à Charon, de lui écrire la vérité. Elle n'écrit rien.

– Puis-je le voir ? Je suis sa cheffe de groupe.

L'infirmière indique l'ascenseur à prendre pour rejoindre le service d'anesthésie et de réanimation, qui se situe au quatrième étage. Elle ajoute qu'un médecin va l'accueillir. Le Peletier n'avoue pas qu'elle déteste les ascenseurs et part en courant vers l'escalier, sans même prendre la peine de la remercier.

Le service d'anesthésie-réanimation de la Pitié est réputé pour la prise en charge des malades en état de mort encéphalique et des urgences chirurgicales nécessitant des soins intensifs.

Quand Le Peletier y arrive, elle maudit cette enquête qui la conduit dans des endroits qu'elle déteste. Un hôpital entre dans cette catégorie.

Le bruit des machines d'assistance respiratoire rythme le silence.

Le Peletier suit les marquages au sol jusqu'au guichet d'accueil du service. Elle cherche le médecin. Elle entend bien des bruits de pas et des voix un peu plus loin. Monceau l'appelle. Sa voix inquiète dévoile qu'il est au courant pour Avonne.

– Je ne l'ai pas encore vu. J'attends un médecin. Je n'ai rien dit à personne, à commencer par la lieutenante Charon. Ils sont… Je vous laisse, un médecin arrive.

– Tenez-moi informé dès que vous avez du nouveau. Tenez bon, Isabelle.

C'est la première fois que Monceau prononce son prénom. Elle ne sait pas quoi répondre mais le principe lui plaît.

Visage mince, crâne dégarni et lunettes rondes, le médecin porte une blouse verte, un bonnet chirurgical de la même couleur et un masque cache son cou. Le Peletier présente sa carte aux bandes tricolores. Le médecin répond que c'est inutile, l'accueil l'a prévenu de son arrivée. Elle demande si c'est lui qui s'occupe de Samuel Avonne.

– Suivez-moi.

La capitaine est invitée à enfiler une combinaison, des surchaussures et à se couvrir la tête d'une charlotte. Ça donne le ton. Le Peletier marche ensuite la tête baissée entre des murs vitrés. Derrière, elle sait que les malades ou les accidentés sont dans un état critique, et ça lui soulève le cœur. Quand le médecin s'arrête, le moment est arrivé de relever les yeux et d'affronter la réalité. L'image est brutale et dilate un peu plus cette boule qui s'est installée dans son ventre. Avonne est allongé, relié à des appareils sophistiqués qui émettent différents sons.

– Lors de sa prise en charge, votre collègue était agité, commente le médecin. Son état neurologique s'est dégradé assez vite d'un point de vue clinique. Il était en situation grave, avec des signes d'hypertension intracrânienne. Il a été placé dans un coma artificiel pour atténuer sa douleur.

Le Peletier plante son regard dans le sien.

– Un scanner a été réalisé à son arrivée. Il a montré un œdème cérébral et des hématomes intracrâniens. Nous l'avons opéré en urgence pour les évacuer. C'était vital. L'opération s'est passée aussi bien que possible. Il a des plaies perforantes avec atteinte hépatique. Il a aussi un vaisseau au niveau de l'abdomen qui a été touché assez sévèrement. Ça a provoqué une hémorragie interne mais nous l'avons stoppée. Depuis, on le maintient en réanimation.

– On m'a dit que son œil droit a été touché ?

– Oui, des hémorragies rétiniennes.

– C'est un excellent tireur. Aux entraînements, il ne loupe jamais la cible. Il sait respirer, viser, se détendre et taper la cible là où il faut. En plein dans le mille. Même sur le terrain, quand il fait usage de son arme, il touche la personne poursuivie pour qu'elle tombe, sans la tuer. Avec son œil droit abîmé, tout risque d'être différent maintenant.

– La seule chose que je peux vous dire, c'est que cela peut prendre du temps.

– Il a une chance ? Il va…

Le Peletier s'arrête.

– On fait tout pour qu'il s'en sorte. Son passage en salle de déchocage dès son arrivée a été bénéfique. En tout état de cause, retenez qu'il est stabilisé. Nous l'avons pour le moment rétabli dans la vie, ce qui est un bon signe.

– Vous l'avez ressuscité ?

– Si vous voulez. En réanimation, nous sommes à l'affût du moindre signe d'amélioration qui nous permettra d'adapter les protocoles.

Le Peletier se ronge un ongle pour casser sa nervosité, qu'elle ne contrôle plus.

– Vous savez, il est costaud, votre gars. Quant à vous, vous devriez rentrer chez vous.

Le Peletier a envie de lui dire qu'elle ne veut pas rentrer avec un de ses lieutenants entre la vie et la mort.

– Laissez-moi vos coordonnées. Je vous appelle dès qu'un signe d'amélioration, même infime, apparaît.

– Je ne suis pas de sa famille, je ne veux pas vous causer d'ennuis.

– Je suis le chef de service. Rentrez chez vous et, c'est promis, je vous téléphone.

Le Peletier n'a pas d'autre choix. Pas même celui de rester dans la salle d'attente.

– Faites-moi confiance, dit-il en lisant son nom sur la carte de visite qu'elle lui tend.

Dehors, elle se retrouve au milieu des bâtiments, tous identifiés par un nom. Pinel, Bièvre, Gosset. Vient le moment de dire la vérité à Charon.

Face à l'église Saint-Louis de la Pitié, elle croise d'autres visiteurs. Sur un banc, la tristesse d'une jeune fille la touche. Même âge que Charon. Même physique. Plus loin, un homme est assis en tailleur sur la pelouse. Les yeux fermés, il semble absorber une énergie qui l'apaise.

Le Peletier s'éloigne de ces âmes perdues, ferme les yeux et effectue des exercices de respiration. Le corps plié vers l'avant, elle fixe l'écran noir de son portable, qu'elle serre entre ses doigts. Elle cherche les mots qu'elle va employer. Corrige les phrases qui se forment. Elle n'a pas le temps de s'interroger davantage que le nom de Charon apparaît sur le portable.

– Ça va ?

Rien ne sort de la bouche de Le Peletier. Elle est trop engluée dans ce qu'elle a vu. Elle dit oui et pense : « Quelle lâche ! »

– Sinon, le rendez-vous a lieu à 22 h 30 dans un abri souterrain. Plus précisément, dans le sous-sol d'un immeuble appartenant à une société publique de logements de la ville de Saint-Ouen. Le refuge oublié de la Seconde

Guerre mondiale est calé entre deux caves. Chapelle insiste pour que Duvernay soit à l'heure. Ce sont ses mots.

– On s'y retrouve à 21 heures. Donne-moi l'adresse exacte.

– On n'y va que toutes les deux ou on demande du renfort ? Comme Chapelle dit qu'elle sera accompagnée, on pourrait demander à Avonne de venir. J'essaye de le joindre mais il ne me répond pas.

– Euh… Non. Je te laisse. 21 heures là-bas.

Le Peletier raccroche. Elle se déteste, tape ses pieds au sol.

L'homme en position de yoga la regarde avec une détresse comparable à la sienne.

21 heures

Le lieu du rendez-vous se situe dans le nord de la capitale, non loin des puces de Saint-Ouen, dans un quartier que connaît Charon. Elle y est intervenue, il y a un an et demi, dans le cadre d'un infanticide.

Depuis vingt minutes, elle attend dans le véhicule à une dizaine de mètres. Le calme règne dans le quartier, pourtant réputé agité. On aperçoit des entrepôts désaffectés. Ils datent des années vingt et servaient à l'accueil d'entreprises de textile et à la vente de produits industriels. Sur un panneau de huit mètres sur six que personne ne peut louper, un promoteur immobilier, qui ne s'est pas trompé sur le potentiel de cette friche, annonce la rénovation du quartier, avec des commerces, des logements, des sièges sociaux et le tramway à proximité pour dans dix-huit mois.

Le Peletier la rejoint. À peine assise, elle frotte les paumes de ses mains sur son pantalon. Depuis son départ de l'hôpital, les mots tournent dans sa tête et aucun ne la satisfait. Mal installée, elle finit par dire qu'elle a envie d'une clope. Il faut dire que le véhicule empeste le tabac froid. Mais, en planque, c'est un coup à se faire repérer. Pour remédier au manque de nicotine, elle mâchouille des Nicorette. L'effet est suffisant pour la calmer un peu, même si au bout de cinq minutes elle range la gomme mastiquée dans l'emballage pour en prendre une nouvelle.

Charon la ramène dans l'enquête.

– Chapelle a envoyé un SMS, elle dit qu'elle doit rencontrer une autre personne.

– Qu'est-ce qu'elle fout, bordel ?

Le Peletier se demande si Chapelle a découvert quelque chose, si elle sait pour Duvernay et si elle viendra. Mais, en réalité, elle pense surtout à Avonne. Elle ouvre un opercule de sa tablette de chewing-gums sans savoir trop comment formuler les choses.

– Je voulais te dire à propos de…

À cet instant, Charon pose sa main sur son bras.

– Il y a du mouvement à une centaine de mètres. Sur le trottoir opposé.

Le Peletier attrape une paire de jumelles, qu'elle ajuste.

– C'est elle. Elle est seule. Elle longe le mur.

Charon note ce que relate la capitaine sur son calepin.

– Putain, elle est bourrée ? Elle vient de se tordre le pied. En revanche, elle a peur, cela fait trois fois qu'elle se retourne.

Derrière elle, il n'y a personne. Elle détaille un peu mieux Chapelle.

– Elle a dans sa main gauche un sachet noir qui a l'air lourd, avec une inscription que je n'arrive pas à la lire. Elle regarde autour d'elle. À moins qu'elle ne cherche la personne qui doit la rejoindre ?

Sans jumelles, Charon sort un appareil photo, équipé d'un zoom qui permet de prendre des clichés la nuit et de distinguer des détails. Elle appuie une dizaine de fois sur le bouton, puis visionne les clichés sur le cadran de l'appareil. Elle en grossit un. Elle confirme l'inquiétude sur son visage.

– Elle entre au numéro 15.

Le Peletier ne décolle pas ses yeux des jumelles. Dans la rue, un homme pianote à deux reprises sur un digicode pour entrer au numéro 19.

– Elle a dit avoir rendez-vous avec quelqu'un. On va voir ce qui se passe.

Charon allume son portable, le niveau de luminosité au minimum, et cherche sur Internet les personnes qui habitent au numéro 15.

– Il y a au moins quarante numéros de téléphone à cette adresse.

– Laisse tomber, dit Le Peletier, ça bouge.

Une berline noire s'engage dans la rue et s'immobilise devant l'immeuble. Le cul au bord du siège et le menton un peu relevé, elles observent un type grand et costaud, coincé dans un costume aux tons sombres, sous lequel on distingue une chemise blanche et une cravate, sortir d'une Citroën C6. Le Peletier en déduit qu'il s'agit d'un chauffeur. Charon prend des clichés de la plaque d'immatriculation et du type, avec la précision d'une paparazzi qui chope une star dans une situation compromettante.

Sur son zoom, le visage pixélisé épie la rue. Toutes les secondes, son optique change de point.

– Le type calcule la zone, dit Charon. Comme un flic.

Il effectue une dernière observation à 360 degrés avant d'ouvrir la porte arrière droite. Une grande silhouette en sort et s'engouffre au numéro 15. Charon n'a le temps de la shooter que deux fois. De son côté, le chauffeur ferme sa veste, dont il remonte le col, s'appuie sur le capot avant de la berline et s'allume une cigarette.

Le Peletier demande à Charon d'interroger le SIV*. Le portable à la main, elle patiente.

* Système d'immatriculation des véhicules.

– Mais qu'est-ce qu'ils foutent ? balance Le Peletier. Y a un match de foot ce soir ?

Le temps joue contre elles. La silhouette a quitté la berline il y a deux minutes. Le rendez-vous peut s'éterniser comme il peut tourner court.

Le Peletier déteste ne pas maîtriser le temps. Encore moins les hics. Comme ce chauffeur qui ne décolle pas son cul du véhicule. Entrer dans l'immeuble ne va pas être simple.

– Alors ?... Oui, c'est bien ce numéro... FT324PT... Alors ?

Le Peletier tapote le tableau de bord du bout de ses doigts lorsqu'elle entend Charon s'étonner : « T'es sûr de toi ? Oui, je sais que t'es pas aveugle. Je te remercie. »

– C'est une voiture du ministère de la Culture. Celle de MC.

Sur son appareil photo, Charon fait défiler les deux photos de la silhouette. Elle les confronte à celle de l'actuel ministre de la Culture qu'elle a trouvée sur Internet et remarque qu'elle ne le connaît pas. La politique est un monde éloigné et trop obscur pour qu'elle y attache un intérêt, même minime. Elle vote à gauche par principe. Comme un gène familial. La politique s'arrête à l'isoloir.

En fond sonore très bas, France Info. Dans ce véhicule, il est impossible de changer de fréquence, un collègue énervé a, un jour, donné un coup de poing sur la façade. Depuis, le poste est bloqué sans que personne comprenne pourquoi.

Un flash d'information annonce que le Premier ministre va remettre la démission de son gouvernement en début de soirée, que le remaniement, attendu depuis plusieurs jours dans les allées du pouvoir et des médias, va enfin avoir lieu. Le journaliste rappelle qu'il s'agit du troisième depuis l'élection du président de la République. Il ajoute que le week-end va être consacré à des tractations entre les différentes formations politiques qui composent la majorité présidentielle. Puis, il enchaîne avec le plan de licenciement d'un constructeur automobile français.

– Ça arrange nos affaires, cette démission du gouvernement ! Si c'est bien Canone au numéro 15, il va bientôt être un ex-ministre.

– Parce que tu comptes le serrer maintenant ?

Le Peletier ne répond pas. Mettent-elles les pieds dans une affaire d'État ? Cette interrogation résonne comme un tocsin. Elle est trop entêtante pour la partager avec Charon. C'est inutile à ce stade.

Sur l'échelle de mesure de Le Peletier, la situation atteint le niveau rouge, le plus élevé, celui d'une menace réelle.

La capitaine jette un œil sur sa montre. Cela fait dix minutes que le type s'est engouffré dans l'immeuble. L'attente est insupportable.

Elle tapote le genou de Charon. Pas besoin d'en dire plus. Charon comprend que le top départ est donné.

22 heures

Elles progressent dans la rue, planquées derrière les voitures rangées du côté impair, ramassées comme des félines qui s'apprêtent à se jeter sur une proie. En appui contre la Citroën, le chauffeur a les yeux plongés sur l'écran de son portable à une dizaine de mètres et balaye de temps à autre la rue, à un rythme qui laisse penser que rien ne lui échappe.

Les genoux fléchis, elles s'arrêtent à proximité du numéro 17, cachées par un Kangoo gris. Dans une opération de ce genre, le destin est un ami précieux. Le chauffeur s'éloigne vers le trottoir opposé pour prendre un appel. Le Peletier agite son bras et elles franchissent la porte cochère du 15, que Charon retient derrière elle.

La cour intérieure est coquette, avec des bacs de fleurs disséminés dans différents endroits. Aucune feuille ne jonche le sol. Un état de propreté qui signale la présence d'un gardien, peut-être logé sur place. L'endroit pavé est entouré par des immeubles de six étages. À tout moment quelqu'un peut se pencher à l'une des fenêtres. Au fond, une fête dans un appartement du deuxième étage.

Charon déboutonne son holster. Une main sur son revolver, elle prend sur la droite. Ses yeux glissent sur les fenêtres des habitations du rez-de-chaussée. Des stickers collés sur la porte précisent qu'il s'agit de la rédaction d'un journal à la mode et, juste après, une agence de pub. Sous ses pieds, des voix sortent d'une grille d'aération rouillée. À un claquement de doigts émis, Le Peletier accourt et découvre le soupirail. Trois portes sont susceptibles de donner accès au sous-sol. Charon sort un badge magnétique, le pose sur la tête de lecture Vigik de l'une d'elles. C'est un local à poubelles sans issue, avec sept containers verts dégueulant de cartons et de sacs noirs. La deuxième, sans code, dessert un couloir donnant sur trois autres portes, toutes avec une sonnette. En collant son oreille sur chacune d'entre elles, Charon confirme qu'aucune d'elles ne conduit au sous-sol. Des chahuts d'enfants proviennent de la première, une télé bruyante de la deuxième et des bruits de couverts de la dernière.

Charon baisse la poignée du troisième accès et découvre un escalier en béton. Son SIG-Sauer SP 2022 dans les mains, un doigt calé sur la queue de détente, elle descend. En bas, un sol en terre battue, des murs en pierre et des chuintements, à intervalles réguliers font gronder des canalisations d'alimentation d'eau qui courent le long du plafond. Un plan des lieux affiché sur un mur indique neuf couloirs desservant les caves, avec cinq points de communication et deux autres sorties donnant sur la cour. Aucune mention d'un abri souterrain.

Elles s'engagent sur la gauche, à une distance d'un mètre l'une de l'autre. Au bout de sept mètres, Charon stoppe sa progression. Depuis un soupirail qui donne sur la cour, elle entend des talons sur les pavés. En quelques secondes, le bruit se perd et une porte claque.

Charon poursuit son chemin dans un couloir mal éclairé et elles arrivent à une intersection à trois branches. Elle se remémore le schéma du lieu. Couloir. Intersection. Couloir. Une sortie à vingt mètres. Un couloir à droite. Dans son souvenir, les voix entendues proviennent d'une cave qui longe la cour. Elle part à droite.

D'ordinaire, ce genre d'opération requiert l'intervention de plusieurs groupes qui encerclent la zone pour cerner le point recherché. À deux, les sens sont aiguisés comme une lame de couteau. Le silence est particulier, entrecoupé par des bruits de tuyauterie au gré d'une chasse d'eau tirée ou d'une douche en cours. Le Peletier épie les arrières, prête à les protéger si le risque survient.

Dans un quatrième couloir, une porte en bois s'ouvre. Deux ombres partent dans l'autre sens, vers l'une des deux sorties repérées sur le plan.

Le visage collé contre l'arrête du mur, Charon distingue la silhouette sortie de la C6. Ne voyant rien, Le Peletier, son arme en main, attend que Charon dicte la suite. Celle-ci place un pouce levé dans son dos. Le signe qu'il s'agit bien des personnes suivies. Charon penche à nouveau son visage pour vérifier que la voie est libre et recule. Elles reprennent les couloirs qu'elles viennent d'emprunter.

Dans la cour, la musique des fêtards crache tout ce qu'elle peut de décibels. Elles se précipitent vers la porte cochère. Le Peletier a juste le temps d'apercevoir les phares arrière rouges de la C6 qui disparaissent dans la première rue.

– Bon, on fait quoi maintenant ? demande Charon.

Je remonte la rue. À une dizaine de mètres, un homme est scotché à son téléphone, en appui contre le capot d'une C6. Le type est habillé très chic pour le quartier.

Méfiant quand il me voit approcher, il se réajuste comme s'il replaçait des muscles pour les mettre en valeur. Quand j'arrive, son poing gauche se serre. Je lis sur son visage éclairé par un réverbère que ses sens sont en éveil.

Dans son équation professionnelle, je suis un problème.

Pire, la méfiance semble être un radar allumé dans son cerveau. Ça bipe si fort dans ses neurones qu'il se redresse et me fixe quand je lui demande du feu. D'abord, il accompagne sa suspicion d'un réflexe de recul puis il me calcule. Sans doute que ma tête enveloppée dans une capuche ne lui inspire guère confiance. Il plante son regard noir dans le mien. Je le dévisage autant. Note la taille soignée de sa barbe. Son teint me fait dire qu'il revient de quelques jours passés au soleil.

Avec une cigarette calée entre mes lèvres et la sienne à la main, il ne peut m'envoyer bouler. Enfin, si, il le pourrait mais il ne le fait pas. Ce gars est bien élevé, il tend son briquet et en fait rouler la molette. Je me penche, glisse le bout de ma tige entre ses mains qu'il ferme pour protéger la flamme du vent.

Le geste est idiot. Ce soir, il n'y a pas un brin d'air.

D'un coup, mon visage s'éclaire. Les sentiments sont curieux parfois. Lorsque je choisis ce moment pour redresser mon regard pour le caler dans le sien, j'ai une boule dans la gorge.

Comme si les choses allaient mal se passer.

Je ne montre rien. Dans ses yeux, je perçois de la défiance.

Je tire à deux ou trois reprises sur la tige avant qu'une fumée blanche épaisse en sorte, dis que la soirée est plus chaude que la veille, et je pars.

À une quinzaine de mètres plus haut, planqué derrière un pilier non éclairé, je fixe la C6 et je monte sur ma moto.

Ce con ne m'a même pas reconnu. Pourtant, nous nous sommes croisés avec le commanditaire. À cet instant, un homme et une femme sortent d'un immeuble, suivis de peu par les deux flics qui restent dans la rue avant de monter dans leur voiture et de filer la berline.

Je fais de même.

23 heures

Des reflets noirs et d'infimes taches blanches et grises peignent le ciel comme un Soulages. Le Peletier fait preuve d'une retenue qui ne lui ressemble pas. D'ordinaire, elle fait penser à un ouragan lancé à des pointes de deux cents kilomètres à l'heure, cassant au milieu des bourrasques, s'il le faut, les codes de la police.

Mais, là, la cheffe du groupe est plantée au milieu de la rue, enveloppée par l'indécision, comme si quelque chose s'était arrêté en elle.

En fait, Le Peletier corrèle les éléments de la soirée à ceux en sa possession. Les pièces du puzzle ont la forme de corps mutilés, de faux tableaux, de Bosquet, du procureur, d'une commissaire-priseur, de photos sur les réseaux sociaux. Elle y ajoute une cave, la voiture d'un ministère et peut-être un membre du gouvernement. Elle songe à Chapelle. Où est-elle ? Remonte-t-elle la rue par où elle est venue ? Les observe-t-elle ? Est-elle montée dans la C6 ? Elle n'y croit pas. L'homme de la berline est arrivé seul et il est reparti seul.

L'image d'Avonne, cloué dans un lit d'hôpital entre la vie et la mort, lui vient. Elle lui rappelle sa lâcheté vis-à-vis de Charon.

Elle rejoint le Scénic à grandes enjambées. Charon fait craquer ses doigts avant de les serrer sur le volant à 10 h 10. Le Peletier se mordille les lèvres. Un tic trahissant la panique qui l'envahit avant d'ordonner de démarrer. Ça démange le pied de Charon de martyriser les chevaux du moteur pour qu'ils expriment leur puissance.

Assez vite, elles rattrapent la voiture officielle.

– Ne nous fais pas repérer.

Charon n'ose pas répondre qu'elle n'en est pas à sa première filoche. Elle se calque sur le rythme de la C6, jonglant entre la pédale d'accélérateur et celle du frein.

À une intersection, un contrôle routier de police. Le Peletier attrape le gyrophare à ses pieds, prête à le poser sur le tableau de bord du Scénic, pour signaler qu'elles sont de la maison et ne pas perdre la berline. Par chance, un scooter grille le feu rouge du carrefour. Un policier siffle et lève son bras pour le stopper.

Charon passe et s'engage place André-Malraux, puis rue de Montpensier. Elle comprend que le véhicule roule vers le ministère de la Culture.

En le suivant, Le Peletier mesure que l'implication d'une personnalité politique n'appartient plus au domaine des simples probabilités. C'est une situation que tout policier craint. Jamais elle n'y a été confrontée. Elle s'interroge sur la façon de faire, sur les mots à employer en de telles circonstances. Elle aimerait échanger avec Charon mais elle l'entend déjà répondre qu'un suspect est un suspect, peu importe sa fonction. Elle aurait raison.

Dans la rue de Valois, un camion-poubelle déboule de la rue Vivienne et se glisse juste derrière le véhicule ministériel. Charon pose son pied sur le frein.

– Déporte-toi sur le côté pour que je puisse voir les phares de l'autre !

Sur la gauche, le siège de la Banque de France. À proximité de l'intersection avec la rue du Colonel-Driant, le rouge des feux arrière de la C6.

– Colle-toi là, indique Le Peletier en montrant une place de stationnement libre qui offre un point de vue idéal.

À quelques mètres, le véhicule ministériel s'immobilise devant une porte grise. Le Peletier connaît cette entrée située dans une partie du Palais-Royal. Elle est réservée au ministre. Elle attrape la paire de jumelles posée à ses pieds et ajuste la vision. Le chauffeur descend le premier, réajuste sa veste et la boutonne avant de faire le tour du véhicule. Il ouvre la portière arrière. Le manteau sombre en sort et s'engouffre dans la porte grise du ministère. Elle scrute le chauffeur, qui fume et discute avec un autre homme. Une oreillette lui fait dire qu'il s'agit d'un officier de sécurité. Celui du ministre ? S'il n'a pas fait partie de la virée nocturne, c'est que la sortie du passager était strictement privée. Elle descend un peu la vitre et entend que le moteur de la berline est resté allumé. Ça annonce un départ imminent.

– En sortant de la voiture, le ministre tenait le sac plastique noir à la main.

– Le ministre ? dit Charon. T'es vraiment sûre de toi ?

– Pas à cent pour cent mais cette entrée lui est réservée. Ça multiplie les indices.

– On fait quoi maintenant ?

– On ne va pas l'interpeller, on n'a pas de motif, donc on observe.

Dix minutes s'écoulent, puis l'individu à l'oreillette regarde la rue dans tous les sens et le chauffeur jette sa clope et s'approche de la portière. Un homme sort de la porte grise, sans le sac plastique et s'engouffre dans la berline. Charon pointe le téléobjectif sur son visage.

– C'est bizarre. Celui qui vient de monter dans la voiture n'est pas le même que celui qui en est sorti il y a dix minutes. Il est petit et habillé différemment.

– C'est quoi, ce cirque ? demande Le Peletier, en regardant la photo. Qui était avec Chapelle ? Ce n'était pas Canone ? Ça explique que l'officier de sécurité n'était pas de la partie tout à l'heure. En revanche, là, l'officier est monté. Suis-les.

Un quart d'heure plus tard, fin de la promenade dans le IVe arrondissement, devant le domicile privé du ministre. Les chiffres digitaux orange sur le tableau de bord indiquent 23 h 07. À cet instant, le portable de Le Peletier vibre. Elle regarde l'écran et devient livide. Son regard ne se détache plus du message qu'elle vient de recevoir.

– Ramène-moi chez moi.

Le Peletier colle le haut de sa tête contre la vitre. Ses yeux vagabondent dans ce quartier qu'elle ne connaît pas bien, les enseignes de renom défilent sans qu'elle en retienne une en particulier. Son visage fatigué s'éclaire parfois des reflets des lampadaires ou des feux tricolores. Devant son domicile, Le Peletier se tourne vers Charon et dit que la soirée est finie. Sa façon de dire bonne nuit.

23 h 20

Un truc obnubile Charon. Elle fonce, sans respecter les consignes du préfet de police, rappelées dans une circulaire il y a quinze jours, sur l'exemplarité des forces de l'ordre en matière de conduite. Le halo bleu du gyrophare tournoie de façon silencieuse sur le toit. À l'approche des carrefours, le deux-tons pour être certaine de passer comme elle l'entend. Sur le boulevard Haussmann, elle se rend compte qu'elle n'a pas de nouvelles d'Avonne. Pas son style. Une main sur le volant, elle essaye de le joindre sur son portable. Pas de réponse. Elle recommence. Toujours la messagerie. Elle écrit un SMS : « T'es où ? »

Un peu plus de onze heures et demie. Comme à son accoutumée, Charon ne salue pas les collègues. Elle s'installe à son bureau, secoue la souris de l'ordinateur et tape l'identité du ministre de la Culture dans la barre de recherche.

Elle explore sa page Wikipédia, puis le site du ministère. Les biographies contiennent à peu de chose près les mêmes éléments. Deux d'entre eux la troublent. D'abord, Chapelle et Canone ont fait les mêmes études. Lui était en dernière année quand Chapelle et elle entamaient leur première année. Charon n'a aucun souvenir marquant de l'étudiant qu'était le ministre. Ensuite, dans chaque biographie, il y a une année blanche, alors que les autres périodes sont détaillées.

Elle clique sur l'icône « images ». C'est ce truc qui la perturbe depuis ce qu'elle a déjà lu à propos de Canone sur son portable pendant la planque. Une photo illustre un article sur la visite du ministre dans les locaux de la maison de ventes de Chapelle. On les voit côte à côte, un grand sourire aux lèvres et complices sans que la revue d'art de grand standing verse dans le volet people en faisant mention de leur lien de mariage.

Sous le cliché, il est écrit que la visite s'inscrit dans le cadre d'une exposition sur les impressionnistes et de la vente d'œuvres jamais présentées au public, provenant de collections privées. Elle parcourt la liste des tableaux accrochés sur les murs de Duvernay et pointe *La Montagne Sainte-Victoire* en arrière-plan du cliché. Une toile qui fait partie d'une série peinte par Cézanne.

Elle appelle Le Peletier et relate ses découvertes :

– Depuis le début, j'ai raison, lâche la capitaine. Elle protège son mari. Demain, tu fonces chez le juge à la première heure. Arrache-lui une commission rogatoire. Le juge est un lève-tôt. Il est au Palais vers 8 heures. Ne sois pas en retard. Le reste... Je... On se retrouve après.

Le Peletier raccroche sans dire au revoir ou bonne nuit. Elle jette un œil sur le filet de lumière sous la porte fermée de la chambre de son fils. Elle hésite à aller le voir et reste sur son canapé.

Partie chercher un café, Charon envoie un message à Avonne. Inquiète, elle lui demande de la rappeler. Dans son blouson, un paquet de clopes. Elle l'attrape, en sort la dernière cigarette tordue, qu'elle redresse entre deux doigts et monte sur son bureau.

Du velux, elle absorbe un grand bol d'air vivifiant, comme si elle était en bord de mer. À cette hauteur, la ville semble tranquille. Pas de rumeur angoissante ni d'agressions urbaines. Si elle pouvait s'élever encore plus pour se fondre dans la nuit noire, elle le ferait.

Elle allume la cigarette et tire dessus avec une telle énergie que l'absorption de nicotine dure à peine deux minutes. À la fin, elle jette le mégot dans la gouttière. Il dégringole sur le toit et va rejoindre les autres, qui forment un cendrier de fortune à ce niveau.

Elle redescend, attrape son téléphone, ouvre ses messages et tape « Je pense à toi » quand elle reçoit l'appel d'un collègue.

SAMEDI

00 h 10

Le Peletier vit dans le XVIIe arrondissement, pas loin de la mairie. Un soixante mètres carrés au cinquième étage d'un immeuble haussmannien, avec cuisine, salle de bains à l'italienne, deux chambres, un salon avec de grandes fenêtres, un balcon en enfilade et une vue qui donne sur le bon côté de Paris. Pas sur la Seine-Saint-Denis, les Hauts-de-Seine et le chantier du nouveau palais de justice. Non, devant elle, la tour Eiffel, un peu plus loin, le dôme doré des Invalides et, sur la gauche, le Sacré-Cœur. Plus loin, le Centre Pompidou avec sa carcasse en métal coloré. Y a pire dans la vie. Il lui reste encore vingt et une années de traites à sortir à elle seule au début de chaque mois. Sept cent cinquante euros, assurances comprises, dans la pierre. Le prix à payer pour être libre.

Affalée dans son canapé, le corps froissé, elle se souvient qu'elle a peu dormi depuis quatre jours. À peine quelques heures. Elle s'interroge sur ce qu'est devenue sa vie à quarante-cinq ans.

Quinze ans de journées et de nuits dans la police à bouffer les pires horreurs et la misère humaine l'ont comme décalée de la vie, à l'instar des délinquants qu'elle pourchasse. Elle se dit du bon côté. Enfin, c'est ce qu'elle veut croire.

Seize ans comme mère. Ça, elle l'est à vie. Personne ne peut le lui retirer, même si son fils a mis un pied dans l'adolescence, la condamnant à un rôle de figuration. Quand il sort de sa chambre, elle croit voir des larmes. De désespoir ? De rupture ? Elle n'en sait rien puisqu'ils ne se parlent pas. Si elle demande, il ne répondra pas ou l'enverra chier. Pas de bonsoir, pas d'autres mots d'ailleurs, ni même un regard. Ses cheveux sont courts, bien coupés. Il porte une veste en jean bleu ciel, avec une tête de tigre, la gueule grande ouverte, qui couvre le dos. Au-dessus, une inscription en majuscules : BAD BOY.

La porte d'entrée claque et il disparaît.

Elle fixe les lignes creusées de ses paumes. Le rappel que son existence part en lambeaux. Dans la main gauche, une branche prend racine au niveau du poignet, en recoupe certaines à des endroits précis tandis que d'autres tracent un sillon unique qui s'arrête net. Le Peletier y cherche une signification. Foutaises, pense-t-elle. Elle ne prend pas la peine de s'épancher sur sa main droite, de peur d'y lire un avenir trop noir.

Sous la table du salon, une bouteille de Dalmore, qu'elle n'a jamais ouverte. Elle attrape le whisky de quinze ans d'âge, dévisse le bouchon qui lui échappe des doigts pour finir quelque part sur la moquette. Elle porte le goulot à ses lèvres et engloutit une rasade, qu'elle stocke dans ses joues, comme un bain de bouche. Elle grimace au moment où le liquide lui embrase le larynx et ressent un horrible frisson. Elle ne sait plus à quand remonte sa dernière cuite. La descente dans l'œsophage lui donne d'abord envie de gerber avant de la plonger dans une plénitude enivrante.

Sans doute le rendez-vous navrant du solitaire avec les démons de l'alcool.

À 23 h 07, le médecin a tenu parole. « État stationnaire mais encore très inquiétant. » Un message qui s'est enfoncé dans sa tête, comme une vieille pointe rouillée par le temps.

Elle cale le goulot entre ses lèvres et laisse couler de l'alcool en rafale pour effacer sa lâcheté de ne rien avoir dit à Charon.

Là, ce dont elle aurait besoin, c'est de se blottir contre un corps chaud et viril qui la tranquilliserait, la rendrait belle et désirable. De temps à autre, elle se tape un mec. Juste pour ressentir qu'elle est une femme qui plaît. Ses histoires ne durent pas, les mecs, elle ne les garde jamais plus d'une semaine. Un temps insuffisant pour qu'ils deviennent l'amant, l'épaule solide contre laquelle elle pourrait se poser et se reposer.

Cela fait deux heures qu'elle picole. Son fils a fini par rentrer, il est allé se coucher sans venir la voir, ni lui parler. Une brise légère s'engouffre par la fenêtre laissée ouverte. Le vent chasse çà et là les nuages blancs qui s'accumulent depuis le début de la nuit. Au loin, des collègues traversent le boulevard, toutes sirènes hurlantes.

Le Peletier se lève, frappe une chaise, puis un meuble. Elle se rattrape dans une danse improbable avant de finir à terre. Hilare, elle rejoint la salle de bains et se déshabille. Elle jette un regard dans le miroir, qui s'embue sous l'effet de la vapeur d'eau chaude qui coule dans la vasque.

Des cheveux en bataille. Un corps chagriné par le temps qu'elle ne prend plus le temps de soigner. Elle s'observe en détail et se cambre. Son corps apparaît vieux. La glace la dégoûte. Elle enfile une chemise accrochée à une patère et retourne dans le salon.

Au passage, elle allume le poste de radio, fixé sur la station FIP. Elle se cale contre un mur, se laisse glisser tout le long et se retrouve les fesses à terre, encerclant ses genoux de ses bras. Des sanglots indomptables inondent son visage. Les manches de la chemise se trempent de ce trop-plein d'angoisse et de failles internes. Le morceau de jazz diffusé temporise l'instant. Il a la douceur espérée pour qu'elle entrevoie la vie sous un autre angle.

Quand elle relève les yeux, le whisky la nargue. Il fait l'effet d'une bouteille à la mer qui s'est échouée dans son salon. L'alcool est une solution à tout. Elle avale sa huitième longue gorgée. Elle ne sait plus. Elle se dit que du Dalmore, c'est du bon. Elle vide le reste dans les quinze minutes qui suivent.

Réveil en sursaut. Le Peletier croit que le bruit provient de son rêve. Maintenant, elle entend une respiration. Ses sens sont sollicités à un niveau extrême. Quelqu'un est dans la pièce. Des fragments de lumière remontent de la ville et dessinent des formes indescriptibles sur les murs qu'elle délaisse pour s'attarder dans les recoins plus sombres. Il y a comme une ombre qui s'apparente à une silhouette, dans un angle. Ça bouge encore. Elle cherche quelque chose de rassurant et attrape l'interrupteur d'une lampe. À cet instant, son cœur bat si fort qu'elle croit qu'il va percer sa cage thoracique.

Elle ferme les yeux et allume. Quand elle les ouvre, il n'y a personne.

8 h 25

La bouche pâteuse, Le Peletier file à la salle de bains, se glisse sous la douche et quitte son appartement en claquant la porte, déterminée à dire à Charon ce qui est arrivé à Avonne.

Au bureau, la lieutenante est collée à son écran d'ordinateur, un mug de café fumant à la main, les traits du visage tirés. Le Peletier croit voir ses yeux rouges mais elle n'en est pas certaine. Quand elle lui demande si elle a le papier du juge, Charon le désigne d'un coup de menton.

– Tu lui as dit quelque chose à propos du ministre ?

Charon la fixe. La capitaine avait raison : elle a pleuré. La lieutenante soupire et dit :

– Non. T'es rassurée ? Mais dis-moi, toi, tu n'as rien à me dire ? Par exemple, qu'Avonne s'est fait amocher la tronche hier et que tu étais au courant ?

Le Peletier sent son corps chanceler. Elle est pétrifiée par la suite. Le visage de la lieutenante exprime de l'horreur. Ce que dit Charon éclate dans son ventre. Ça la brûle. Ça l'étouffe presque.

– Je n'ai pas réussi à t'en parler et je tourne ça dans ma tête…

– Comment tu as pu me faire ça ?

– Je… Je ne savais pas comment faire.

– Tu l'as vu ?

– Oui, en réanimation à la Pitié-Salpêtrière, mais les visites sont interdites.

– Je connais le protocole. Mon frère a été placé dans le coma il y a cinq ans. On n'a eu le droit de le voir qu'après quatre jours et derrière une vitre.

– Faut garder confiance.

– Tu sais ce que cela signifie, être dans le coma ? Mais putain, à qui faut-il faire confiance ? Les médecins n'en savent rien, car c'est trop tôt, et toi qui te tais. Tu sais très bien que lui et moi… ?

– C'est pour ça que je ne savais pas comment faire.

– Une ancienne collègue qui a eu l'info m'a appelée pour me demander des nouvelles parce qu'elle sait que je bosse avec lui. Elle a trouvé les mots, elle. L'entendre de la bouche de quelqu'un qui ne m'est pas proche et apprendre que tu le savais m'a mise hors de moi. Moi qui pensais que nous formions un groupe solide.

Charon s'effondre sur le sol, ses genoux repliés contre elle. Ses sanglots traversent les parois. Elle repousse de la main Le Peletier, venue à sa rencontre, et se lève d'un bond.

– Putain, je ne comprends pas pourquoi tu ne m'as rien dit tout de suite.

– J'ai voulu te protéger.

– Arrête, on dirait ma mère. Tu crois que je ne l'aurais jamais su ?

– Je sais, c'était idiot de ma part.

– Maintenant, j'ai besoin de chialer en paix. On se retrouve à la salle des ventes à 14 heures, puisqu'il n'y a que ça qui compte pour toi.

– Ne dis pas ça. T'es sûre que tu ne veux pas que je t'accompagne ?

– Plus maintenant.

10 heures

Un peu de rouge sur les lèvres, quelques coups de crayon autour des yeux et une main dans les cheveux pour discipliner les mèches les plus rebelles dans le miroir du rétroviseur d'un deux-roues garé dans la rue.

Dans le hall de la Pitié-Salpêtrière, un homme corpulent, habillé d'un costume noir qui le boudine, interpelle Charon. Un brassard orange encercle le bras de l'agent de sécurité. Une oreillette calée dans son oreille droite complète la panoplie. Ce job impose un air antipathique. Le type tient son rôle à la perfection. Elle ne s'exaspère pas quand il demande « Où allez-vous ? », brandit sa carte tricolore et dit venir interroger un individu dans le cadre d'une enquête. Pour être certaine qu'il la croie, elle extirpe de la poche arrière de son pantalon un papier qu'elle prétend être une commission rogatoire émanant d'un juge.

Aussitôt, l'agent désigne du doigt un comptoir de renseignements, puis s'éloigne vers la porte principale.

Charon joue le même acte à l'hôte d'accueil du bâtiment, qui lui indique la direction et le numéro de la chambre.

Dans l'ascenseur, elle range le sésame judiciaire qui ouvre des voies insoupçonnables. En l'espèce, un plan d'accès à l'hôpital. Elle repère la salle où sont stockés les vêtements médicaux et le matériel. Habillée d'une blouse, d'une charlotte, d'un masque chirurgical et de surchaussures, Charon suit les indications des panneaux pour trouver la chambre d'Avonne, le numéro 5-236. Dans le couloir, les bips stridents et permanents d'appareils lui glacent le dos. Derrière les parois vitrées, des corps pris par de nombreux tuyaux. Elle pense à son frère. Ça lui tire le ventre jusque dans la gorge.

Elle considère que c'est différent avec Avonne.

Lui peut s'en sortir.

Lui doit s'en sortir.

Il occupe une chambre individuelle, allongé sous un drap blanc, des tuyaux sortant de son corps. Une grosse bande blanche tenue par du sparadrap entoure la partie droite de sa tête et masque l'œil affecté par l'agression. L'autre partie du visage visible surprend par l'apaisement qu'elle dégage. Sans barbe, il paraît plus jeune et encore plus beau.

Charon s'avance et caresse sa main, du bout des doigts. Des gestes qu'ils ne s'autorisent jamais. Elle sursaute en entendant un « que faites-vous ici ? »

Dans l'embrasure de la porte, une femme, en blouse blanche, avec un stéthoscope qui pendouille autour du cou, et les bras croisés.

– Cette zone est interdite à toute personne étrangère au corps médical. Vous devez la quitter immédiatement.

Le médecin la rejoint. Le bip d'une machine à respiration qui alimente Avonne ponctue la rencontre.

– Vous savez, même un policier n'a pas le droit d'être là.

D'un coup, Charon relève la tête. Le médecin continue :

– Et le règlement est le même pour tout le monde. Allons dans mon bureau.

Charon a déjoué la vigilance de Bibendum, d'un hôte d'accueil et n'a pas fait tout ce chemin pour aller dans un bureau. Elle veut passer du temps avec Avonne, dont elle ne détache pas ses doigts. À ce moment, un médecin passe dans le couloir.

– T'as reçu les analyses de la 5-789 ?

– Sur le comptoir. Je te rejoins dans une dizaine de minutes.

Tandis que la femme médecin dialogue avec son collègue, Charon caresse la peau d'Avonne, ni chaude, ni froide. Elle est sensuelle. Elle a l'impression qu'il réagit, même qu'il sourit. C'est timide, mais suffisant pour ravir Charon.

– Il va s'en sortir ?

– Suivez-moi. Je vais vous expliquer mais pas ici.

Charon dépose un baiser sur les lèvres d'Avonne. Une machine crie des sons réguliers qui disent qu'il vit. Quand elle se redresse, elle se trouble ; elle a le sentiment, là encore, qu'il a réagi. Elle aperçoit alors le portable d'Avonne dans le tiroir entrouvert de la table de nuit. Elle se dit que ce n'est pas une bonne idée, qu'Avonne sera heureux de le trouver à son réveil, mais elle le prend quand même.

Bien entendu qu'Avonne ressent la présence de Charon.

Bien sûr que le toucher délicat de ses doigts sur sa peau lui fait du bien. Il y a aussi sa voix, particulière, tremblante et exaspérée contre cette personne qui la dérange. Avonne devine à la tonalité qu'il s'agit d'une autorité médicale.

Lui aussi a envie d'effleurer sa main et de la serrer dans la sienne. Mais il ne parvient pas à faire bouger ses doigts. Tout est à l'arrêt. Quand elle trace un cœur sur sa main avec son doigt, il sourit de toutes ses forces, mais il n'est pas sûr que son bonheur s'affiche. Il est même certain du contraire. Quand elle dépose ses lèvres sur les siennes, il n'a qu'une envie, les engloutir pour s'apaiser, pour l'apaiser aussi, la rassurer et lui montrer qu'il ne lâche rien. Mais, là encore, son corps ne lui en donne aucune possibilité. Quand elle les retire, elles lui laissent un goût amer, celui d'une particule angoissante qui l'interpelle et qu'il n'a jamais perçue chez elle. Celle de la peur.

Dans le couloir, les bras du médecin balancent du haut vers le bas dans un mouvement cadencé qui rappelle celui d'un soldat qui défile. Derrière, Charon déverrouille le portable d'Avonne avec les chiffres de son année de naissance. Des SMS n'ont pas été ouverts, les siens et ceux de Le Peletier, qu'elle ne regarde pas. Dans la boîte mail, des publicités, des factures et des reçus d'achats effectués par Internet le mois dernier marqués en gras.

– Écoutez-moi, dit le médecin sur un ton grave. Je ne peux rien vous dire pour le moment. Laissez-moi vos coordonnées téléphoniques et je vous appelle dès que j'ai du nouveau.

Charon ne s'est pas rendu compte qu'elles sont entrées dans un lieu qui a tout l'air d'être la salle réservée au personnel. Il y a deux canapés collés contre un mur qui doivent faire office de lit de fortune durant les gardes. Sur une table basse, du café et des revues médicales. Dans un coin, un four micro-ondes et de la vaisselle empilée dans un évier. Elle note sur un post-it son numéro de portable et dit :

– Je veux savoir. Je suis… sa femme.

– Bon, écoutez, vous allez m'attendre ici, je dois voir un patient. J'en ai pour dix minutes. À mon retour, je répondrai à toutes vos questions. Vous pouvez vous servir un café si vous le voulez, le thermos est sur la table basse. Vous ne bougez pas et vous ne retournez pas dans la chambre, c'est bien clair ?

Charon hoche son accord de la tête et s'installe sur un canapé. Elle oublie la caféine et s'attarde sur les applications laissées ouvertes dans le smartphone d'Avonne. *Le Monde*, le téléphone, avec les appels récents passés et reçus qu'elle consulte vite, la météo de Paris, Safari, un jeu de tarot, une boussole (Charon se demande à quoi elle lui a servi), des photos, Deezer, son compte bancaire…

D'un coup, elle revient sur les photos.

Les derniers clichés montrent un fauteuil club en cuir, avec, en arrière-plan, l'immeuble de Duvernay. Trois autres photos représentent la foule lors de leur intervention après la découverte du corps du peintre. Le Peletier lui a reproché de ne pas l'avoir fait rue Caulaincourt dans le cadre du meurtre de Riquet car c'est parfois dans des détails comme ceux-ci que se logent les avancées d'une enquête. Charon agrandit les photos de foule et zoome sur les visages. Figée sur l'un d'eux, elle attrape son blouson quand son portable vibre.

– Je suis à l'hosto.

Silence de Le Peletier.

– On se retrouve devant la salle des ventes. Je t'attendrai au café.

Charon raccroche. Puis, elle se demande pour quelle raison Le Peletier l'a appelée, elle ne l'a même pas laissé parler. Elle sort de la salle d'attente. Elle se dirige vers la sortie et prend bien soin de ne croiser personne.

13 h 30

Charon est à une terrasse, pas très loin de l'hôtel des ventes, quand un serveur se présente devant elle. Sans le regarder, elle commande un café.

Lorsqu'il tourne les talons, elle l'observe se diriger vers le bar. Il porte une chemise à carreaux aux manches retroussées au-dessus des coudes. Un tatouage apparaît sur son avant-bras gauche sans qu'elle parvienne à en déterminer la signification. En revanche, elle ne peut pas louper son cul, moulé dans un jean de taille 32, qui effectue un mouvement du haut vers le bas. Elle aperçoit, de profil, sa barbe de trois jours et ses cheveux rasés sur les côtés qui lui donnent un côté rétro décalé. Un plateau posé sur la main, il s'enfonce dans la brasserie et hurle les commandes prises sur la terrasse, en distinguant chacune d'entre elles par un STOP. Un vrai poète.

La tasse de café tenue par l'anse, Charon compose le numéro de l'hôpital de la Pitié, dans l'espoir d'avoir des nouvelles concernant Avonne. D'entrée, l'infirmière se montre peu compréhensive, rappelle qu'il est interdit de livrer des renseignements par téléphone. Charon dit être l'épouse d'Avonne, en déplacement à l'étranger, et attendre le premier avion pour rentrer à Paris. Aussitôt, l'infirmière explique que l'état de son mari est stationnaire et qu'il est toujours dans le coma. Elle ajoute « pour le moment » et prévient qu'il ne faut pas en tirer de conclusions.

Au moment où elle s'apprête à avaler une gorgée de café, Le Peletier arrive.

– L'état d'Avonne est stationnaire, dit Charon.

La cheffe du groupe considère que ces nouvelles n'apportent rien de bon.

Charon balance de la monnaie sur le guéridon. Elle jette un clin d'œil au garçon de café avant de prendre la direction de la salle des ventes.

Le Peletier ne lui laisse pas le temps de dire quoi que ce soit. Elle justifie sa maladresse en invoquant le travail, qu'elle est devenue prisonnière d'elle-même. Le Peletier ânonne qu'elle n'y arrive pas bien en ce moment et s'arrête au milieu du trottoir, pose sa main sur le bras de la lieutenante et la fixe. Charon a le regard humide. Elle se contrefout de ses mots et de sa main posée sur son bras. Elle hésite à répéter combien elle aurait aimé savoir tout de suite ce qui était arrivé à Avonne. Elle se tait. Sans doute parce qu'elle a la conviction que Le Peletier la connaît mieux qu'elle ne l'imagine et qu'il ne sert à rien de s'épancher davantage. Un huitième sens ? À moins que cela ne soit le neuvième. Avec la capitaine, Charon ne sait plus. En silence, elle mesure qu'aucun membre du groupe ne parle de soi. C'est le boulot, rien que le boulot. Tous rabâchent des histoires de flics et de crimes qui tournent en boucle, laissant au crochet de la porte d'entrée tout ce qui les touche personnellement.

13 h 50

L'hôtel des ventes fait penser à une verrue iconoclaste coincée entre des immeubles haussmanniens. Deux bandeaux de tissu de couleur rouge indiquent le lieu de chaque côté de la porte d'entrée, qui donne sur un parvis rénové encerclant l'édifice pour permettre aux acheteurs d'embarquer les objets achetés aux enchères. Ici, on affiche un savoir-faire incomparable, vieux de deux siècles et demi. Ici, on n'expertise que du beau. Ici, on fait dans le luxe et le chic.

Le hall est grandiose, avec du marbre au sol, de grands miroirs sur les murs, trois immenses lustres, un long comptoir blanc et des écrans parsemés dans un espace de trois cents mètres carrés au moins. Les ventes se déroulent dans les deux premiers étages. Au dernier, les bureaux des commissaires-priseurs et des services. Au sous-sol, l'espace de stockage des marchandises.

Mais, au milieu de ce luxe, c'est la foire d'empoigne. Les sourires échangés sont carnassiers et la cacophonie s'oppose au prestige du lieu.

Un écran annonce deux ventes, une à 15 heures concerne des objets du XIXe siècle, des vases, des miroirs et de la vaisselle et une autre, dans une dizaine de minutes, à propos d'un tableau. Charon la désigne du doigt. Le Peletier lit le nom du tableau mis aux enchères et celui de Pauline Chapelle, qui officie.

La vente se déroule à l'étage, dans la salle numéro 3, qui compte quatre cents places.

À l'intérieur, deux écrans géants encadrent un pupitre placé au centre d'une estrade, et, sur la gauche, un mur tournant où apparaissent les objets. Charon compte vingt-cinq rangées avec chacune une vingtaine de chaises. Sur les côtés, une série de box pour les mandataires qui effectuent des enchères par téléphone.

Le tableau mis aux enchères se dénomme *La Montagne Sainte-Victoire vue des Lauves*. Cézanne en a peint une demi-douzaine depuis cet angle de vue. Cela fait trois jours que ses couleurs sont exposées sous la surveillance de gardes et d'un système vidéo sophistiqué. Le chiffre de trente mille visiteurs circule, ce qui en fait, s'il se révèle exact, un record pour une exposition de prévente. Même le catalogue a connu un succès, avec vingt mille exemplaires écoulés. Dans le livret, il est expliqué que le tableau provient d'une collection privée et fait partie des dernières toiles peintes par l'impressionniste.

Charon et Le Peletier se glissent dans le fond de la salle pleine, dans un endroit mal éclairé, quand Chapelle entre. Habillée d'un tailleur blanc, les cheveux attachés en chignon, elle arbore un large sourire. Elle tapote sur le micro, prononce quelques mots qui insistent sur le caractère exceptionnel de cette vente. Ensuite, elle présente la toile avec des propos enflammés puis lance les enchères. Charon se penche à l'oreille de Le Peletier.

– Je te préviens, cela va aller très vite.

La capitaine, qui assiste à ses premières enchères, est extrêmement curieuse.

– On commence à 20 millions d'euros, annonce Chapelle avant d'indiquer que l'enchère est déjà passée à 30.

On entend 40 millions dans la salle.

– Et maintenant 50 millions là-bas, dit Chapelle en désignant du doigt un mandataire assis dans un box. 55 pour Hervé. Allez, donnez-moi 60 millions.

Le Peletier est ébahie d'entendre de telles sommes jetées à la criée comme si on achetait du poisson sur un marché.

– Nous avons une offre à 70 millions.

Des chuchotements de surprise montent dans la salle.

– 85 millions… On enchérit à 90 millions.

La barre symbolique des 100 millions approche, elle fait frissonner l'assistance.

– Est-ce que ce sera 95 millions, Edward ?

Chapelle regarde dans la direction de celui apostrophé et on entend 100 millions.

– C'est bien ce que je pensais. 100 millions.

Le public pousse un cri de stupéfaction et d'exaltation. Il applaudit quand Chapelle annonce que l'enchère est déjà passée à 110 millions.

– 120 millions… On enchérit à 130 millions. J'ai entendu 135. Si vous le voulez, Louis, il faut me donner plus.

Un mouvement gagne le public. Chapelle allonge ses coudes sur le pupitre, puis se ressaisit et l'empoigne de ses mains.

– Pour ceux qui suivent en ligne, dit-elle, le sourire aux lèvres, vous n'avez peut-être pas bien entendu mais on vient d'enchérir à 140 millions par téléphone.

Le Peletier n'en revient pas de voir cette enchère s'envoler sous ses yeux. Elle la plonge dans le désarroi quand elle entend qu'un commanditaire, installé sur le côté gauche, lâche 150 millions. Si la foule explose dans une hystérie dont les codes lui échappent, la capitaine ne se retient plus quand la barre symbolique des 200 millions est franchie et que le marteau de bois claque sur le pupitre.

– La pièce est… vendue.

La Montagne Sainte-Victoire de Paul Cézanne vient d'être adjugée à 200 millions d'euros en dix-neuf minutes. Charon ne s'était pas trompée.

Des applaudissements retentissent et des regards cherchent l'heureux acquéreur. D'emblée, la somme s'inscrit parmi les records, même si elle n'atteint pas les 274 millions de dollars versés par la famille royale du Qatar pour acquérir *Les Joueurs de cartes* du même peintre. Le nouveau propriétaire suit la vente sur le site Internet et emporte la mise par téléphone via son représentant, qui a surenchéri en son nom. La rumeur parle d'un étranger vivant à Rome mais rien ne confirme cette information. La toile reste quelques minutes encore à la vue de tous. Certains amateurs la prennent en photo avec leur téléphone avant qu'elle soit embarquée avec précaution par les manutentionnaires de la maison de vente, pour être placée dans un écrin de bois. L'intermédiaire de l'acheteur assiste à l'opération.

Sur le point de quitter la salle, Chapelle regarde la foule euphorique, d'un air satisfait. Des journalistes spécialisés l'attendent au pied de la tribune pour recueillir ses premières impressions. Soudain, son visage s'assombrit. D'un pas décidé, elle quitte les lieux par une porte dérobée.

14 h 30

Le Peletier et Charon rejoignent l'accueil.

– Bonjour, monsieur.

Grand, avec un visage plutôt fin, l'hôte d'accueil a dans les mains un carnet qui ressemble à un agenda. Il répond avec la même courtoisie. Charon lui claque sa carte sous le nez.

– Nous souhaitons voir Pauline Chapelle.

– Un instant, je vais voir si elle est dans les murs.

– Elle l'est. Elle vient d'assurer une vente en salle 3.

À côté d'elle, Le Peletier s'impatiente.

– Pouvez-vous faire ce que l'on vous demande ? Vous seriez bien aimable.

En attendant, Charon sourit de la voir écarquiller les yeux comme une enfant qui découvre un monde dont elle ne comprend pas les codes et le langage.

– Cela ne répond pas. Je suis désolé.

– Où est son bureau ? s'énerve Le Peletier en frappant le comptoir du plat de la main.

– C'est… c'est au troisième étage, dit le type qui prend peur.

– Par où on passe pour y aller ?

Le Peletier est définitivement redevenue elle-même.

– La porte sur la gauche. Le code en haut est le 1543A.

Sur le palier du troisième étage, la serrure lâche un clic après la saisie du code. Le Peletier tire d'une telle force sur la poignée que Charon croit qu'elle va lui rester dans la main.

– Tu vas de ce côté et moi je file à droite, ordonne-t-elle. Celle qui la trouve la première prévient l'autre.

Charon pousse une porte battante et découvre un couloir d'une quarantaine de mètres de long à vue d'œil, donnant sur des bureaux vitrés et vides.

Au loin, elle aperçoit un groupe de trois personnes comme figées par la peur devant la porte ouverte du seul bureau non vitré du secteur.

Arrivée à leur hauteur, elle avise le nom de Chapelle à côté de la porte. Sur un ton autoritaire, elle exige qu'on laisse le passage libre. Personne ne semble comprendre ce qui se passe.

Charon entre. Chapelle est étendue sur le sol, les veines tailladées. À côté, une lame de cutter tachée de sang.

Elle place son pouce et son index au niveau du cou. Le pouls est faible mais il n'a pas disparu. Le Peletier apparaît sur le pas de la porte. La lieutenante lui fait signe de prévenir les secours.

Charon enfile sa paire de gants en latex et remue quelques papiers. Elle découvre des post-it collés ensemble. Sur l'un d'eux est écrit PICTURA/D. Elle attrape l'agenda ouvert à la page du jour. Elle s'attarde sur les quinze derniers jours mais rien n'accroche son attention, sauf un créneau du vendredi, la veille, entre 20 et 22 heures, où il est mentionné *rendez-vous privé*. Elle photographie la page avec son téléphone, replace l'agenda sur le bureau et ordonne à Le Peletier de fouiller une pile de papiers posés sur une table basse.

Prendre ce ton à son égard n'est pas naturel mais l'arrivée imminente des secours l'oblige à prendre un tel ascendant. Certains documents évoquent des cotations de tableaux, d'autres des comptes rendus de réunion. Quelques-uns correspondent à des échanges privés. De son côté, Charon constate que le tableau repéré sur Internet n'est plus accroché au mur.

La sirène d'un camion de pompiers se fait entendre. Le Peletier jette un œil par la fenêtre, les secours stationnent sur un passage piéton, sous le regard d'une foule qui grossit à vue d'œil. Chargés de sacs imposants, trois hommes du feu courent sur l'esplanade.

– On va se retrouver avec un vice de procédure au cul, dit Le Peletier.

Mais Charon n'entend pas suivre les règles de l'art en matière procédurale. Pas si près du but. Selon elle, cette pièce est le lieu de vie de Chapelle, et elle y cache forcément des choses.

– Il nous reste une minute, prévient Le Peletier, devenue maîtresse du temps.

Les poings posés sur le bureau, Charon fixe un angle de la pièce où une toile est coincée entre un meuble et un mur.

– T'es pas sérieuse ?

Charon la glisse dans un sac quand les pompiers entrent dans le bureau.

Le début de l'après-midi a été enrichissant à plus d'un titre. J'adore ce genre de moments. D'abord, quand Le Peletier et Charon se sont installées à la terrasse du café, je me suis placé en face d'elles. Ensuite, je les ai suivies dans la salle des ventes. Il y avait du monde dans la rue, elles ne pouvaient pas me voir. Durant la vente, j'étais à deux mètres d'elles. Mais elles étaient trop absorbées par l'événement.

Je n'ai pas attendu le coup de marteau final pour m'éclipser. Je suis allé dans le bureau de Chapelle, je l'ai attendue, planqué derrière la porte. Quand elle est arrivée, je l'ai saisie par le cou, puis j'ai attrapé son bras gauche, pour le ramener dans son dos. J'ai masqué sa bouche avec ma main droite. Là, elle m'a reconnu. J'ai donné un coup sur la tête de cette belle emmerdeuse. Pendant qu'elle était dans les vapes, j'ai tailladé ses poignets et tapé le gauche sur une table basse. Pourquoi ? Je n'en sais rien. C'est comme ça. Qui va comprendre qu'une fille qui tente de se suicider se fracasse le poignet avant ? Ce n'est pas crédible, mais j'avoue que c'est drôle. Oui, drôle. Après, je me suis barré par les escaliers de secours. C'est là que j'ai vu les deux flics monter en me penchant au-dessus de la rambarde. J'ai grimpé au cinquième étage, certain qu'elles ne viendraient pas à ce niveau. Une nouvelle fois, j'ai eu raison.

17 heures

Charon attend dans une salle des urgences de la Pitié-Salpêtrière qu'un médecin vienne donner des nouvelles de Chapelle. Debout, elle cale ses mains à la hauteur de ses yeux contre la vitre. Elle visualise Avonne dans un bâtiment de l'hôpital. Elle ne sait plus lequel. Elle pense à Dieu, elle qui n'est pas croyante. Elle se dit qu'il peut aider Avonne, et elle aussi.

À son arrivée, quatre personnes étaient là et trois autres viennent de faire leur entrée. Toutes ont le visage ravagé par le chagrin. Lors d'un échange, Charon capte que le proche de l'une d'elles a été renversé par un chauffard qui a pris la fuite. Elle retient sa colère quand un médecin demande l'âge de la victime et qu'elle entend onze ans. Putain, un gamin, se dit-elle avant de saisir une autre conversation dans le fond de la pièce. Une femme parle d'un individu criblé de balles. Cela s'est passé le long du canal Saint-Martin dans la matinée. La personne blessée est une victime collatérale d'un règlement de comptes. Juste parce qu'elle était présente au mauvais endroit et au mauvais moment. D'autres chuchotements évoquent un cas qui se range dans la même catégorie que celui de Pauline Chapelle. Tentative de suicide.

À un moment, les portes battantes s'ouvrent. Tout le monde relève la tête. Deux hommes en blanc, avec un masque chirurgical sur la bouche, traversent la salle et s'engouffrent par une autre porte qui se referme derrière eux, sans même un regard compatissant pour ceux qui patientent. Quand elle pense aux reproches formulés à l'égard des policiers, et ils se multiplient en ce moment, et au comportement hautain de ces docteurs que nul n'ose critiquer, Charon est sidérée.

Sur un siège peu confortable, la lieutenante ouvre son sac posé sur ses genoux. Elle observe le tableau « emprunté » dans le bureau de Chapelle. Quelque chose l'intrigue.

La capitaine est retournée au bureau, rongée par l'agression d'Avonne et le sentiment que trop de choses lui échappent. Elle passe une heure à parcourir les procédures établies au cours de la journée, déposées sur son bureau par ses lieutenants. Elle lit aussi ses mails sans y répondre. Lassée, elle quitte son bureau.

Dans la rue, son téléphone vibre. Même un samedi, le ton de Bosquet lui tape sur les nerfs. Aujourd'hui plus que jamais.

– Dites-moi, je pensais avoir été clair lors de notre dernier échange.

La partie s'engage mal.

– À quel sujet ?

– Au sujet de me tenir informé de tout élément qui touche à l'enquête. Vous cherchez quoi au juste ?

– Le meurtrier.

– Mais vous êtes payée pour ça. Plus sérieusement, je me demande si vous ne cherchez pas à vous faire retirer l'enquête.

Sous un porche, Le Peletier allume une cigarette et se dit qu'il doit être question de la filature du ministre dans Paris dont le taulier aurait eu vent. Elle cherche des arguments pour contrer l'attaque qui s'annonce mais Bosquet ne lui en laisse pas le temps.

– Je vous ai demandé de me tenir au courant de vos initiatives et avertie que je vous foutais un GPS au cul pour vous pister. Alors que je me rendais à un entretien avec le procureur général de la cour d'appel, j'apprends que vous avez obtenu une commission rogatoire du juge pour perquisitionner dans une maison de ventes. Avec comme résultat la conduite aux urgences d'une commissaire-priseur qui s'est tailladé les veines sur place.

Le Peletier se rassure. Pas un mot sur sa virée nocturne. En revanche, elle conserve le « putain » qui résonne dans sa tête, qu'elle se garde de prononcer, pour avoir oublié de le tenir informé de la demande de commission.

17 h 30

Un médecin entre dans la salle d'attente et demande s'il y a quelqu'un de la famille de Pauline Chapelle. Charon agite la main, attrape son sac et quitte ce lieu qui lui a donné l'impression de descendre en enfer depuis plus de deux heures.

Le médecin est un colosse taillé dans du matériau qui flaire le joueur de rugby. Sur le badge du praticien, Charon lit *interne*. Avec son stéthoscope autour du cou, il ne semble pas particulièrement gracieux. Conforme à ses collègues qui ont traversé la pièce. C'est à se demander si, durant leurs études, ils ne suivent pas un cours de froideur à l'égard des patients et des visiteurs.

Pour marquer sa proximité avec Chapelle, Charon se présente comme sa sœur. Avec un sourire enfin aimable, le praticien explique à la lieutenante que les jours de sa sœur ne sont pas en danger. Charon adopte un air soulagé. Il dit qu'elle aura besoin de beaucoup de repos et de beaucoup de calme. Ensuite, il livre le diagnostic clinique. Là, les mots sont parfois complexes. Les veines cubitale et radiale ont été sectionnées au niveau du poignet mais l'hémorragie, souvent impressionnante dans ce cas de figure, a cessé. Charon s'étonne d'entendre que le scaphoïde est fracturé. Elle en déduit que Chapelle a tapé son poignet sur un meuble puis l'a coupé. Le médecin conclut en indiquant que les expressions de Chapelle sont incohérentes.

Charon le regarde, d'un air grave.

– Il s'agit de troubles qui sont difficiles à déterminer. On a relevé un hématome au niveau de la partie arrière du crâne, sans doute lié à une chute consécutive à la section des veines. Cela arrive chez les personnes qui font cela, elles tombent et perdent généralement connaissance. On surveille ce point mais rien d'alarmant à ce stade. Je vous en parle pour que vous n'en soyez pas étonnée si vous souhaitez la voir.

Les yeux de Charon se plissent et confirment que c'est son souhait.

– Dans tous les cas, il ne faut pas lui en tenir rigueur, la situation est normale.

Normale ? Ce terme donne une impression incongrue dans le lexique médical.

Le praticien demande si elle a des questions. Charon répond non de la tête et affiche un air à la fois inquiet et soulagé. Comme une sœur. Dans une affaire, des talents d'actrice, il faut en avoir. Charon le remercie d'un regard qui en dit long. Elle frôle le César du meilleur espoir féminin.

Devant la porte de la chambre, elle demande si elle peut rester seule avec sa sœur.

– Je vous laisse dix minutes. Elle a besoin de beaucoup de repos. Et n'oubliez pas, elle peut avoir des propos incohérents.

Malgré le soleil encore vif à cette heure, la chambre est plongée dans la pénombre grâce aux stores extérieurs. Une télé est fixée en hauteur en face du lit, une armoire fermée à clé sur le côté gauche et, à droite, la porte de la salle de bains, avec une douche, un lavabo et une toilette. À l'entrée, des affiches renseignent sur la vie dans l'hôpital.

Le visage de Chapelle affiche un air mauvais, qui se décuple quand elle ouvre les yeux.

– J'imagine que tu es fière ?

Chaque syllabe est remplie de haine.

– À la minute où je vous ai vues dans la salle, j'ai compris votre haine à mon égard. Avec votre petit bout de papier de merde, là, votre commission rogatoire arrachée à un juge ! T'as trouvé ce que tu cherchais ?

– De quoi tu parles ?

– Tu me prends pour une idiote ? Je me doute bien que vous avez fouillé mon bureau pendant que j'étais inconsciente. Je vais déposer une plainte, ta perquisition sera considérée comme illégale.

Charon serre son sac contre elle.

– Mais je… Je suis là pour prendre de tes nouvelles.

– Menteuse. Tu es venue admirer le résultat de ton boulot de merde.

– Mais je t'assure… tente Charon.

– Dégage de ma vue et de ma vie, sinon j'alerte les infirmières.

Dans le couloir, Charon reste un instant derrière la porte de la chambre. Un détail la chiffonne. Pas la furie de Chapelle, elle s'en moque. Non, elle a parlé de la commission rogatoire obtenue d'un juge. Qui l'a mise au courant ? Et sait-elle qu'elle a pris le tableau dans son bureau ?

Au comptoir central, le médecin, qui l'a accueillie, l'attend.

– Vous avez raison. Elle est très fatiguée. Je préfère la laisser dormir.

– Je vous avais prévenue.

Charon s'inquiète de l'esprit dérangé de sa sœur, confirme qu'elle tient des propos incohérents et dit qu'elle n'est même pas sûre qu'elle l'ait reconnue. Le médecin pose une main sur l'avant-bras de Charon et dit qu'il faut du temps. Un deuxième César pour la lieutenante Charon.

Le Peletier l'appelle.

– Alors ?

– Elle m'a envoyée chier. L'échange a duré cinq minutes, montre en main. Elle m'a parlé de la perquisition. Quelqu'un lui a dit que nous allions débarquer.

Charon replonge d'un coup dans la vie extérieure. Une banderole est accrochée sur les grilles de l'hôpital. Des grévistes du corps médical revendiquent une revalorisation de leurs salaires et plus de moyens humains pour assurer un service public de qualité. Il est écrit que cela fait dix ans que l'hôpital est saigné à blanc. Charon compatit, mais sans prendre la peine de s'y intéresser davantage. Beaucoup de voitures et de scooters descendent ou remontent le boulevard, à coups de klaxon. Plus haut, des taxis prennent en charge des clients au visage marqué par la tristesse, la colère ou le désarroi.

Ici, tout l'oppresse, l'angoisse et la fatigue. Ce tourbillon urbain lui ôte tout discernement. Tout se mélange. Le concentré en devient même explosif. Elle respire un grand coup, bloque l'air et l'expire sept secondes après. Elle recommence l'exercice cinq fois.

Elle enfourche son scooter et transmet un message à Bouvillier. Certes, nous sommes samedi, il est tard, mais elle éprouve le besoin de le voir pour lui poser des questions sur le tableau qui couvre son dos. À sa grande surprise, l'expert répond assez vite et l'invite même à passer à son domicile dans la demi-heure qui suit. Il précise qu'il a peu de temps car il a un dîner prévu à 20 heures dans le quartier, qu'il ne peut pas décommander. Il ajoute qu'il déteste être en retard.

Charon considère que c'est jouable.

18 h 45

Arrivée sur le palier, Charon trouve la porte de Bouvillier entrouverte. Une configuration qui lui colle une boule au ventre. Une main sur la crosse de son arme, elle entre. Le calme ne l'aide pas à croire qu'il n'est rien arrivé à l'expert. Elle l'appelle avant de l'entendre : « Je suis dans la cuisine. »

– C'est la première fois que je fais un tiramisu. On m'a dit que c'était simple mais cela demande tout de même un tour de main. Mais tu n'as pas demandé à me voir pour admirer mes talents de pâtissier, dit-il avant d'apercevoir le sac à dos. OK, j'ai compris. Par contre, je t'ai prévenu, je n'ai pas beaucoup de temps.

Dans le laboratoire, Charon sort le Cézanne. L'expert l'observe et son verdict tombe comme un couperet.

– Encore un faux. Si tu veux une confirmation, je te laisse faire, dit-il en désignant un microscope.

Elle est parvenue à la même conclusion en le détaillant à l'hôpital, dans des conditions compliquées. Elle s'assoit face à l'appareil, cale la toile sous l'optique, allume une lumière particulière, qu'elle règle pour avoir la définition recherchée sur des zones précises, puis elle ajuste la vision et se lance dans l'observation de la toile grossie.

– Je crois que j'ai trouvé ce que je cherche.

– Attention, Blanche, tu mets de côté un peu vite une règle de base dans l'expertise d'un tableau, celle de déjouer les croyances pour s'accrocher aux certitudes du verdict. La considération du travail d'un faussaire doit être juste, précise et sans ambiguïté.

Charon replace ses yeux sur l'optique de l'appareil et scrute la toile avant de se figer sur un point qu'elle gratte avec un scalpel. Quand elle décolle ses yeux, elle affiche un sourire.

– Là, tu es sûre de toi. Suis-moi.

Dans le salon, Bouvillier l'invite à s'asseoir dans un canapé qui fait face à une table basse. Des ouvrages d'art sont rangés en pile sur le plateau de bois.

Charon s'attend à ce qu'il lui en dise plus sur *La Montagne Sainte-Victoire* de Cézanne. En fait, il disparaît de la pièce en coup de vent. En l'attendant, elle feuillette le catalogue d'une exposition qui s'est tenue au Centre Pompidou. Elle lit le détail d'une œuvre de Gérard Fromanger. Il s'agit de *Florence, rue d'Orchampt*, peinte en 1975. Cette rue, située dans le haut de la butte Montmartre, est connue aujourd'hui parce que Dalida y a vécu et elle n'est pas très loin de l'atelier de Duvernay.

L'expert réapparaît avec une bouteille de vin et deux verres.

– Quand on analyse un tableau, il faut toujours veiller à ce que son jugement soit irréprochable. C'est pour cela qu'il faut être attentif aux moindres détails. Un faussaire a un talent supérieur au commun des mortels, à commencer par le plus insidieux, tromper son monde. La toile que tu viens de regarder est parfaite. On dirait un Cézanne.

Bouvillier s'interrompt et lui tend un verre.

– Tiens, goûte ce grand cru Saint-Émilion.

Charon porte le verre à ses lèvres et avale une gorgée.

– Laisse-le en bouche quelques secondes. Regarde-moi faire.

Charon se concentre pour ne pas boire sa seconde gorgée comme de l'eau.

– Excellent, n'est-ce pas ?

Charon n'avoue pas que pour elle, grand cru ou non, un vin reste un vin. Bouvillier prend une cigarette qu'il place entre ses lèvres. Avec son pouce et son index, il la caresse sans l'allumer. Les gestes sont raffinés.

– C'est tout de même curieux que nos retrouvailles se fassent autour de faux tableaux de série.

– Il y a un instant, vous avez dit qu'on dirait un Cézanne. Cela suppose que cette copie s'insère dans une série ?

– Ce sont les plus difficiles à dénicher. Certains peintres en ont fait sans jamais vraiment les répertorier. Cézanne a peint plus de quatre-vingts *Montagne Sainte-Victoire*. Monet a apporté cette rupture dans l'art, avec ses séries de nymphéas, de la gare Saint-Lazare, de la cathédrale de Rouen, de peupliers, de meules. Il voulait montrer que la peinture était une question de rapport au temps, avec du soleil, de la nuit, etc.

– On fait comment pour repérer les faux dans une série ?

– Ce n'est jamais simple. D'autant plus que la plupart des peintres ont recours à des modèles préparatoires avant de faire leurs œuvres, ce qui ajoute de la confusion. Même l'art contemporain n'y échappe pas. Warhol a suivi les mêmes méthodes. Ce prétendu Cézanne me fait penser à cette histoire extraordinaire : il y a deux ans, on a découvert à Munich environ 1 500 tableaux dans un appartement. Tous volés par les nazis à des propriétaires, le plus souvent de confession juive, dans les années trente et durant la Seconde Guerre mondiale. La découverte a été faite par hasard par des douaniers allemands lors du contrôle d'un certain Cornelius Gurlitt, fils d'un marchand d'art, Hildebrand Gurlitt, qui avait trempé dans différents trafics avec les Allemands. C'était une personne-clé du dispositif de spoliation des œuvres d'art mis en place par les nazis. Hitler l'avait missionné pour créer le plus grand musée du monde à Linz. Quand les douaniers ont débarqué à son domicile, ils avaient l'embarras du choix : des Matisse, des Chagall, des Beckmann, etc. L'ignoble terminologie retenue par les nazis était qu'il s'agissait d'œuvres de dégénérés et de judéo-bolchéviques. Les chercheurs se sont penchés sur ce trésor et sont remontés jusqu'à leurs propriétaires. Certains appartenaient à de grands collectionneurs juifs. On parle d'une valeur qui dépasse le milliard d'euros et je sais que des héritiers ont formulé des demandes officielles de restitution. Toutes les toiles retrouvées ont fait l'objet d'un inventaire précis.

– Vous pensez que cette histoire a un rapport avec l'enquête ?

– Ce n'est pas à moi de le déterminer. Ce que je peux dire, c'est que ce fameux Gurlitt avait à sa disposition différents experts qui sillonnaient le monde et achetaient des toiles pour lui. En 1942, l'un d'eux, un certain Schoeller, a acheté, pour cinq millions de francs de mémoire, un Cézanne qui représente la montagne Sainte-Victoire. Et ce tableau était un faux. À cette période, il n'y avait pas que la spoliation. L'art était aussi une valeur sûre durant l'Occupation. Le marché du faux a donc de l'importance pour des tableaux de série.

Bouvillier boit une dernière gorgée de saint-émilion.

– Ce qui est dingue dans cette enquête, dit Charon, ce sont les zones d'ombre. Nous avons deux faussaires. Leurs œuvres sont bluffantes. Et il y a la commissaire-priseur que vous m'avez recommandé de contacter qui n'est pas claire, sans qu'on arrive à trouver le fil qui les relie entre eux.

Alors que Charon avale son verre, Bouvillier jette un œil sur sa montre.

– Blanche, désolé mais je suis attendu.

– Merci de m'avoir consacré encore du temps.

– N'hésite pas à revenir. C'est toujours un plaisir.

– J'allais oublier. PICTURA slash D, écrit en majuscules, ça vous dit quelque chose ?

– En latin, cela signifie peinture au sens « ouvrage d'un peintre ». Mais avec un D majuscule, je ne vois pas.

– Bon, je ne vous dérange pas plus et la prochaine fois, promis, je viens parler d'art avec vous.

Dehors, Charon appelle Le Peletier.

– Faut retourner à la salle des ventes et perquisitionner.

– Mais on est samedi soir.

– Depuis quand on perquisitionne avec des horaires de fonctionnaires ? Préviens Bosquet.

– Mais tu sais au moins ce qu'il faut chercher ?

– On l'a déjà. On se retrouve là-bas dans trois quarts d'heure.

Le Peletier déteste quand Charon est mystérieuse.

21 h 25

Il faut dix minutes à Charon pour monter dans les étages de l'hôtel des ventes après que le gardien de nuit a ouvert le bâtiment. Elle remet le Cézanne là où elle l'a « emprunté » dans le bureau de Chapelle, tout juste avant l'arrivée des collègues qui la découvrent en train de remuer des catalogues. Elle leur donne des papiers, qu'elle dit avoir pris sur la table basse, et désigne des albums de photos rangés sur une étagère, qu'elle ordonne d'embarquer. Un rapide coup d'œil dans la pièce et elle signale l'angle d'un mur, où se trouve une toile, qu'elle souhaite aussi prendre.

Sur l'esplanade, deux policiers calent minutieusement *La Montagne Sainte-Victoire* dans un véhicule de service. Charon mesure qu'ils n'ont rien de déménageurs spécialisés dans le transport d'œuvres d'art. Même le gardien de l'hôtel des ventes attrape quelques sueurs d'angoisse en les voyant faire. Certes, la toile est un faux mais personne ne le sait.

Le Peletier est au pied de l'immeuble, une cigarette entre les lèvres et un goût amer qui traîne dans son âme. En attendant la fin des opérations, elle se plonge sur son portable dans les brèves de presse qui parlent des consultations en cours pour former le prochain gouvernement. D'ordinaire, la vie politique ne l'intéresse pas. Elle la considère comme inhumaine, à côté de tout, s'excitant dans un landerneau, assoiffée de pouvoirs et maîtresse en coups bas, dans le but de gravir les échelons d'une hiérarchie obscure. Dans sa famille, on vote à gauche, on pense à gauche.

Elle entretient la tradition familiale en glissant dans l'urne un bulletin estampillé d'une rose, à quelque élection que ce soit.

Quand elle aperçoit un flic sortir avec des sachets, elle demande ce qu'il y a dedans.

– Des albums photos, répond Charon.

– Tu ne m'as toujours pas dit pourquoi nous sommes venues saisir cette toile ?

– Elle est fausse. Sans doute volée pendant la Seconde Guerre mondiale. J'ai fait des recherches. Chapelle est issue d'une famille de négociants parisiens en art qui ont prospéré au début du siècle dernier et se sont mis en cheville avec d'autres familles, tout aussi bourgeoises. Durant la Seconde Guerre mondiale, ce petit monde a trafiqué avec le régime nazi. Les Chapelle se sont noyés dans une collaboration feutrée et ont vendu des tableaux volés, y compris des faux, y avait pas de petits profits, et se sont alliés à la famille Canone. En 1945, cette dernière a été condamnée pour collaboration et spoliation, notamment de tableaux. Certains ont été restitués et d'autres n'ont jamais revu le jour. Le tableau retrouvé dans le bureau de Chapelle est un faux, volé à cette époque et vendu par l'une des deux familles, probablement à un haut dignitaire allemand. Son histoire fait qu'il a acquis une valeur pour les amateurs, même fausse.

– Mais pourquoi Chapelle l'aurait-elle laissé là, quasiment à la vue de tous ?

– Parce que je pense qu'elle en est dingue. Comme nous l'avons interrogée sur le marché du faux et qu'elle a été prévenue de notre visite, elle l'a décroché, planqué dans un coin à la va-vite et elle s'est tailladé les veines.

– Et le rapport avec les deux peintres morts ?

– Son ex-mari. Je suis convaincue qu'il alimente un trafic de fausses toiles. Les deux peintres avaient un talent de fou, à tromper les meilleurs connaisseurs en la matière. Chapelle établissait des faux certificats d'authenticité et le tour était joué. Je ne peux encore rien prouver mais c'est ma conviction. Et Chapelle sait des choses. Faut donc la réinterroger.

– Si on s'y colle, on va avoir droit à un mur.

– Je pense à Laplace. Elle sera sensible à son charme.

– Je l'appelle.

– OK. Une fois que tu l'as prévenu, dis-lui de m'appeler.

Le Peletier sent son portable vibrer au fond de sa poche. Bosquet.

– Je veux vous voir dans mon bureau. Je vous attends avec Charon.

– Mais il est 22 heures.

Il raccroche.

– On est convoquées chez le patron.

– Un samedi soir ?

Le Peletier hausse les épaules, façon de lui exprimer qu'elle n'en sait pas plus.

22 h 15

Le Peletier a senti que ses gars avaient besoin de faire autre chose que de courir après la chute de la délinquance. Cela ne lui ressemble pas d'accorder du repos en pleine enquête, mais, à voir leurs têtes, elle n'avait pas d'autre option.

Ce samedi, Laplace n'est pas de permanence sur la feuille du groupe. Il a rendez-vous avec la fille rencontrée dans le métro quand il filait Duvernay. Elle lui a envoyé un SMS en début de matinée : « On se voit ce soir ? »

Le nez dans son placard, il sort un tee-shirt qu'il jette aussitôt au sol, avant de choisir une chemise blanche. Au moment d'enfiler son jean, son téléphone sonne sur une table de verre. Le nom de Charon apparaît. Il se laisse choir dans les coussins mous de son canapé.

– Tu vas interroger Chapelle.

– Pas maintenant ?

– Pourquoi ? T'as un rancard ?

– Mais…

– Je m'en fous. Non, tu y vas demain, à la première heure.

– Un dimanche matin ?

– T'as tout compris. Et tu n'en parles à personne.

– À qui veux-tu que j'en parle ?

– À personne. C'est ce que je viens de te dire.

– Attends, tu peux pas t'y coller ? C'est ta pote.

– D'abord, vous arrêtez tous avec ça. Ce n'est pas ma pote. Et je l'ai vue ce soir et elle a failli me sauter à la gorge.

– Charmantes retrouvailles.

– Elle est à l'hosto. Tentative de suicide.

Laplace éjecte son jean avec ses pieds, se cale dans le milieu de son canapé, le buste redressé.

– Pourquoi moi ?

Charon a envie de répondre qu'avec sa gueule de beau gosse elle va lui faire des confidences. Mais il ne lui laisse pas le temps de faire acte de franchise.

– T'es chiante, Blanche. Putain, si ça venait de quelqu'un d'autre, je... Mais bon, toi, j'accepte, à deux conditions.

– Pardon ?

– Oui, t'as très bien entendu. Après cet appel, je m'inscris aux abonnés absents jusqu'à demain matin et on me fout la paix.

– C'est quoi l'autre condition ?

– Je fixe l'heure de 10 heures comme étant la première heure dans ton jargon.

– OK.

– Et faut qu'elle me dise quoi ?

– Tu la cuisines comme tu veux mais faut qu'elle crache ce que l'on désire savoir, un trafic de faux tableaux

– Facile à dire.

– Et tu ne t'engages sur rien. Ni Le Peletier ni moi ne te suivrons sur tes promesses.

– Merci pour la confiance.

22 h 30

Se rendre dans le bureau de Bosquet équivaut à tomber de son plein gré dans un traquenard. Le Peletier s'attend à une avalanche de reproches, version XXL, sans en connaître la cause. La filature du ministre dans Paris ? La perquisition de la salle des ventes qui vient d'avoir lieu ? Chapelle qui a balancé quelque chose ?

Derrière elle, Charon ne dit rien. Elle aussi se forge une carapace pour affronter la tempête qui les attend.

Trois coups sur la porte.

– Entrez, crie Bosquet, sans aucun ménagement.

Le taulier est à son bureau, calé dans son fauteuil de cuir, ses doigts jouent une partition sur le meuble. Tip-tap. Tip-tap. Tip-tap. Deux notes répétées pour mettre en musique son agacement. Le Peletier le voit déjà bondir et leur hurler dessus sans qu'elles aient l'occasion d'en placer une quand elle aperçoit deux hommes sur la gauche. Des visages inconnus.

– Asseyez-vous, dit Bosquet. Lieutenant, prenez un siège derrière vous. Je vous présente les officiers Falguentier et Parmière de l'OCBC.

– L'Office central de lutte contre le trafic des biens culturels, dit Charon.

– Bravo, Blanche, s'exclame Falguentier, en tendant une main qu'elle ignore.

Charon a bossé avec lui quand elle était à l'Office. Ses cheveux poivre et sel bien coiffés, son teint frais et bronzé laissent penser qu'il est rarement soumis à la pression des heures supplémentaires et aux congés annulés pour nécessités de service.

– Bien, je vais droit au but, l'OCBC récupère une partie du dossier de l'affaire de Montmartre.

– C'est une blague ? s'exclame Le Peletier. Vous nous demandez de venir à une heure pareille pour nous annoncer le retrait d'une enquête ?

– Inutile d'être agressive, capitaine, répond l'officier. Les règles de notre maison sont claires et vous les connaissez comme moi. Dans votre affaire, il y a un trafic de biens culturels donc l'OCBC intervient dans le cadre d'une cosaisine.

– Attendez, il y a des tableaux mais il s'agit d'un meurtre, tonne Le Peletier, ignorant le regard de Parmière et fixant celui de Bosquet. Alors je vais vous dire ma pensée sur les répartitions territoriales.

– Le Peletier, ne nous le dites pas, répond Bosquet, ce n'est pas le sujet.

– Capitaine, question cadavre, j'ai eu ma dose, intervient Parmière. J'ai passé six ans à la BAC de Lille et quatre années à la BRI.

– Dans ce domaine, j'en ai vu, au moins autant que vous ! s'exclame Bosquet. Messieurs, il n'y a pas lieu d'avoir une cosaisine. Je ne sais pas comment vous avez eu vent de notre affaire et je regrette que vous vous soyez déplacés pour rien, mais nous allons nous passer de vos services.

– Monsieur le commissaire-principal, vous n'êtes pas sans savoir que notre patron peut faire remonter les choses en haut lieu et à mon avis, il y a de grandes chances que cela ne se passe pas très bien.

– Vous me faites du chantage ou vous n'avez rien compris à ce que je viens de vous dire ? Je ne vous retiens pas davantage, vous avez sans doute à faire. Nous, c'est le cas. Bonne soirée.

Le Peletier sourit, même si elle ne comprend pas la stratégie de Bosquet. Elle ne lâche pas un regard aux officiers de l'OCBC qui quittent le bureau. Le taulier lui demande de rester un instant.

Charon lui lance une moue dubitative avant de sortir à son tour.

23 h 30

Bosquet désigne un siège qui lui fait face et il prend place à son bureau, en léger recul, les jambes un peu écartées. L'air qu'il prend fait penser à Le Peletier qu'il pèse ce qu'il va dire. Elle ne se trompe pas.

– Merci, patron, de les avoir virés.

– Je n'arrive jamais à comprendre ce besoin qui est le vôtre de rentrer dans les gens sans passer par la diplomatie ou l'hypocrisie. À vous emballer de la sorte, vous faites peur.

Elle s'enfonce dans le fauteuil. Il la fixe et dégage un paquet de cigarettes, coincé sous une pile de revues. Il joue avec sans la lâcher des yeux et prend presque du plaisir à faire durer la situation.

– Bon, j'ai... J'ai quelque chose à vous annoncer.

Le Peletier perçoit que la voix a pris un ton différent. Bosquet sort une cigarette. Le Peletier n'a pas souvenir de l'avoir vu fumer depuis qu'ils se connaissent.

– D'abord, j'ai besoin de quelque chose que vous seule pouvez me donner dans un délai raisonnable.

– Je vous écoute.

– Vous vous démerdez comme vous voulez mais vous faites tout pour boucler vos investigations le plus vite possible. Mardi sonne la fin des huit jours en flagrance. Donc, cette affaire doit être close.

Le Peletier affiche un visage contrarié :

– OK. C'est ça que vous vouliez m'annoncer ?

– Non. Vous avez entendu parler de la démission du gouvernement ?

– Le nouveau va être nommé dans les deux ou trois jours qui viennent, non ?

– En réalité, il sera connu demain soir et suivi d'un Conseil des ministres programmé mardi matin à 10 heures.

– S'il y a encore des gens assez fous pour prendre des coups, c'est leur problème. Avec l'opinion publique qui vous déteste un mois après votre nomination, et tout ça pour être jeté, éreinté, avec la perspective de tomber dans les oubliettes pour le restant de ses jours.

– Je vous trouve bien éclairée sur le sujet. Détrompez-vous, ces fonctions sont courues. Beaucoup sont prêts à tout pour les obtenir, y compris, s'il le faut, renier leurs convictions. Mais ce n'est pas le sujet. En fait, le Président va imposer une nouvelle politique et il attend des engagements forts et des actes visibles.

– Comme toujours.

– Sauf que là cela concerne aussi les ministères. Pas mal de têtes dans les organigrammes vont changer. Un pays se gouverne avec des politiques mais aussi une administration forte qui agit.

– Nommer des gens qui ont le doigt sur la couture du pantalon, y a rien de nouveau.

– Bon... Je pars en début de semaine prochaine. Personne n'est au courant. Je vous le dis à vous car j'ai confiance. Ma nomination sera officialisée mardi en Conseil des ministres. C'est pour ça que je vous demande d'accélérer. Je n'aime pas partir et laisser de la merde sous le tapis.

Prise de court, Le Peletier balbutie des félicitations.

Dans son métier, elle voit beaucoup de choses et avale souvent des couleuvres. Mais elle ne s'attendait pas au départ de Bosquet, encore moins à l'apprendre un samedi soir. Elle fixe son visage, éclairé par la lumière de la lampe du bureau. Ses traits sont ceux d'un homme apaisé qui avait besoin de partager la nouvelle avec quelqu'un. Il l'étonne en exprimant qu'il a confiance en elle.

– Vous pensez que je suis un rond-de-cuir depuis des années, qui a enfin réussi à obtenir ce qu'il cherche. Je vous l'accorde, mais on me propose une promotion qui ne se refuse pas.

– Vous allez où ?

– Je ne peux rien vous dire tant que ce n'est pas officiel. Mais je vous garantis qu'au poste où je vais être, je vais vous aider.

L'esprit chamboulé, Le Peletier se frotte les joues pour tenter de masquer sa confusion.

– Le Peletier, il y a quelque chose que vous me cachez, je me trompe ?

Elle se réajuste sur son siège, comme si son dos la démangeait. Elle ne le savait pas si perspicace.

– Cela ne va pas vous plaire.

– Je vous écoute.

– Nous pensons que Canone, le ministre, est impliqué de très près dans les deux meurtres.

En PJ, les dossiers foireux et surprenants, qui engorgent les statistiques et qui plaisent tant aux dirigeants sont le quotidien. Le Peletier peut lire dans les yeux de Bosquet qu'il mesure la succession d'emmerdes à venir avant son départ, en espérant qu'elles ne lui seront pas fatales.

Une pendule posée sur le marbre d'une cheminée sonne minuit à l'instant même où il déglutit et s'enfonce dans son siège.

DIMANCHE

00 h 10

Trois coups discrets contre la porte du bureau interrompent le silence dans lequel Bosquet est muré. Une personne passe une tête, une feuille à la main. Il la remercie après avoir parcouru le papier en diagonale.

C'est une fois qu'elle a quitté la pièce qu'il lâche « putain, vous êtes sûre de vous ? Suspecter un ministre dans une affaire criminelle, ce n'est pas anodin », avant de quitter son siège, d'arpenter la pièce et de frapper à deux reprises son poing droit dans la paume de sa main gauche.

– Comment voyez-vous la suite, Isabelle ?

Perdu, il utilise de nouveau son prénom.

Le Peletier est ailleurs. Sur l'échelle des emmerdes, le changement d'un patron se situe au niveau dix. La cote d'alerte. Le remaniement d'une case de l'organigramme de la PJ oblige à s'adapter à de nouvelles directives et à de nouveaux concepts managériaux. Or, la police n'aime pas le changement.

Cet abandon se mêle à l'admiration qu'elle éprouve de voir Bosquet accéder à un poste qui semble à la hauteur de ses ambitions. Plus haut encore dans la hiérarchie policière, sans aucun doute.

Que retenir de leur collaboration ? De la tolérance à l'égard de ses emportements verbaux, quand elle le met à l'écart d'une enquête ? Oui. Du respect quand il ne s'immisce pas dans les investigations comme l'ont fait la plupart de ses prédécesseurs ? Oui. L'a-t-il discriminée car elle est une femme comme l'ont fait bien d'autres ? Jamais.

Il n'est pas parti qu'elle le regrette déjà. Elle n'a pas envie que cette page se tourne, encore moins de devoir prouver à un autre taulier que ce qu'elle aime, elle et son équipe, c'est résoudre des enquêtes.

Un nœud se forme dans son estomac. Un de plus.

– Alors, Le Peletier, je vous écoute ?

– Sur votre départ ?

– Mais non, sur Canone !

– Un ministre dans une enquête, c'est toujours délicat.

– Vous allez me faire croire que vous avez peur d'un ministre ?

– Quand même.

– Ministre est une fonction qui ne soustrait pas au respect du droit.

– Ce que je veux dire par « quand même », c'est que ça pue l'affaire d'État.

– D'accord, mais je vous trouve pudique, vous qui ne cessez de sauter à pieds joints sur le protocole et qui vous contrefoutez des règles.

Vous ne devriez pas voir les choses de cette façon. Racontez-moi.

Le Peletier parle des échanges de Chapelle et Duvernay par SMS découverts sur le portable du peintre qui traînait au milieu de chiffons.

– Inutile de me préciser que tout cela s'est fait en respectant les procédures.

Le Peletier ne répond pas.

– Remarque inutile. Poursuivez !

– Nous avons la conviction, sans en avoir encore la preuve formelle, qu'elle lui passait des commandes de tableaux célèbres et qu'il les reproduisait rapidement, deux ou trois jours d'après leurs messages, pour alimenter un marché de faux. Visiblement, les séries sont leur atout. Beaucoup de peintres ont peint un même thème en de nombreux exemplaires, en faire un de plus quand l'artiste en a fait quinze, trente ou cinquante passe inaperçu et rapporte gros au final. Dans un carnet retrouvé chez lui, Duvernay répertoriait tout ce qu'il peignait, ainsi que les destinataires des tableaux. On y trouve des initiales comme celles de MC. On pense forcément à Mathias Canone.

– Ça se tient mais c'est léger.

– La nuit dernière, nous avons filoché Chapelle jusqu'à une adresse située au nord de Paris. Elle avait un rendez-vous dans une cave, avec un individu. Avec Charon, on a fini par la retrouver.

– Une transaction ?

– De là où nous étions, nous ne captions rien de l'échange. Ça a duré vingt minutes. Nous avons suivi la voiture de l'individu jusqu'à la rue de Valois, devant l'entrée du ministre.

– Rien ne prouve qu'il est impliqué ?

– Non, je vous l'accorde. On a constaté que le type au rendez-vous n'était pas lui. Une dizaine de minutes après, il est monté dans sa voiture et est rentré chez lui.

– Vous avez interrogé Chapelle ?

– C'est-à-dire que… Elle est à l'hosto.

– Allons bon, il ne manquait plus que ça.

– Mais je vous ai envoyé un SMS.

Discrètement, Bosquet appuie sur son portable et voit s'afficher le message en question.

– Je vois, prononce Bosquet sans marquer le moindre tic sur son visage, ce qui étonne Le Peletier.

Puis il se dirige vers une porte-fenêtre du bureau, qu'il ouvre. L'air qui s'engouffre dans la pièce est frais. De dos, il semble apaisé.

– Vous en voulez une ? propose-t-il, le paquet de cigarettes tendu dans son dos.

Elle en prend une avec un air d'ado prise en flagrant délit de braver un interdit.

– Le Peletier, savez-vous ce qu'il y a de passionnant dans notre métier ? Les criminels. Ils ont des profils si différents, des manières de faire si diversifiées que vous n'êtes jamais enfermé dans une mono-criminalité et ressentez en permanence l'adrénaline couler dans vos veines.

Bosquet tire sur le filtre de la cigarette et rejette de la fumée blanche dans l'air de manière lente et saccadée.

– Vous aimez la nuit ? Moi, je l'aime, particulièrement celle du samedi, si singulière, à Paris. On y rit, on s'y enivre, on s'y encanaille dans une totale insouciance. Et le dimanche matin, tout ce petit monde a la gueule de bois, part déjeuner en famille ou faire du sport. Et moi, je lis le compte rendu de la nuit. Des meurtres, des agressions, des viols, des vols à l'arraché, j'en passe et des meilleures. Des crimes réprimés par le Code pénal qui se traduiront en de nouvelles affaires à traiter dans les commissariats. Dans tous les cas, on n'est jamais épargné par l'ignominie humaine, et un super boulot est fait.

Bosquet tire une dernière fois sur sa cigarette et, d'une pichenette, envoie le mégot dans la cour. Il regagne son bureau, sans refermer la fenêtre derrière lui, et fixe Le Peletier.

– Je ne vous sens pas à l'aise. Vous me permettez de jouer le vieux rabat-joie ?

– Ne vous gênez pas, lui dit-elle en souriant.

– Nos affaires, on peut les classer en trois catégories. La première concerne les affaires merdiques. Pas intéressantes. La seconde, les très merdiques, commence à avoir de la gueule. Et la troisième est celle des affaires très, très merdiques. J'y classe nos deux affaires. Vous me reprenez tout depuis le début et vous agissez au plus vite.

– Cela veut dire que j'ai carte blanche ?

– Oui, à une seule condition.

– Je vous tiens au courant.

Dans le couloir, l'impression de Le Peletier est bizarre. D'ordinaire, Bosquet vocifère de grandes phrases pour étouffer une affaire qui menace son avancement. Or, là, il laisse la voie libre pour agir.

Elle écrit un SMS à Charon pour savoir si elle est toujours là. À peine l'envoie-t-elle qu'elle la retrouve en train de boire un café, assise à son bureau. La lieutenante est impatiente de savoir ce que le taulier avait à livrer comme cachotterie pour la garder aussi longtemps.

– Les deux autres sont partis ? demande-t-elle.

– Bosquet les a viré de son bureau et de l'enquête.

Charon siffle son admiration.

– Il te voulait quoi d'ailleurs, le taulier ?

– Me faire la leçon, comme à son habitude. Il m'a dit de la jouer serré et vite.

– Ça veut dire quoi ?

– Qu'on reprend tout. Et on s'y met maintenant.

1 h 25

Revisiter une enquête et en décortiquer les moindres recoins pour trouver le détail qui a échappé à tous n'est jamais simple.

Le Peletier et Charon ne peuvent compter que sur elles, avec Avonne à l'hôpital, Laplace en repos et deux autres lieutenants partis sur des constat' dans le quartier de Pigalle. La cheffe de groupe pourrait solliciter l'aide de collègues, mais l'enquête a débuté depuis cinq jours, mardi sera le dernier jour en flagrance et elle ne se sent pas de tout expliquer.

Un flic qui s'acharne dans son domaine de prédilection est bien plus qu'un flic, c'est un excellent flic ; il se pourrit la tête dans tous les sens sur des hypothèses pour arriver à tirer la conclusion qui s'imposera, sans qu'elle soit discutable.

Charon relit les données à sa disposition concernant Riquet et Duvernay. Date et lieu de naissance, parents, fratrie, adresses multiples, milieux fréquentés. Ils ont quasiment le même âge, sont nés dans des lieux différents, l'un au Maroc et l'autre à Bordeaux, ont perdu tous les deux leurs parents, ont leurs propres techniques de peinture.

Rien ne saute aux yeux, sauf un dénominateur commun, Chapelle. Elle fait ensuite un point à propos des tableaux accrochés chez Duvernay. Certains d'entre eux, elle ne les connaît pas. En faisant une recherche, elle constate que beaucoup ont disparu ou ont été volés. Il y a par exemple *Le Christ dans la tempête sur la mer de Galilée* de Rembrandt, peint en 1633. Il était conservé dans un musée de Boston quand il a été volé en 1990, avec d'autres œuvres, par un groupe de crime organisé. Il y a aussi *Vue d'Auvers-sur-Oise* de Cézanne, volé en 1999 à Oxford et jamais retrouvé. Même chose avec *Le Chemin de Sèvres* de Corot, dérobé en 1998 au Louvre, un dimanche en pleine affluence, ou *Le Pigeon aux petits pois* de Picasso, la *Nature morte au chandelier* de Léger, *La Femme à l'éventail* de Modigliani, *L'Olivier près de l'Estaque* de Braque et une *Pastorale* de Matisse.

Quel est l'intérêt de reproduire des œuvres volées ou détruites qui sont recensées dans de nombreux ouvrages ? Aucun, sauf à faire croire que ce sont les originaux et à les vendre dans un réseau. Pas celui du milieu mais auprès d'amateurs d'art, désireux de posséder une œuvre estimée originale.

Charon quitte le bureau pour chercher deux cafés au distributeur. En l'attendant, Le Peletier décortique la vie de Canone. Sa fiche Wikipédia résume sa biographie, ses études et son parcours politique long comme le bras.

Canone est le petit-fils d'un grand résistant et le fils d'un député-maire d'une petite ville près de Bordeaux. Il a fait une partie de sa carrière en région parisienne. D'abord comme fonctionnaire au ministère des Finances, dont il a démissionné assez vite pour se consacrer à sa vie publique. Membre d'un parti de droite autonome qui soutient le président actuel, il a gravi tous les échelons du mouvement politique pour en devenir le secrétaire général depuis six ans maintenant. Conseiller municipal, député durant deux législatures, il a été nommé ministre de la Culture il y a trois ans, à la suite d'un changement de majorité. L'article évoque son engagement associatif et mentionne deux décorations nationales, la Légion d'honneur et le Mérite. Un article publié il y a trois mois dans *Libération* parle de Canone comme d'un potentiel Premier ministre.

De retour dans son fauteuil, Charon attrape les albums photo perquisitionnés dans le bureau de Chapelle. Les trois premiers contiennent des clichés professionnels, classés par ordre chronologique. On la voit lors d'expositions ou d'inaugurations, poser à côté de visages connus, avec un large sourire, parfois un verre à la main. Des stars du monde de l'art, des mécènes, des artistes, des galeristes. Il y a des clichés avec des politiques et son ex-mari. Il y a même une photographie auprès du Premier ministre et une autre où elle serre la main du président de la République.

Le dernier album est personnel. La première photo la représente bébé, allongé dans un couffin. Dans les pages suivantes, elle est en primaire, au collège, puis à la fac. Charon scrute le cliché d'un amphithéâtre et finit par se trouver, assise au troisième rang, sur la gauche.

Les pages suivantes sentent les vacances, les conquêtes. Dans les dernières de l'album, son mariage. Chapelle porte une robe blanche, courte et décolletée. De Canone, on retient une cicatrice au-dessus de l'œil gauche, qui le prive d'une partie de ses sourcils. Un signe distinctif moins visible aujourd'hui. Mais nulle part un visage dont Charon se dit qu'il pourrait être un profil à creuser.

Elle referme l'album et pense alors au terme *PICTURA*, inscrit sur le post-it trouvé sur le bureau de Chapelle, suivi d'un slash et de la lettre D.

Sur Google, elle parcourt les sociétés dénommées *PICTURA*, sans découvrir un lien avec Riquet ou Duvernay. En associant le mot à la lettre D, elle pense à la première lettre du nom d'un peintre. Sur un site qui les répertorie tous, elle compte plus de deux cents artistes dont le nom commence par la lettre D, rien qu'en France. Les examiner un par un prendrait un temps qu'elle n'a pas.

Dans une enquête, il y a toujours un moment où un éclair illumine les neurones d'un flic pour le guider.

C'est inexplicable mais beaucoup de choses se débloquent de cette manière. C'est ce qui arrive à Charon qui pense que le D majuscule évoque le *dark web*. Comment est-elle arrivée à cela ? Elle ne sait pas le dire.

Au visage de satisfaction qu'elle affiche, Le Peletier demande si elle a une piste. Quand Charon lâche un peut-être, la capitaine la rejoint.

– Regarde, ce papier était sur le bureau de Chapelle. Je me demande si cela ne renvoie pas au *dark web*. Je vais tenter d'y aller par Tor.

Charon codifie comme une programmeuse. Une aisance qui n'échappe pas à Le Peletier, moins à l'aise avec l'informatique. Soudain, Charon peste :

– Faut se faire coopter avec un code pour créer son propre compte. Je vais essayer de voir si quelqu'un a laissé sa session ouverte.

Elle saisit des séries de lettres, de chiffres et de symboles qu'elle ponctue, de temps à autre, par la touche « entrée ». Les pages défilent sans que Le Peletier arrive à suivre, lorsque Charon hurle avec le ton de la chanceuse à un jeu.

– C'est bon. Je prends la main sur son poste sans qu'il s'en rende compte.

Charon poursuit sa saisie de lettres, de chiffres et de symboles durant une ou deux minutes, avant de lâcher un énième « putain ».

– Tu t'es fait repérer ?

– Non, j'ai réussi. On y est.

PICTURA est une page sans ergonomie, avec des données clignotantes, regroupées dans un tableau à quatre colonnes. La première répertorie l'identité de peintres, que Charon pointe rapidement, en les faisant défiler vers le bas. La deuxième affiche le nom de toiles, notamment des tableaux volés, détruits ou spoliées, et des séries. La troisième ressemble à des montants d'enchères, en euros, ce qui étonne Charon, qui s'attendait à des bitcoins, et la dernière est un compteur qui indique le temps restant pour enchérir.

Sur un autre poste, Charon imprime des pages.

– Elles correspondent aux toiles découvertes chez Duvernay.

– Donc, il les reproduisait et elle les mettait aux enchères ici.

– Là, on a trois tableaux qui ne sont plus ouverts à la cotation. Le premier a été adjugé à dix mille euros, le deuxième à vingt-cinq mille et le troisième à quarante-six mille.

– Maintenant, faut confondre Chapelle et démontrer que Canone en croque.

– Y a qu'un moyen, on va enchérir sur un tableau.

– On paye comment ?

– On improvisera après.

Le Peletier quitte le bureau, en direction du distributeur de boissons. Elle transmet un message à Bosquet. « On progresse mais rien encore de concluant. »

De retour, elle pose le café sur le bureau de Charon et constate, à la satisfaction qui éclaire son visage, qu'elle a réussi à s'inscrire. La capitaine ne demande pas comment. Elle en a une vague idée. Des lettres, des signes et des chiffres tapés. Question de génération.

6 h 10

Au réveil, un détail entête Charon. Après une douche et un café avalé à la va-vite, elle fonce sur son scooter dans le creux des boulevards pour rejoindre le bureau. On a beau être dimanche, les permanenciers s'affairent avec des clients serrés à proximité des points chauds de la capitale.

Elle claque la porte du bureau comme à son habitude et s'assoit. Les stores vénitiens se cognent entre eux avant de se stabiliser.

L'album des clichés personnels de Chapelle en mains, elle ne remarque pas Le Peletier derrière la porte vitrée, qui se demande ce qu'elle cherche avec autant de convictions.

Le visage de Charon ne laisse transparaître aucune inquiétude. Seul indice qu'elle a levé un point précieux : sa façon de mâchouiller le plastique de son crayon. Le Peletier a envie de faire durer ce moment mais elle ne peut pas se permettre ce luxe, les heures de l'enquête sont comptées. Elle entre avec un sachet de croissants dans une main.

– T'en veux un ?

– Merci. J'ai trouvé un truc.

Charon engloutit la viennoiserie comme une affamée qui n'a rien avalé depuis des heures. C'est le cas. À cet instant, Bosquet entre dans la pièce.

– Ça avance ?

– Vous êtes matinal ? demande Le Peletier qui ne l'a pas entendu arriver.

– Il me reste peu de temps alors j'en profite pour finir quelques trucs.

Charon se tourne vers Le Peletier avec l'expression de quelqu'un qui a loupé un épisode. La capitaine lui répond du regard qu'elle va lui expliquer.

– On vous tient au courant, patron, promis.

– Pas de promesse, Le Peletier, juste des preuves. Et vite.

Charon tend l'oreille pour s'assurer qu'il s'éloigne avant de demander à Le Peletier ce qu'il a voulu dire. La capitaine répond qu'elle lui expliquera plus tard et ramène Charon dans l'enquête.

– OK. Dans les albums de Chapelle, l'un rassemble ses photos personnelles. On la voit enfant, puis étudiante, et il y a son mariage avec Canone. Jette un œil à ces quatre-là en particulier.

Les photos qu'elle pointe montrent des groupes de personnes parmi lesquelles Chapelle et Canone. L'une d'elles, où les mariés sont entourés de personnes plus âgées, laisse penser qu'il s'agit de la famille. Sur une autre, les sourires sont moqueurs, on dirait des amis qui se tapent un délire. La troisième s'apparente à des collègues. La quatrième regroupe tout le monde.

– Faut trouver quoi ?

– Cette personne ici, ici et ici, désigne Charon, avec la pointe d'un crayon.

– Le frère de l'un des deux ?

– Ils sont tous les deux enfants uniques. J'ai vérifié.

– Un cousin alors ?

– Impossible. Pas de frère et sœur du côté des parents non plus.

– C'est qui alors ?

– Dans le portable d'Avonne, il y a les photos qu'il a prises au pied de l'immeuble de Duvernay le jour de son agression. Tu lui avais reproché de ne pas avoir scanné la rue Caulaincourt, alors, il s'est rattrapé. Tiens, je les ai imprimées. La qualité n'est pas top mais regarde attentivement ce type à gauche sur celle-ci et regarde là, sur celle du groupe au mariage.

Au bout de dix secondes, Le Peletier relève la tête.

– Ce truc m'embête depuis ce matin. Cette personne est dans la foule sur les photos d'Avonne et invitée au mariage de Chapelle et Canone. Et il y a mieux. Regarde cet agrandissement du type qui était avec Chapelle dans la cave et qui est revenu dans la C6 du ministre.

– C'est le même. Ça signifie que c'est un proche de Canone.

8 h 30

– Flash spécial en direct du palais de l'Élysée. Nous y retrouvons notre envoyée spéciale où on attend d'une minute à l'autre l'annonce du nouveau gouvernement.

– Oui, le micro vient d'être installé sur le perron du palais. C'est le signe que le secrétaire général de l'Élysée va prendre la parole. Ce timing prend tout le monde de court. Jamais une telle annonce n'a eu lieu un dimanche matin. En effet, elle était prévue demain, suivie d'un premier Conseil des ministres mardi matin. Ce que je peux vous dire, à l'heure où je vous parle, c'est… Il sort, nous l'écoutons.

– Bonjour mesdames, bonjour messieurs. Sur la proposition du Premier ministre, le président de la République a nommé : Mme Annick Lekart, ministre d'État, ministre de l'Intérieur ; M. Alain Lorette, ministre d'État, garde des Sceaux, ministre de la Justice ; Mme Valérie Beylon, ministre des Affaires étrangères ; M. Mathias Canone, ministre de la Culture…

– Merde ! hurle Le Peletier. On ne pourra rien faire contre Canone.

– Je ne suis pas aussi convaincue que toi, lâche Charon. Certes, sa fonction le protège, mais rien ne nous empêche d'aller nous entretenir avec lui, comme nous le ferions avec le commun des mortels.

Le secrétaire général de l'Élysée poursuit :

– Le premier Conseil des ministres se réunira mardi matin, à 10 heures. Un changement dans la plupart des organigrammes des ministères entrera en vigueur le jour même. La volonté du Président est de mettre rapidement en œuvre les réformes. À l'issue de ce conseil, le Premier ministre présentera la feuille de route du gouvernement dans le cadre d'une conférence de presse.

– Faut interroger Canone cet après-midi. Avant, on va voir Bosquet.

9 heures

– Vous êtes bien sûres de vous ?

– Certaines, lance Charon sans laisser Le Peletier répondre.

Bosquet affiche beaucoup d'incertitude.

– Faut le faire aujourd'hui. Après, je crains qu'il ne soit trop tard, lâche Le Peletier pour emporter l'approbation du taulier. Ce n'est pas à vous que je vais apprendre que les heures ont leur importance dans une enquête, encore plus avec ce genre d'individus.

Bosquet se frotte le visage.

– Il va falloir que j'en réfère au ministre de l'Intérieur.

À ce moment-là, son téléphone sonne. Il prend l'appel en faisant légèrement pivoter son fauteuil. Bosquet échange dans une tonalité polie, ce qui laisse penser qu'il parle avec un supérieur. Le Peletier et Charon guettent le moindre signe qui indiquerait qu'elles peuvent agir.

Quand il raccroche, il se prend la tête dans les mains et peigne ses cheveux en arrière de manière répétée. Un geste pour se rassurer. Il fait de nouveau pivoter son siège et fixe attentivement Le Peletier.

– L'Élysée confirme mon départ mardi. Ma nomination passe en Conseil des ministres le même jour à 10 heures.

Charon encaisse la nouvelle, Le Peletier n'a pas eu le temps de lui en parler.

– L'Élysée me prévient aussi que le *Canard Enchaîné* va publier un article sur Canone dans son édition de mercredi. Inutile de préciser qu'il ne s'agit pas de faire son éloge. L'article le charge à propos de notre enquête. Le journaliste semble bien informé et la présidence considère, à tort ou à raison, que cela vient d'une taupe chez nous qui a balancé des trucs qui vont faire du bruit. Le Château attend les questions du journaliste. Canone va être débarqué avant même qu'il n'ait posé son derrière sur un siège du salon Murat et sa bobine sur la photo du nouveau gouvernement. Bon, vous avez mon accord pour l'interroger cet après-midi.

– Qui a pu balancer ?

– Si je tenais ce connard entre les mains, je lui tordrais le cou pour entendre se briser chacune de ses vertèbres. Je me demande s'il y a encore quelque chose à comprendre dans cette affaire. L'Élysée veut étouffer cette histoire et neutraliser la grenade avant qu'elle n'explose. Si c'est le cas, on y passera aussi, faut pas se faire d'illusions. Allez l'interroger avec bienveillance, sans trop le ménager non plus et venez me voir quand vous en saurez plus.

– Ça va être facile à faire avec ce que vous venez de dire.

– Vous me faites quoi, Le Peletier ? Vous débarquez dans mon bureau en amazones, prêtes à le torturer pour qu'il avoue, et maintenant que vous avez ma bénédiction, vous jouez aux vierges effarouchées ?

– Vous voulez nous accompagner ?

– Inutile à ce stade de donner de l'importance à ce premier contact. Je reste en réserve pour la suite. Revenez après l'avoir quitté pour me faire un compte rendu.

– On peut faire cela demain si vous le souhaitez ?

– Vous n'avez plus le choix. L'Élysée l'a prévenu de votre venue.

Le Peletier est dans son bureau pour préparer son échange avec Canone quand son téléphone vibre. Laplace.

– Alors ?

– …

– Comment ça, un problème ? Deux secondes, je mets sur haut-parleur, je suis avec Charon.

– Je me suis présenté à 10 heures. Quand je suis arrivé devant sa chambre, le panneau « en soins » était tiré sur la porte. J'ai patienté une dizaine de minutes et, comme ça durait, j'ai frappé. Pas de réponse, donc je suis entré et Chapelle n'était plus là. J'ai cherché l'infirmière du service. Je n'avais pas fini ma phrase qu'elle m'a regardé horrifiée, elle s'est mise à courir vers la chambre, en est sortie affolée pour passer plusieurs appels depuis le comptoir d'accueil avant de me dire qu'elle avait quitté l'hôpital.

– Putain, c'est pas vrai. Et personne n'a rien vu ? tente Le Peletier.

– Non. J'ai visionné les vidéos de surveillance au poste de sécurité. On la voit sortir par le hall, à 9 h 35. Mais il n'y a pas de caméras sur l'extérieur, donc impossible de savoir par où elle est partie, ni comment d'ailleurs.

Le Peletier raccroche. De la fenêtre de son bureau, elle plonge son regard sur les véhicules qui se suivent le long des berges. On est dimanche matin, pas très loin de midi et il y a peu de circulation, contrairement aux autres jours de la semaine.

– Faut prévenir le taulier, tu ne crois pas ? demande Charon.

– Pas pour le moment. Il a demandé de l'informer de notre échange avec Canone, une fois celui-ci terminé. On s'en tient à ça.

14 h 10

Gyro sur le toit, le Renault Scénic file dans Paris.

– Bosquet a reçu les questions du journaliste, dit Le Peletier, qui mâchouille une Nicorette. Clairement, ça vient de chez nous.

– Tu penses à qui ? À Bosquet ?

– Impossible, je ne le vois pas faire un truc pareil.

Charon peste contre un cycliste qui n'avance pas, lui reproche d'emprunter une voie qui lui est interdite, puis elle hurle contre un bus parce qu'il est dans sa voie. À un feu tricolore, Le Peletier se tourne vers Charon.

– Attends, ne me dis pas que… Non ? J'y crois pas. C'est toi qui as balancé les infos au *Canard* ?

Charon enclenche le deux-tons, passe la seconde et double le bus sans attendre le feu vert. Dans une ligne droite déserte, elle confirme que c'est elle, dit qu'ils tournaient en rond depuis des jours, qu'Avonne est entre la vie et la mort et qu'elles sont là à chercher une aiguille dans une meule de foin. La cheffe de groupe balance un coup de poing sur le tableau de bord.

– Tu m'expliques comment tu as fait ?

– Hier, j'ai appelé un ami d'enfance qui est journaliste au *Canard*. On a papoté et il a senti que j'avais un truc à dire. Je lui ai fait part de nos doutes sur Canone. J'en pouvais plus d'attendre je ne sais quoi qui nous tombe entre les mains.

– Et tu crois que c'était la meilleure des choses à faire ?

– Je lui ai juste balancé deux ou trois trucs, après il a fait son job.

Charon passe devant le Conseil constitutionnel et accélère dans la rue de Montpensier. Au niveau du théâtre du Palais-Royal, Le Peletier lui demande de s'arrêter. Elle doit concéder, mais elle ne lui en dira rien, que son aplomb est conforme à sa manière de faire.

– C'est la première fois que je fais ça, si c'est la question que tu te poses.

Le Peletier observe le cou de Charon. Elle imagine Bosquet, rouge de colère, le serrer avec ses mains. Et les siennes pour l'en empêcher.

Interroger un ministre est un exercice que n'ont jamais pratiqué Le Peletier ou Charon. Certes, elles ont conduit des enquêtes compliquées, arrêté des criminels dans des situations glauques, mais leur expérience ne leur donne aucune assurance que cela va bien se passer avec un membre du gouvernement, réputé plus coriace qu'un délinquant chevronné.

Même le dimanche, plusieurs collaborateurs du ministre sont présents, ainsi que du personnel. Au comptoir, sitôt leurs identités déclinées, un huissier les invite à le suivre à l'étage du ministre. Dans l'antichambre, il annonce que le ministre va les recevoir dans quelques minutes, puis il se retire.

D'une hauteur de plus de cinq mètres, la pièce est décorée d'une peinture imitant celle qui orne les palais vénitiens, et éclairée par un lustre de Baccarat. Ici, même en plein après-midi, on ne regarde pas à la dépense. Une cheminée est coiffée d'une tablette de marbre où trône une pendule qui marque le temps d'un tic-tac régulier. Deux grandes fenêtres vêtues de voilages blancs tirés sur les côtés offrent une vue sur la cour intérieure du Palais-Royal. Charon y voit des touristes se faire photographier, perchés sur les colonnes de Buren, un pied levé, comme des statues victorieuses.

15 heures

– Monsieur le ministre, la capitaine Le Peletier et la lieutenante Charon sont arrivées.

– Des bonnes femmes… Je vais les recevoir dans quelques minutes.

Enfoncé dans son fauteuil de cuir, Mathias Canone caresse ses lèvres quelques secondes et se demande comment il va les aborder.

– Mesdames, excusez mon léger retard. J'étais avec le Premier ministre à propos de l'inauguration d'une exposition ce soir au Centre Pompidou, en présence du président de la République. Dans ce genre de manifestations, il y a toujours des derniers réglages à caler.

En quinze secondes, il a cité les deux plus hauts personnages de l'État. Sa manière de montrer de quel côté du pouvoir il se situe.

Canone porte beau. L'homme a la réputation de pratiquer de nombreuses disciplines sportives. Charon repère sa cicatrice au niveau de l'arcade sourcilière gauche.

La porte se ferme derrière elles et il leur désigne des sièges, qui font face à son bureau en bois clair, quasiment blanc, aux formes arrondies et encombré de parapheurs et de pochettes, trônant sur un tapis de couleur crème. La pièce baigne dans une lumière naturelle venant de quatre fenêtres. Il déboutonne sa veste et jette son corps sur l'assise de son fauteuil, qu'il repousse légèrement en arrière.

– Que puis-je pour vous, mesdames ?

– Je crois que vous êtes au courant de la raison de notre visite, répond Le Peletier. Nous souhaitons échanger avec vous à propos d'une affaire que nous suivons actuellement.

– Et en quoi une affaire policière me regarde ?

– Elle implique Pauline Chapelle.

– Capitaine, vous parlez de mon ex-femme, nous sommes séparés depuis des années. Mon temps est précieux et comme le vôtre l'est aussi, allez à l'essentiel.

Le Peletier prend une profonde inspiration et dit :

– Nous l'avons surprise dans les sous-sols d'un immeuble près des puces de Saint-Ouen il y a quelques jours avec un individu qui est reparti à bord d'un véhicule de votre ministère, une C6 immatriculée FT324PT. L'individu a été déposé rue de Valois pour emprunter l'entrée qui vous est réservée.

– Écoutez, je suis ministre, pas concierge ou garagiste. Je ne connais pas les immatriculations des véhicules de ce ministère.

– L'immatriculation FT324PT correspond à votre voiture de fonction.

Canone se lève et avance vers une fenêtre. Les mains dans le dos, il regarde les colonnes de Buren.

– Capitaine, je n'aime pas la tournure de notre échange. Que cherchez-vous ?

– À résoudre une enquête criminelle.

– En quoi cela me concerne ?

– Nous enquêtons sur le meurtre d'un homme qui s'est révélé être un faussaire. Mme Chapelle, que nous avons interrogée, a avoué connaître des gens pratiquant cette activité. Mais également faire des affaires avec eux.

Charon la fixe d'un coup.

– Comment voulez-vous que je sache ce qu'elle fait ? Je viens de vous dire que nous sommes séparés. Et qu'est-ce qui vous fait croire qu'elle est impliquée dans ce trafic ?

– Au cours de notre enquête, nous avons retrouvé une toile, *Le Peintre sur la route de Tarascon*. Vous la connaissez ?

– Van Gogh a peint plus d'une centaine d'œuvres, je ne les connais pas toutes.

– Je vous cite une œuvre que vous dites ne pas connaître mais vous l'attribuez à Van Gogh.

– Je l'ai déduit en faisant le lien avec mon ex-femme, une spécialiste de ce peintre.

– Vous ne trouvez pas curieux qu'une commissaire-priseur travaillant dans une maison prestigieuse soit soupçonnée de trafiquer avec des faussaires ?

– Vous venez de parler de soupçons, pas de preuves.

– Mme Chapelle nous a donné l'adresse de ce faussaire. Sur place, nous avons trouvé un carnet dans lequel il répertoriait les toiles qu'il a peintes. Il contient la dimension des toiles, les périodes de réalisation ou encore les destinataires. Malheureusement, il n'y a jamais leurs noms, juste des initiales.

Charon observe que Canone se montre soudain plus attentif. Elle agit comme un procédurier en consignant dans un carnet noir ses descriptions relevées sur une scène, les réactions, les tics et les propos tenus par les personnes interrogées. Quand Le Peletier a évoqué les initiales du cahier de Duvernay, elle note : *15 h 22, bouche ouverte et interdite, œil gauche froncé, regard fuyant par moments.*

Soudain, la sonnerie du téléphone retentit. Canone écoute et réclame des verres d'eau sans ponctuer sa demande d'un remerciement.

Il regagne la fenêtre et passe ses mains sur son visage. Il y a quelque chose dans sa manière de faire qui dégoûte Charon.

Une femme brune en tailleur et les cheveux attachés en chignon entre dans le bureau, elle tient un parapheur, qu'elle pose sur le bureau. Elle en chuchote à l'oreille de Canone qu'un coursier patiente dans le hall. Le ministre lit les premières lettres.

– Quel con faut-il féliciter pour me demander un dimanche après-midi de signer en urgence des courriers que je réclame depuis trois jours ?

– C'est le dir'cab qui m'a remis ce parapheur, rougit la collaboratrice.

– Vous ne pouvez pas dire « directeur de cabinet » comme tout le monde ? Maintenant, que l'on ne me dérange plus.

– Je vous rappelle que vous partez dans une heure pour l'inauguration de…

– Vous comprenez le français ? Je viens de dire que l'on ne me dérange plus.

À peine a-t-elle claqué la porte que Le Peletier, perdue dans ses pensées, est ramenée à elle par la voix de Canone.

– Vous en étiez où, capitaine ?

– Aux initiales inscrites sur le carnet retrouvé chez le faussaire, notamment MC à neuf reprises.

– Si je vous suis, vous me soupçonnez être ce MC ? Vous savez, beaucoup de personnes ont mes initiales. Je trouve déplaisant votre façon de chercher à me faire passer pour un délinquant, car il s'agit bien de cela.

Le Peletier se redresse dans son siège et balance que c'est son ex-femme qui leur a indiqué qu'il s'agissait de ses initiales. Là encore, Charon la fixe, les sourcils froncés.

– Elle ment. Maintenant, j'appelle mon collègue de l'Intérieur.

Canone appuie sur l'interphone et demande Beauvau à son assistante.

– Évidemment le ministre, pas la reprographie de Beauvau ! hurle Canone, les yeux levés vers le plafond.

Le portable du ministre vibre sur le bureau sans qu'il prenne l'appel. Charon aperçoit les initiales PC s'afficher sur l'écran. Le ministre quitte son siège pour ouvrir une fenêtre. Charon en profite pour écrire sur son carnet à Le Peletier que Chapelle cherche à le joindre. Canone sort de la poche de sa veste son paquet de cigarettes et en allume une.

– Vous n'allez pas me verbaliser parce que je fume dans un lieu public ?

– Nous ne sommes pas là pour ça.

Le téléphone sonne.

– Ah oui, passez-le-moi. (Canone met une main sur le combiné.) Votre patron ! Henri ? Comment vas-tu ? Je ne te dérange pas au moins ?

– …

– Je suis avec la capitaine Le Peletier et la lieutenante Charon.

– …

– Pour tout te dire, je suis surpris par la tonalité qu'elles…

– …

– Oui, elles sont en face de moi.

– …

– Mais… Je t'assure que…

– …

– C'est ça, à plus tard.

Le Peletier comprend que le monde de Canone vient de le lâcher, quand on frappe à la porte.

– Monsieur le ministre, votre voiture est prête pour vous conduire au vernissage.

Dans l'embrasure de la porte, une assistante attend une réponse.

– J'arrive… Laissez-moi cinq minutes. Écoutez, je dois me rendre à cette inauguration, elle va durer deux heures au maximum. Je vous propose de poursuivre notre échange dans vos locaux.

Canone vient d'abattre une carte que ni Le Peletier ni Charon ne sont capables de couvrir pour remporter la mise. Elles ne peuvent pas faire autrement que d'accepter.

Après leur départ, le ministre convie son directeur de cabinet, le met au courant à sa façon de la situation, sans entrer dans les détails. Le collaborateur ne pose pas de questions. La menace de la publication de l'article dans l'édition de mercredi prochain fait son effet.

Charon suit les boulevards, sans emprunter les couloirs de bus, à coups de deux-tons. Un pied posé sur le tableau de bord, Le Peletier se torture les lèvres. Elle n'exprime pas de colère, juste de l'inquiétude. Elle décide d'aller parler à Bosquet de la venue de Canone en arrivant. Comme des journalistes traînent dans le hall d'accueil, elle imagine qu'il va entrer par le parking souterrain dans un véhicule aux vitres fumées. Elle n'a pas le temps de pousser sa réflexion plus loin que Charon rompt le silence :

– Tu crois qu'il va venir ?

La capitaine ne répond pas tout de suite. Elle étire ses bras devant elle, puis confirme avec assurance qu'il viendra et ajoute que ce n'est pas ce qui la tracasse pour le moment.

– C'est quoi alors ?

– Le taulier. Ce rendez-vous ne va pas du tout lui plaire.

– Je me demande ce qui peut lui plaire, à celui-là.

Les immeubles défilent à vive allure. La pression s'accentue, et il est assez clair que leur deuxième échange avec Canone ne ressemblera pas au premier.

18 heures

– Le Peletier, quand je vous demande d'agir en douceur, cela n'implique pas de le ramener ici le soir même !

Dire que Bosquet est furieux est un euphémisme. Son visage vire au rouge de rage. Cette venue est une tempête de merde.

– Dites-moi ce que je pouvais faire puisque, visiblement, vous auriez eu une meilleure idée, répond Le Peletier. Il ne m'a pas laissé le choix, il avait une inauguration avec le PR.

Bosquet marmonne sans être audible.

– Puisque vous n'aviez pas d'alternative, il faut cerner ce que cela implique et ce qu'il a en tête.

– Il se trouve où, déjà, en ce moment ?

– Au Centre Pompidou.

– Il doit être en train de chercher des arguments pour invalider la procédure. Il viendra avec son avocat. Comment voyez-vous les choses ?

Dans les grandes lignes, elle explique le dispositif imaginé : une entrée discrète, un échange dans son bureau. Plus elle parle, plus elle mesure l'importance des détails difficiles à anticiper.

Bosquet se jette dans son fauteuil qui tourne sur lui-même. Il s'arrête de virevolter.

– À quelle heure il arrive ?

– 21 heures.

– Je préviens le patron. Canone est un stratège. Il va chercher à vous mettre en bouillie. Ne vous laissez pas berner, ne dérapez à aucun moment, soyez à son écoute et jamais arrogante. Ce qui le motive, c'est de vous rabaisser parce que vous êtes flic. Enfin, je vous dis tout cela mais j'imagine que vous avez cerné le bonhomme. D'ailleurs, vous ne le recevez pas seule ?

– Non. Vous… Vous voulez être présent ?

– Ce n'est pas une bonne idée. Et inutile de me dire ce que vous en pensez. Non, recevez-le avec Charon et j'interviens si les choses tournent mal. Dernière chose, Le Peletier, votre bureau a bien une vitre sans tain ?

21 heures

Le Peletier ajuste son blouson comme pour un premier rendez-vous et repositionne les fauteuils qui font face à son bureau. Elle insiste sur celui du milieu. Elle parie que Canone va le choisir.

Bosquet a vu juste, il arrive accompagné.

– Capitaine, je suis venu avec mon collaborateur, que vous avez déjà rencontré, dit Canone en sortant de l'ascenseur, et maître Corvisart, avocat au barreau de Paris.

En se dirigeant vers son bureau, la capitaine entend derrière elle leurs talons résonner sur le plancher. Canone demande si cela va durer longtemps. Il prétexte un échange téléphonique avec son homologue malaisien à 23 heures. Elle répond une heure environ, sans trop savoir si tout cela est vrai.

Dans le bureau, Le Peletier présente Charon à l'avocat, qui la salue d'un signe de la tête, et les invite à s'asseoir.

Comme prévu, Canone prend le siège du milieu, l'avocat celui de gauche et le collaborateur celui de droite.

– Souhaitez-vous boire quelque chose ?

– Capitaine, dit l'avocat, mon client vient de vous dire qu'il a peu de temps. Allons à l'essentiel. Je souhaite que soit consigné dans le procès-verbal qu'il s'est présenté dans vos locaux à sa propre demande. Il s'interrompt et ajoute : si procès-verbal, il y a.

Le Peletier hésite avant de dire qu'ici, c'est elle qui pose les questions.

Canone :

– Je prendrais bien un verre d'eau.

Charon s'éclipse et passe une tête dans la pièce voisine.

– Dites à Le Peletier d'être un peu moins arrogante, exige Bosquet.

Du taulier tout craché, pense-t-elle.

Cinq minutes plus tard, elle est de retour. Canone saisit le verre sans la remercier, comme avec son assistante. Il boit lentement puis le repose et dit à Le Peletier :

– Je vous trouve courageuse d'être face à un ministre. Je vous écoute.

C'est alors que Charon intervient, au grand étonnement de Le Peletier.

– Monsieur, pouvez-vous…

– Monsieur le ministre, la coupe Corvisart. C'est comme ça que l'on dit, mademoiselle, quand on s'adresse à un ministre.

– Dans ce cas, ce sera lieutenant quand vous m'adresserez la parole, réplique Charon. Donc, monsieur le ministre, pouvez-vous décliner votre parcours ?

– S'agit-il d'un interrogatoire ? demande Corvisart.

– Laissez la police faire son travail, l'interrompt Canone. Sinon, on va dire que nous faisons pression, alors que je suis venu ici de mon plein gré.

À ce moment-là, Canone sort un portable de sa veste, qu'il pose sur le bureau.

– Le président de la République ou le Premier ministre sont susceptibles de m'appeler et je ne peux évidemment pas manquer leur appel. J'imagine que je dois me présenter. Je m'appelle Mathias Canone. C'est mon seul prénom. Je suis né le 25 juin 1965, en Gironde. Mes parents étaient des commerçants avant que mon père ne devienne un élu de la République. Après mon bac, à Libourne, j'ai effectué mes études universitaires en art, à Bordeaux puis à Paris. Je militais alors dans un parti de la droite modérée. Dans le Bordelais, j'ai été élu conseiller général, puis député du Sud-Girondin à l'âge de trente-trois ans. Mon parrain politique, le président de la région de l'époque, était un ancien ministre du général de Gaulle. Il m'a poussé à prendre des responsabilités dans le parti. D'abord délégué national en charge des questions culturelles, puis secrétaire général adjoint. Deux ans après, mes camardes m'ont élu secrétaire général. J'ai négocié des sièges à l'Assemblée nationale pour ma formation. J'ai ensuite été nommé secrétaire d'État en charge de la prospective puis ministre de la Culture, fauteuil que j'ai conservé lors du dernier remaniement.

– Merci, monsieur Canone.

Le Peletier regarde l'avocat pour lui montrer qu'elle s'assoit sur sa leçon.

– Votre inauguration s'est bien passée ?

Depuis leur rencontre au ministère, il ne sent pas ces femmes flics. Il les a ignorées, a fait preuve de colère. Chaque fois, elles ont rebondi. Elle a aussi pigé qu'il a fait un passage éclair à l'inauguration pour passer ensuite du temps avec son avocat pour adapter ses éléments de langage.

Que lui répondre ? Qu'au Centre Pompidou, ses amis ne lui ont pas dit un mot et qu'ils l'ont déjà lâché ?

Il ajuste le nœud de sa cravate comme si ce dernier était dénoué. Il ne l'est pas. Il tire sur les poignets de sa chemise avec ses doigts, pour la défroisser à l'intérieur de sa veste. Elle ne l'est pas. Il époussette les manches de sa veste comme si elles étaient couvertes de particules. Elles ne le sont pas.

L'apparition de rougeurs dans son cou, le froncement de ses sourcils à intervalles réguliers et le tortillement de son buste dans tous les sens n'échappent pas à Le Peletier.

– Elle s'est très bien passée. Il s'agit d'une rétrospective consacrée à Soulages.

– À propos de toiles, en achetez-vous à titre personnel ?

– Vous n'êtes pas obligé de répondre, Mathias, coupe Corvisart.

– Je n'ai rien à cacher. J'aime l'étrangeté dans la peinture. La peinture se regarde et se comprend si vous avez les connaissances techniques pour l'estimer. J'ai ce savoir pour apprécier la grâce d'un visage, la puissance d'un trait, la surprise d'une couleur, l'émotion d'une mise en scène, le calme d'un personnage. Pour répondre à votre question, il m'arrive d'acheter des toiles. J'aime enchérir pour voir qui j'affronte en duel et, bien entendu, gagner la bataille.

– Jusqu'où allez-vous en termes de prix et où les achetez-vous ?

– Je me fixe toujours une limite pour ne pas tomber dans l'indécence. Je vais dans des salles des ventes. C'est le circuit le plus sûr et la garantie d'avoir des tableaux certifiés. Il m'arrive de fréquenter certaines biennales mais j'y fais rarement des acquisitions.

– Vous possédez combien de toiles ?

– Une dizaine. Avant que vous ne me le demandiez, tous ces achats sont légaux. Je détiens les factures et les certificats d'authenticité.

– Qui vous dit qu'ils sont vrais ?

– Lieutenant, ce n'est pas parce que vous soupçonnez mon ex-femme de collaborer avec des faussaires et que mes initiales se trouvent dans le carnet d'un de ceux-ci que cela vous autorise à me soupçonner, moi. Ce que votre question sous-entend n'est pas correct. Mon père a été blanchi dans l'affaire que vous évoquez à demi-mot. Et je ne possède rien, vous m'entendez bien, rien qui lui appartenait. S'il m'avait légué une toile, je m'en serais immédiatement débarrassé.

À cet instant, le portable de Canone vibre sur le bureau. Le Peletier lit sur l'écran tourné vers le ministre les initiales PC. Canone pétrit ses lèvres. PC insiste mais le ministre ne répond pas. Le Peletier en profite :

– Je souhaite revenir à votre ex-femme. Selon vous, que faisait-elle dans une cave, avec un inconnu ? Elle est arrivée avec un sac noir. Elle est restée une trentaine de minutes. L'individu est reparti avec le sac dans votre C6 et est entré par la porte qui vous est réservée.

– Je vous l'ai déjà dit cet après-midi, je n'en sais rien.

– Et vous ne savez pas non plus qui était l'individu qui a utilisé votre véhicule ?

– Non.

– Ni ce que contenait ce sac ?

– Un tableau.

C'est le directeur de cabinet qui vient de parler d'une voix timide. Élégant dans un costume bien taillé qui moule un physique fin et grand, il précise qu'il s'agit d'une œuvre que Mme Chapelle a achetée lors d'une vente. Et que c'est lui qui a envoyé quelqu'un la chercher.

– Capitaine, je découvre tout ça à l'instant, dit Canone.

– Je vous écoute, monsieur.

– Il… Il s'agit… d'un cadeau que le cabinet souhaite offrir au ministre à l'occasion de son anniversaire. C'est Mme Chapelle qui m'a donné l'adresse pour aller le récupérer. Je ne pouvais pas me douter qu'il s'agissait d'une cave.

Le Peletier jette un regard à Charon, qui pense aussi à l'individu repéré sur les photos du mariage de Canone et Chapelle et demande de qui il s'agit.

– Je ne sais pas, je n'étais pas au ministère ce soir-là et j'ai constaté ensuite que la toile était là. Je ne me suis pas posé de questions, j'avoue.

– Vous pouvez peut-être nous dire pour quelle raison ce tableau a été récupéré dans une cave et non dans la salle des ventes ?

– C'est Mme Chapelle qui a souhaité que la transaction se fasse dans ces conditions.

Le Peletier lève les yeux en l'air avant de regretter son tic et demande s'il a les documents officiels du tableau.

– Oui, voici le certificat d'authenticité et la facture d'achat. Je vous ai également apporté ceux des toiles déjà en la possession de M. Canone.

Le Peletier est ébahie par le numéro du trio. Charon saisit les documents et les feuillette rapidement. Au premier abord, ils semblent réguliers. Mais comme des faux peuvent apparaître vrais, ceux-ci méritent une étude approfondie.

– Monsieur Canone, dit Le Peletier, le mot PICTURA vous dit-il quelque chose ?

Il quitte sa chaise et pose ses mains à plat sur le bureau, les bras tendus. Médusé, l'avocat le regarde sans faire un mouvement. Son collaborateur connaît les signes de rage chez son patron.

– Rien. Maintenant, ça suffit. Vous dépassez les bornes capitaine. Je viens aider la police de mon pays et je me retrouve accusé de je ne sais quoi, avec des questions tordues. Je n'ai plus rien à faire ici. Je trouve… Comment dire… Je trouve que vous faites un boulot de…

– L'article 433-5 du Code pénal punit d'un an d'emprisonnement et de 15 000 euros d'amende l'outrage à une personne dépositaire de l'autorité publique. Demandez à votre avocat.

– On y va.

À cet instant, le directeur de cabinet tend son portable au ministre. Le Peletier comprend qu'un problème vient de surgir. Canone lui prend l'appareil. Charon se penche par-dessus son épaule et découvre des clichés du ministre entrant dans les locaux de la PJ, qui circulent sur un réseau social, avec le commentaire : « La prochaine visite est pour Fresnes ? Enfin ! »

Aussitôt, le directeur de cabinet propose la publication d'un communiqué expliquant la visite du ministre par la préparation d'un plan de sécurité pour la protection des musées parisiens.

– Excellent, réplique Canone. D'ailleurs, on peut faire une photo de cette visite et la publier.

Corvisart approuve de la tête. Le rictus de l'avocat donne la tonalité de la suite. Le ministre réajuste son costume et tend une main en direction de Le Peletier. Il salue de la même façon Charon. Elle retient les emportements verbaux qui lui brûlent la langue. Bosquet les rejoint dans le couloir et discute avec l'avocat. Avant de quitter le bureau, Canone regarde Le Peletier.

– Capitaine, on ne peut pas gagner à tous les coups.

22 h 15

Canone quitte la PJ, la fenêtre du véhicule entrouverte. Le Peletier et Charon s'écartent de la leur, à l'instant où elles croient qu'il les regarde. Elles n'ont surtout pas envie de le voir sourire.

– On fait quoi maintenant ? demande Bosquet en entrant dans la pièce.

– Vous aviez raison, il est très malin. Faut qu'on arrive à le coincer.

– Retrouvez ce type qui est venu chercher la toile, c'est votre seule chance. Dans tous les cas, son collaborateur l'a bien jouée avec son histoire de visite d'un groupe de police. Au fait, vous avez trouvé qui a balancé des infos ?

– Non. Je n'ai pas eu le temps de chercher.

– Oubliez, même si j'aurais aimé féliciter son auteur, il va plus nous aider que je ne le pense. Bon, je file. Et merci à vous, lieutenant.

Bosquet qui la remercie. Une première.

– Bon, on fait quoi maintenant ?

– Le taulier vient de poser la même question, répond Charon.

– Je sais mais j'ai besoin d'une réponse qui me sorte de ce brouillard.

Soudain, Charon tape dans ses mains comme si elle écrasait une mouche. Elle plonge dans le dossier des tableaux achetés par Canone, laissé sur le bureau de Le Peletier.

– Grâce à ces papiers, on va entrer dans son jeu.

– Je vais nous chercher un café et tu m'expliques.

À la machine à café, Le Peletier se dit que Charon va lui sortir sa théorie du piège. C'est même sa marque de fabrique. Plus le piège est simple, plus facilement la cible tombe dedans.

La méthode s'est souvent révélée concluante dans des affaires que le groupe a traitées. Quand la capitaine réapparaît, Charon vide le gobelet d'un trait, s'essuie la bouche avec le revers de sa main et pose ses doigts sur le clavier.

– Il faut enchérir sur une toile qu'il rêve d'acquérir. J'ai remarqué qu'il aime les batailles. Nous, on va lui faire la guerre.

– Tu oublies qu'il n'achète que dans des salles de vente. Si je te suis, tu veux l'attraper via PICTURA. Il ne marchera pas.

– Il connaît PICTURA. Alors, inscrivons un tableau qui le fasse rêver. Quand nous l'avons interrogé, je n'ai pas le souvenir qu'il nous ait donné le nom de son peintre préféré. Faut regarder les certificats d'authenticité remis par son collaborateur, c'est là que nous allons trouver la réponse. Faut aussi relire des interviews qu'il a données, ça peut nous aider.

Charon passe une vingtaine de minutes à parcourir différents documents avant de former sur le bureau trois paquets.

– Sa collection est homogène, avec un intérêt pour le XIXe siècle et le contemporain. Dans le troisième paquet, on trouve deux icônes religieuses. Le point commun à ces trois paquets est que tous les tableaux sont de petite taille.

Charon se connecte à Internet. Cherche des tableaux cotés dans ces styles peu connus et effectue des rapprochements avec ce que contient le cahier de Duvernay.

– C'est bon ! dit-elle en pointant une image à l'écran.

Le Peletier quitte les locaux de la PJ, avec l'espoir que la mise sur PICTURA va fonctionner. Elle regagne son domicile, décidée à se défouler. L'air est frais après une journée sous un soleil de plomb. Elle se transforme en joggeuse pour fouler le bitume parisien à vive allure, même si cela fait un an qu'elle n'a pas couru. C'est toujours mieux que de se taper une bouteille de whisky. Les baskets aux pieds, elle se lance. Si les dernières cigarettes se rappellent à elle dans les premières foulées, très vite, courir à un rythme plus soutenu la vide de sa hargne et de son dégoût. Elle transpire beaucoup. Jamais elle ne s'arrête. Même une douleur au genou ne la freine pas.

Trois quarts d'heure après, elle cavale à l'épicerie en bas de chez elle. Ce soir, pâtes, sauce toute prête et un sachet de parmesan râpé.

Le corps meurtri et l'esprit vidé, elle attend sagement les huit minutes de cuisson indiquées sur le paquet de pâtes, vide la sauce dans la casserole et remue le tout. Vingt minutes après, elle s'installe sur son canapé et dévore une cinquantaine de pages d'un polar, qu'elle juge plutôt réaliste. C'est l'histoire d'un *serial killer* qui sévit dans une bourgade américaine.

Sous sa table basse, une bouteille de vodka lui fait de l'œil. Elle la fixe. La saisit. Dévisse le bouchon. L'alcool lui agresse les narines et lui retourne presque l'estomac. Après une hésitation, elle pose le goulot sur ses lèvres. Va-t-elle aller plus loin ? Va-t-elle descendre la bouteille ? Elle jauge jusqu'où elle peut aller.

Par la fenêtre, son regard se perd dans Paris qui s'étale à ses pieds. Elle n'est pas dupe de son impuissance, qui pourrit ce qui reste en elle de lucidité. Prise au dépourvu en plein cœur d'une enquête après des nuits passées à peu dormir, sa faiblesse la terrifie.

Elle pose la bouteille sur la table basse et éteint la lumière.

Allongée dans son canapé, elle fixe les toits de Paris. Elle s'y abandonne avant de s'endormir.

Charon traverse la ville sur son scooter, les yeux fixés sur le milieu de la voie, et l'esprit focalisé sur Avonne.

– Devant la Pitié-Salpêtrière, elle range le casque dans le caisson arrière. Elle se recoiffe à la va-vite dans le rétroviseur. Elle ne laisse pas le temps au gardien de nuit de l'aborder. Elle brandit sa carte de flic à la hauteur de son visage et met un doigt devant sa bouche pour signifier qu'il ne faut pas poser de questions.

À l'accueil du service, une infirmière la reconnaît et l'interpelle :

– Nous avons cherché à vous joindre, madame.

À l'intérieur de Charon, ça vole en éclats. Elle a l'impression que l'infirmière cherche ses mots pour annoncer quelque chose de grave. Elle connaît ça, elle aussi doit souvent avertir les gens d'une mauvaise nouvelle.

Putain, Avonne est mort. C'est ça ? Ils ont cherché à me joindre pour me prévenir qu'il est mort, se répète-t-elle. Putain, je suis seule, pense-t-elle, et je vais encaisser sa mort.

Charon n'est plus dans le réel. Son corps se vide. Ses yeux s'inondent.

L'infirmière l'invite à s'asseoir. Charon lui ordonne de dire les choses maintenant. L'infirmière pose une main sur son avant-bras. Ce geste, Charon le prend comme une agression.

– Ce que je veux vous dire, c'est que vous ne pourrez pas le voir ce soir.

– Il s'est passé quelque chose ?

– Non… Enfin, si. Il a bougé ses doigts vers 19 heures, au moment où nous lui avons pris la tension. C'est pour cela qu'on a cherché à vous joindre.

Charon renifle, s'essuie le nez sur la manche de son blouson, passe ses mains dans ses cheveux.

– C'est une bonne nouvelle, qu'il ait bougé ses doigts ?

– Oui, mais il n'a pas encore repris connaissance.

Charon accuse le coup. Sa gorge a un mouvement de montée et de descente.

– Ça veut dire quoi ?

– Qu'il va falloir être très patiente maintenant.

Charon fond en larmes.

Cette nuit, je n'arrive pas à trouver le sommeil.

Dans ces cas-là, j'ai peu de solutions à portée de main. Soit je picole du bordeaux, j'aime ce vin et rien que ce vin, les autres me donnent mal au crâne, soit je peins. Mais, ce soir, je manque d'inspiration.

Après avoir vidé trois quarts d'un saint-émilion, je me connecte à PICTURA.

C'est moi qui gère les transactions du commanditaire. Quand la page apparaît sur l'écran, je suis scotché. Quelqu'un propose un tableau.

Je dois l'avertir tout de suite.

LUNDI

8 h 30

En arrivant au bureau, Le Peletier affiche une tête qui signifie qu'elle ne veut plus des bouts de pistes foireux. Un bonjour de la tête, elle pose ses affaires et tape dans les mains trois fois.

Son groupe l'encercle. La capitaine reprend les affaires en cours, distribue celles qui viennent de tomber et passe les messages importants. Cela dure une dizaine de minutes, puis elle fait part au groupe de l'appel d'un collègue du SDPJ du Val-de-Marne.

Les gars du 94 ont découvert un corps dans un squat situé sur les bords de la Marne. Mutilé, un peu comme Riquet et Duvernay. Alors que tous se disent entre eux qu'à partir de trois corps assassinés dans des conditions analogues ils ont affaire à un *serial killer*, exactement la piste suggérée par Monceau le soir de la découverte de Riquet, Le Peletier ajoute que les collègues ont retrouvé une carte SIM sur la victime et découvert, à sa lecture, qu'elle contenait des fichiers sur des tableaux. Elle charge Laplace d'aller la récupérer immédiatement et précise qu'elle a demandé au SDPJ du Val-de-Marne de poursuivre les premières investigations à leur niveau.

– Salut, désolée pour le retard, s'excuse Charon.

Le Peletier la dévisage. Du maquillage a coulé. Elle comprend qu'il y a un blème. Elle claque de nouveau des mains, signe que le briefing est fini, et dit :

– Et comme dirait le taulier…

– Va falloir se sortir les doigts du cul, crie un lieutenant.

– Alors, on se bouge.

Dans l'embrasure de la porte, le regard de Charon est perdu dans le vide.

– Avonne ?

Charon sanglote d'un coup.

– Putain, non ? Ne me dis pas…

Charon se reprend. Elle secoue la tête pour que Le Peletier n'imagine pas le pire. Elle raconte sa visite à l'hôpital, les nouvelles données par l'infirmière, dont elle n'arrive pas à déterminer si elles sont bonnes ou mauvaises.

Le Peletier, qui ne sait pas quoi en penser, a envie de dire qu'Avonne est entre de bonnes mains. Mais ce genre de paroles n'apporte rien.

D'un coup, Charon se dirige vers le fond du couloir, en évitant de croiser ses collègues. Dans les toilettes, elle se passe de l'eau sur le visage et en met partout sur le sol. Même ses vêtements sont arrosés. Elle tire quelques feuilles de papier du distributeur et efface les noirceurs sous ses yeux. Avec ses doigts en guise de peigne, elle se donne un coup dans les cheveux pour retrouver une gueule à peu près convenable. Au final, elle se fait un chignon. Jamais elle n'en fait. Le résultat n'est pas si moche.

Quand elle sort, Le Peletier lui tend un gobelet de café fumant, qu'elle boit d'un trait.

– On a quoi ?

Revenue dans l'enquête, Le Peletier lui détaille l'histoire de Champigny et dit qu'elle a envoyé Laplace récupérer une carte SIM retrouvée sur la victime, que le SDPJ a lue et qui parle de tableaux.

Quand j'ai vu qu'une personne cherchait à vendre un tableau de Courbet intitulé Paysages de mer, *je savais que le commanditaire n'allait pas résister.*

Ça n'a pas manqué. Il voulait tout de suite cette toile. J'ai refusé car c'est trop juste pour s'organiser. J'ai proposé demain soir. Il s'est énervé. J'ai dû hausser le ton.

C'est toujours vexant de faire de la sorte.

Plus calme, j'ai détaillé comment je voyais les choses.

Il n'a rien trouvé à dire.

Comme d'habitude.

10 h 10

L'enquête monte d'un cran dans l'échelle des emmerdes. À son bureau, Charon annonce qu'un acheteur a fait une offre. Elle montre le pseudo à Le Peletier. MPCC75.

– Les initiales des prénoms et noms de Canone et de Chapelle.

– Exact.

– Tu as mis quelle toile aux enchères ?

– *Paysages de mer* de Courbet. Canone possède trois toiles de série, dont une vendue aux enchères par Chapelle il y a un an. Parmi les papiers laissés hier, l'un d'eux indiquait qu'elle lui était passée sous le nez il y a six mois.

– Qu'est-ce qu'il foutait là, ce document ?

– À mon avis, il s'agit d'une piste laissée volontairement par le collaborateur de Canone. *Paysages de mer* est un thème repris par le chef de file du courant réaliste, dont les principales pièces se trouvent à Philadelphie aux États-Unis ou au musée d'Orsay à Paris. Courbet a peint beaucoup de séries, sans qu'on connaisse avec exactitude le nombre de tableaux.

Sur l'écran, la somme de vingt-cinq mille euros s'affiche en face de la toile et le compteur de temps placé sur la même ligne ne clignote plus.

– Cette toile était accrochée chez Duvernay ? demande Le Peletier.

– On va chez lui et on repart avec le tableau.

– Attends, attends…

– Attendre quoi ? Nous n'avons plus le choix, la transaction a lieu demain soir. Et l'horaire et le lieu du rendez-vous seront communiqués dans la journée.

À cet instant, Bosquet passe une tête dans l'encadrement de la porte. Le Peletier fait celle qui cherche quelque chose sur le bureau avant de lâcher qu'elles avancent.

– Je peux vous voir, Le Peletier ? Seule.

Charon n'est pas mécontente d'être exclue de l'aparté. Elle fait un clin d'œil à Le Peletier, qui suit Bosquet.

10 h 50

– J'ai deux choses à vous dire. La première ne vous surprendra pas. Le cabinet du Président vient de m'informer que l'arrêté me nommant a été signé hier soir et l'annonce sera officielle en fin de matinée.

– Si vite ?

– Je ne suis pas le maître des horloges en la matière. Dans une demi-heure, je réunis le personnel pour l'en informer et, ensuite, je partirai. De toute façon, c'est mieux ainsi, je déteste les adieux déchirants et souvent un brin hypocrites.

– Patron, vous exagérez toujours un peu les choses.

– Si vous le dites. Je prends la tête du service de la protection. Je ne sais pas si vous le connaissez, vu votre manque d'intérêt pour l'organigramme de cette maison. Il dépend de la Police nationale et a en charge la protection rapprochée et l'accompagnement des dirigeants et ex-dirigeants de ce pays, de ses hôtes étrangers et de certaines personnalités exposées à des menaces.

Admirative, Le Peletier mesure que le poste est à la hauteur des ambitions du taulier.

– Vous êtes toujours avec moi ?

Elle sort de sa rêverie.

– Je ne vous cache pas que j'ai pensé à vous emmener avec moi mais je me suis dit que surveiller des élus comme une baby-sitter ne devait pas être votre truc.

Sur ce coup, il la cerne bien. Faire le gardechiot d'un ministre et s'occuper des plannings des hommes de sécurité, très peu pour elle. En revanche, lui revient une phrase qu'il a prononcée la veille : « Là où je serai, je vous aiderai. »

J'ai eu confirmation que l'article sur Canone figurait dans le *Canard Enchaîné* d'après-demain. Il va faire pas mal de dégâts, croyez-moi.

– Je vous crois.

– Isabelle, dès que j'ai des infos, je vous appelle.

– Entendu. Et la deuxième chose que vous souhaitiez me dire ?

– Mon successeur va arriver d'une minute à l'autre.

Ça, Le Peletier ne s'y attendait pas.

Pas aussi vite.

12 heures

Tous les groupes dirigés par Bosquet sont réunis dans la salle du réfectoire.

Parler en public n'a jamais été son truc. Son discours est sobre, sans longueur.

À voir la tête des participants, son départ prend de court tout le monde. Aucun bruit n'a couru dans les couloirs à ce sujet, contrairement aux mutations de ses prédécesseurs, dont l'annonce n'a jamais surpris personne.

À la fin de son propos, les applaudissements sont nourris. Personne n'a pu faire une collecte pour un cadeau. Un lieutenant a l'idée de mettre l'écusson de la PJ dans une enveloppe kraft. Le geste touche Bosquet quand il le reçoit, comme si on lui épinglait la Légion d'honneur. Certains sont émus et se planquent derrière les plus baraqués.

S'ensuit la présentation de Bertrand Pereire, le nouveau taulier. Ses manières sont claires : une poignée de main virile, qualifiée par certains de broyeuse, et un regard planté dans les yeux de celui qu'il salue.

Quand le tour des membres du groupe de Le Peletier est passé, ils regrettent déjà Bosquet et le regardent avec nostalgie.

Pereire prend la parole :

– Bon, vous avez fait du bon boulot. Et cela ne m'étonne pas quand on a la chance d'avoir eu comme patron le commissaire-principal

Bosquet, à qui je veux adresser mes sincères remerciements, mon admiration et mes encouragements dans ses nouvelles fonctions.

Tous applaudissent.

– Sachez que je suis très heureux de revenir en Criminelle. Bien sûr, il va falloir rester bon et même meilleur et je ne me fais pas de souci sur ce point, car je sais que je peux compter sur votre investissement.

Pereire marque une pause, observe la salle avant de poursuivre :

– Je mesure ma chance d'avoir des groupes complets en effectifs. Ce n'est pas toujours le cas dans les autres unités et je m'en réjouis.

Bosquet, en retrait, sourit.

– J'ai aussi lu vos stats, elles sont impressionnantes. Et il faudra maintenir ces résultats, qui prouvent votre capacité à avancer à un rythme toujours soutenu, plus que dans les autres commissariats, car, à Paris, nous ne devons jamais rien relâcher. Avec moi, les règles sont simples : obtenez des résultats et vous aurez mon soutien. Sans résultats, je ne vous défendrai pas. N'oubliez jamais que toutes les minutes comptent. Maintenant que les remerciements et les mots de bienvenue sont prononcés, je ne vous retiens pas davantage.

Pereire affiche un style plein d'énergie devant une assistance qui ne sait comment réagir.

Bosquet tape dans ses mains comme pour battre le rappel des troupes qu'il ne dirige plus. Il salue les chefs de groupe de manière prononcée, et finit par Le Peletier.

Il se penche à son oreille pour lui susurrer quelques derniers mots. Quand il se redresse, à son tour, elle plante ses yeux dans les siens, puis elle se penche vers son épaule.

– On ne lâchera rien, patron.

Bosquet la quitte sur un clin d'œil.

14 h 30

Cela fait à peine deux heures que Bosquet a quitté les lieux que Le Peletier est convoquée dans le bureau du nouveau taulier.

– Vous en êtes où avec votre enquête sur Duvernay et Riquet ?

Pour leur premier tête-à-tête, Pereire ne prend pas le temps de faire connaissance. Il commence l'échange par une question directe, son ton ne plaît pas à Le Peletier. Sur ses gardes, elle dit que son groupe avance.

– J'étais à peu près certain que vous alliez me répondre un truc de ce genre. Capitaine, faut que vous pigiez que je veux d'autres réponses que des « on avance » servis à la va-vite.

– C'est la réalité.

– Ma réalité à moi, car j'ai la nette impression que vous ne l'avez pas comprise tout à l'heure, ce sont des RÉ-SUL-TATS. Va falloir vous calquer sur ma longueur d'onde. Je suis un patron qui veut des enquêtes qui aboutissent très vite. Est-ce que c'est clair ?

– C'est très clair.

– Alors, détaillez vos investigations pour que je cerne où sont les résultats visibles. Vous savez, je n'aime pas les arrestations de suspects un dimanche après-midi en plein mois d'août, qui font passer les actions de la police sous les radars.

– Mon job est de résoudre des enquêtes et d'appréhender les auteurs de crimes ou de délits, pas de servir la communication institutionnelle. Et s'il faut agir un dimanche au beau milieu du mois d'août, mes gars le feront.

– Le Peletier, vous aurez compris que choper en catimini n'intéresse personne. Les résultats de la police doivent être visibles. N'oubliez pas qu'il y a votre hiérarchie et, en haut lieu, c'est à moi qu'on demande des comptes. Alors, soyez à la hauteur de votre réputation. Ne décevez pas vos fans, ni votre nouveau patron. Pour moi, un flic n'est pas un bon flic à 100 %. Il l'est à 200 %.

– On fait de notre mieux pour atteindre ce nouvel objectif.

– Ne poussez pas trop loin votre arrogance. Vous m'emmerdez trop et je vous fais muter en article 25 dans un lieu que je choisirai avec la plus grande attention et où vous aurez tout le loisir de ruminer votre attitude. Suis-je clair sur ce point ?

Le ton. La désinvolture. Maintenant la menace. Cela ne fait pas une matinée que Pereire est dans les murs que la fine couche de vernis posée devant l'ensemble des agents vole en éclats.

– Entendu.

– Ce que j'apprécie chez vous, c'est que vous ne faites pas semblant. Après tout, on ne se connaît pas assez pour s'apprécier l'un et l'autre.

– Mais ça viendra.

– Vos états de service vous aident à ce que je ne vous envoie pas chier sur-le-champ. J'apprécie qu'on me donne ce que j'attends en retour.

– C'est noté.

– Autre chose, j'ai constaté que vous n'aviez pas d'adjoint alors que tous les autres groupes en ont un. Pourquoi ?

– J'estime que les orientations des investigations reviennent au chef de groupe.

– Comme c'est moi qui décide de la configuration des équipes, je vous laisse jusqu'à demain pour me donner un nom. Si ce n'est pas le cas, je vous l'imposerai.

– C'est un ordre ?

– Qu'est-ce que vous en pensez, capitaine ?

Le Peletier ne souhaite pas éterniser cet échange. Elle n'a jamais voulu d'adjoint et elle n'en aura pas.

– Et sur vos investigations en cours ?

– On a retrouvé ceci.

Elle balance un sachet scellé sur le bureau du commissaire principal.

– C'est quoi ce truc ?

– Une carte de téléphone.

– Merci, je sais encore à quoi ressemble une carte SIM. Ma question est pourquoi vous me la foutez sous le nez ? Visiblement, vous y prêtez une importance qui m'échappe et votre lecture m'intéresse.

– Des collègues du Val-de-Marne ont découvert un cadavre mutilé, croupissant au deuxième étage d'un squat à Champigny. Comme ils ont entendu parler de notre affaire, ils nous ont rencardés. Le légiste a retrouvé cette carte SIM sur le cadavre. La Scientifique n'a trouvé aucune empreinte dessus mais y a vu des fichiers sur des tableaux. On vient de la récupérer et on va l'explorer, il peut y avoir un lien avec Mme Chapelle, commissaire-priseur et ex-femme de Canone.

– À propos de Canone, il est venu vous rendre visite dans le cadre d'une opération de terrain ?

– Ça, c'est la version officielle.

– Comment ça, « officielle » ? Le Peletier, putain, vous me crachez le morceau.

– On le soupçonne de tremper dans un trafic de faux tableaux, en lien avec son ex-femme. En fait, nous souhaitions l'interroger.

– Pardon ?

– On pense que les deux cadavres retrouvés, qui sont des peintres, travaillaient pour lui et son ex-femme, Mme Chapelle. Quand il s'est rendu ici, à sa demande je précise, des photos de sa venue ont circulé sur le Net. Son collaborateur a joué les *spin doctor* pour le sortir de cette impasse en prétextant une visite officielle dans le cadre de la politique de sécurité que le gouvernement met en place dans les musées parisiens.

Pour la première fois, Pereire ne réplique pas du tac au tac. Un silence file dix secondes avant qu'il ne dise que cette affaire sent le soufre.

– C'est notre quotidien, patron.

– Arrêtez vos sous-entendus, dit Pereire, qui attrape le sachet plastique et une paire de gants, l'ouvre et tient la carte SIM entre son index et son majeur. Dans tous les cas, la Scientifique a fait du bon boulot. Surtout à la veille des vacances, où ils doivent jouer à guichets fermés. Elle était où ?

– Coincée dans le cul de la victime.

Pereire la laisse échapper de ses doigts.

– Décortiquez-moi ce bout de merde et venez m'en rendre compte ensuite.

15 h 10

Revenue dans son bureau auprès de Charon, Le Peletier explose sa colère.

– Quel pète-couilles, le nouveau taulier ! Chefaillon dans la connerie et connard dans les gênes. J'en ai rencontré des comme lui mais là, on a hérité du prochain oscarisé. Ça fait à peine une demi-journée qu'il est là qu'il me rentre dedans. Il a sorti le bazooka et j'ai résisté comme que j'ai pu. Même lui tenir tête, il n'aime pas. Avec son ton hautain, sa façon de te faire croire qu'il est plus au courant qu'il ne l'est des affaires et sa manière de te faire sentir que t'es une merde dans le monde de la police, y a de quoi regretter Bosquet.

Elle sort la carte SIM de sa poche et demande à Charon de l'analyser.

Les mains gantées de latex, Charon insère la puce dans un support relié à son ordinateur.

En la voyant faire, Le Peletier sourit. Évidemment, elle n'a pas été retrouvée dans l'anus du cadavre mais dans la poche de son pantalon, enveloppée dans un mouchoir en papier. Le Peletier a sorti cette histoire comme cadeau de bienvenue pour le nouveau taulier.

Charon accède à des fichiers, classés par ordre alphabétique. Sur l'écran, Le Peletier les parcourt du doigt, en compte dix-sept et désigne le neuvième. À son ouverture, une série d'échanges de SMS s'affiche.

– Eh bien, voilà quelque chose d'intéressant. Regarde, il y a un numéro qui apparaît souvent. J'ai interrogé le fichier mais c'est un portable prépayé.

– Faut mettre la main sur ce type. Si ça se trouve, c'est celui qui est allé dans la cave récupérer la toile avec Chapelle.

Le téléphone de Le Peletier vibre le long de sa jambe. Elle le sort de sa poche, lit le numéro, qu'elle ne connaît pas, et s'écarte vers la fenêtre.

– J'écoute.

– …

– Vous en êtes où ?

– …

– On a un nouveau cadavre sur les bras. On a retrouvé sur lui une puce de téléphone. SMS, traces d'appels… Pas mal de trucs.

– …

– Exactement. Le même qui est venu avec l'avocat.

– …

– Quoi ? Le ministre nous nique depuis le début avec un autre portable ?

Charon relève la tête tandis que Le Peletier poursuit son échange.

– OK. 9 h 30 devant la porte du cimetière Saint-Vincent.

Quand elle raccroche, Le Peletier affiche un large sourire.

– Bosquet veut me voir. Canone a un autre portable.

– Il sort d'où, ce portable ? Tu préviens pas Pereire ?

– Non. Je file.

MARDI

9 h 30

Le Peletier est assise sur un bloc de ciment, à proximité du cimetière Saint-Vincent, pas loin de l'immeuble où Riquet a été retrouvé, lorsque Bosquet apparaît au coin de la rue. Ensemble, ils remontent l'avenue Junot.

En marchant, Bosquet livre ses premières impressions. Il parle des bureaux, plus spacieux, et des moyens mis à sa disposition, décuplés par rapport à ceux qu'il a connus jusqu'alors. Il enchaîne avec une anecdote. À peine installé, un secrétaire d'État l'avoine par téléphone parce que la personne affectée à sa sécurité est une femme, qui ne peut pas le protéger aussi bien qu'un mec.

À proximité d'un parc, ils s'assoient sur un banc. Des enfants jouent au ballon et leurs nounous discutent à une dizaine de mètres.

– Comment va Avonne ?

– Toujours pareil. Il a un peu bougé son doigt hier mais il reste dans le coma.

– Putain, faut qu'il s'en sorte, ce type est bon. Et Charon ?

Eux qui pensaient être les tourtereaux les plus discrets, leur liaison est connue.

– Elle tient le coup.

– Tant mieux. Vous aussi, vous devez tenir. C'est important pour vous et votre groupe. Comment cela se passe avec Pereire ?

– Bien.

– En vrai ?

– Je ne pensais pas que la connerie pouvait atteindre ce niveau.

– Je ne suis pas loin de croire que vous m'avez jugé de la même manière. Vous m'en avez fait voir des vertes et des pas mûres à ne pas me tenir au courant de vos investigations, à prendre des initiatives que je devais valider après coup, à passer outre mes ordres car vous les jugiez débiles.

– Désolée. Coller Pereire contre un mur est une idée qui m'a traversé l'esprit, après cinq minutes d'échange. Or, je n'ai jamais eu cette pulsion à votre égard.

– Me voici rassuré. Bon, j'ai des infos. À mon arrivée, j'ai vu les officiers de sécurité de Canone. Je connais à peu près tout sur ses déplacements.

Bosquet s'interrompt pour frapper dans un ballon qui a roulé à ses pieds. Le gamin qui reçoit la balle le remercie et crie à ses copains qu'il va marquer le prochain but.

– Vous savez, ces gars sont bavards quand vous les mettez en confiance.

– Ils ont envie de plaire à leur nouveau boss.

– Peut-être. Après, ils aiment leur métier. Tenez, sur cette feuille, vous avez ses déplacements du mois dernier.

Le Peletier attrape le papier et lit attentivement.

– Regardez le planning d'aujourd'hui. Il y a un déplacement privé à 21 h 30. Un des officiers m'a dit que c'était à Saint-Ouen. Elle est là, votre possibilité de le coincer en flag.

– Pourquoi le gorille vous en a parlé ?

– Il a trouvé bizarre qu'un ministre traîne dans ce genre de lieu. Une règle d'or pour les hommes de sécurité est de ne jamais poser de questions à la personnalité surveillée. Avec moi, c'est différent.

– Je peux vous poser une question ? Pourquoi vous faites cela, monsieur le commissaire principal ?

– Divisionnaire, Le Peletier, je suis passé divisionnaire depuis ce matin.

– Félicitations.

– Vous ne portez pas beaucoup d'intérêt à la lecture des promotions au sein de la police.

– Que voulez-vous, on ne se refait pas.

– Je fais ça car je vous ai fait la promesse de vous aider à le coincer. Ma manière de vous prouver que je ne suis pas que le rond-de-cuir qui fait du gringue à la hiérarchie en permanence. J'ajoute une raison plus personnelle : je vous apprécie beaucoup.

Le Peletier rougit quand Bosquet lui demande si elle sait pour quelle raison elle a été désignée pour mener cette enquête. Voilà bien une question qui ne l'a pas effleurée. Elle est même certaine qu'aucun flic ne se la pose.

Elle se souvient que, le lendemain de la découverte du corps de Riquet, un journaliste la lui a posée et qu'elle l'a trouvée stupide.

– C'est moi qui en ai donné l'ordre car vous étiez la personne la plus qualifiée pour la dénouer. En parcourant le compte rendu qui m'a été remis ce soir-là, j'ai tout de suite senti que cette affaire ne méritait pas un traitement comme les autres. Je ne sais pas pour quelle raison mais je l'ai perçu de cette façon.

– Pourtant, il y a eu Goncourt. Vous auriez pu choisir quelqu'un d'autre ?

– C'est vrai mais je l'ai su après et il n'est pas dans mes habitudes de retirer une enquête au groupe qui a été désigné. Surtout à son début. Et puis les agissements de ce merdeux ont démontré que, si je vous avais suspendue, j'aurais commis une connerie.

Charon lui annonce par message que le lieu du rendez-vous de la transaction est l'abri où Chapelle a été vue l'autre soir et qu'elle doit venir seule.

Le Peletier fait le lien avec le déplacement de Canone. MPCC75 a mordu à l'hameçon.

La capitaine lui demande de contacter la BRI et le RAID, qu'ils prévoient une vingtaine de gars.

– Merci patron.

– À bientôt, Isabelle, et tenez-moi au courant.

En rentrant au bureau, Le Peletier organise l'intervention aux puces de Saint-Ouen.

Pour arrêter Canone en flag', elle ne veut prendre aucun risque.

Durant deux heures, un lieutenant note sur un tableau tout ce qui se dit. Chacun donne son avis avec liberté.

Un plan de la zone et de l'immeuble est projeté sur un mur. À côté de l'abri, une cave est choisie comme base pour piloter l'opération. Le lieutenant contacte le service technique pour qu'il installe une caméra et un micro. Au téléphone, on lui dit que le lieu est compliqué à équiper. Le lieutenant répond que ce n'est pas son problème, mais celui des techniciens, qui n'ont qu'à se démerder pour trouver une solution. Il n'est guère inquiet car ils en trouvent toujours une.

Les derniers réglages de l'opération se font avec le commandant de la BRI, qui met à disposition un groupe de dix hommes, et dix de plus dans les parages au cas où. Le Peletier apprécie cette aide bienvenue. Avec le RAID, il est convenu que des types se postent sur les toits. Le chef orchestre la suite en passant des coups de fil.

Le brief terminé, Charon fait un saut dans l'atelier de Duvernay. Dans la pièce principale, les odeurs de cuisine et de peinture se sont atténuées. Les tableaux ont beau être des faux, elle ne peut s'empêcher de remarquer que Duvernay avait un incontestable talent, avec un grand souci du détail et une capacité à se mettre à la place de l'auteur.

Elle saisit le Courbet, accroché au-dessus d'un Léger. Elle le lève pour retirer la ficelle qui le tient à un crochet et le glisse dans une housse qu'elle a apportée.

À son retour, elle passe la fin d'après-midi à collecter le maximum de détails sur *Paysages de mer* de Courbet.

Avec une heure d'avance, j'arrive au lieu du rendez-vous fixé sur PICTURA. Je gare ma moto à une dizaine de mètres du numéro 15 de la rue et patiente. En vrai, je me méfie. Je veux m'assurer que personne ne m'a suivi et que la zone n'est pas truffée de flics.

La nuit commence à tomber. Il est 19 h 20. Je longe le trottoir et jette un œil à l'intérieur des voitures qui stationnent.

Une main dans la poche intérieure de mon blouson, je serre le manche d'un couteau d'une vingtaine de centimètres. Dans l'autre main, je tiens une housse. À l'arrière de mon pantalon, caché par le blouson, un revolver.

Un dernier regard dans la rue et je franchis le porche du 15.

Devant l'ancien abri souterrain, j'attrape la clé au fond de la poche de mon pantalon. La porte blindée compte six points de verrouillage et résiste au feu.

L'abri fait une trentaine de mètres carrés. Les murs ne sont pas montés avec de simples couches de parpaings bruts de couleur grise, mais recouverts d'une cloison épaisse de trois centimètres, peinte d'une laque brillante et blanche. Un rail en hauteur permet d'accrocher les tableaux. Parquet en chêne, méridienne en velours, table nappée d'un feutre vert et deux chaises. L'éclairage réglable émet une lumière tamisée, que je calibre en tournant le bouton.

Sur la table, je pose la housse et sors un cadre que j'observe à bout de bras avant de l'installer sur une attache qui pend au mur, face à la porte d'entrée. Je positionne la méridienne pour le mettre devant et monte sur une chaise pour diriger un spot de lumière amovible de telle façon que le reflet de l'éclairage se pose sur la toile sans en altérer le rendu. Je masque la toile avec un linge foncé.

En plus de la transaction prévue, le commanditaire a souhaité vendre ce tableau à un amateur qui s'est connecté sur PICTURA. Je déteste multiplier les ventes. Pour moi, on traite un client dans une journée. Cette situation m'inquiète, c'est la première fois que cela arrive. Elle a été ajoutée à la dernière minute.

L'attente est longue. Je fais les cent pas dans la pièce, repositionne la chaise, le drap sur la toile, comme s'il venait de tomber. Bien que l'abri soit insonorisé, je dresse l'oreille, à l'écoute du moindre bruit. Depuis mon arrivée, le stress est monté d'un cran, à cause de locataires venus dans leur cave.

Un œil sur ma montre. L'heure du rendez-vous approche.

J'avale un cachet, extrait d'une boîte métallique, puis je m'assois sur la méridienne et je patiente.

20 heures

Si Le Peletier connaît ce quartier, elle préfère d'autres zones, comme Pigalle. Certes, c'est plus destructeur pour un flic, même chevronné, mais cela rapporte plus en arrestations et en résolutions d'affaires.

Le Peletier et Charon sont à bord d'un Renault Scénic gris et, à l'arrière, Laplace est enfoncé dans la banquette, une housse posée à côté de lui. Il observe la rue, sans s'accrocher à un point précis. Même Charon ne la ramène pas, elle qui, d'ordinaire, râle contre les automobilistes, les livreurs, les éboueurs, les bus, les cyclistes et les piétons qui se mettent sur son chemin.

Suivis par trois véhicules de la BRI, ils descendent le boulevard Barbès, puis celui d'Ornano. Le Peletier épie l'intérieur des immeubles qui défilent. Elle se demande toujours à quoi peut ressembler la vie des personnes qui y vivent, un monde multiculturel qui s'entasse dans des appartements qui lui paraissent plutôt jolis et qui se vendent, dans d'autres arrondissements, à prix d'or.

20 h 10 à l'horloge du tableau de bord. La partie du boulevard Ornano traversée à cet instant est plus vivante. Des personnes troquent des marchandises tombées de nulle part ou vendent des fruits exotiques sur des bouts de carton en guise d'étals. À un carrefour, des badauds regardent cette file de voitures remonter vers la porte de Clignancourt. Elle ne trompe personne. Jamais un tel convoi ne se perd ici à une heure pareille. Seuls les flics partis sur un coup s'y aventurent. Les visages des riverains affichent leur angoisse. Certains sifflent entre leurs doigts pour en alerter d'autres qui se dispersent. Des condés dans la zone ne sont jamais une bonne chose pour le business.

Le convoi passe sous le périphérique et tourne à un feu tricolore sur la droite. D'un coup, le paysage change. Plus tranquille, avec des immeubles moins hauts et plus sales.

Le Peletier fait signe à Charon de ralentir à hauteur d'une moto. Elle abaisse son carreau.

– Je viens de faire deux tours de reconnaissance, dit le motard. Pas de C6 dans les parages, ni d'individus suspects planqués dans une bagnole.

– Tiens-moi au courant, si tu vois la C6. Et ne prends aucun risque, ni la moindre initiative avant de m'en parler, c'est bien compris ?

À la place du conducteur, devenu poste de contrôle, Le Peletier communique des instructions aux collègues qui les suivent. Ils se positionnent dans différents coins de la zone, sur des places de stationnement et sur des toits. Le patron de la BRI lui confirme par message la présence d'une unité de renfort à la porte de Saint-Ouen.

Sur la banquette arrière, Laplace a posé la main sur la housse noire qui enferme le tableau convoité par Canone. C'est lui qui va jouer le vendeur. Il a été choisi parce que son visage est inconnu des protagonistes mêlés à cette enquête. Charon lui a donné un maximum d'informations sur le tableau et son auteur pour qu'il soit le plus crédible possible. Parfois, elle a insisté, comme une maîtresse d'école avec un élève, pour qu'il réussisse à tromper son monde.

Le Peletier attrape une plaquette de Nicorette sur le tableau de bord. Tentée de lui arracher des mains car l'heure n'est plus à mâchouiller des gommes mais à faire entrer Laplace en scène, Charon se retient. Le Peletier lui tape sur le genou et sort. Charon la suit jusqu'au 15, ainsi que les flics de la BRI, avec leurs gilets pare-balles, pantalons de combat gris, gants et cagoules. Ils sont autorisés à en porter depuis un arrêté de 2011 pour garantir leur anonymat lors de missions dangereuses.

Laplace attend dans le véhicule. Le lieutenant se passe une main dans les cheveux et jette un œil vigilant de flic dans la rue. Il attrape la housse et descend de la voiture, sans claquer la portière. Il parcourt une trentaine de mètres, jette œil à gauche, un à droite, puis pousse la lourde porte verte.

Désormais, il échappe à la vue des flics positionnés dans différents véhicules dans la rue. Son regard traque tout ce qui peut s'apparenter à quelque chose de suspect. Dans une cour, les occasions ne manquent pas. Il croit voir venir quelqu'un à sa rencontre. L'impression lui colle la boule au ventre. En réalité, il n'y a personne.

Le Peletier a dit à Laplace de prendre la porte qui se situe sous la voûte, avant les boîtes aux lettres pour descendre dans les sous-sols. Si ce passage allonge la distance à parcourir pour rejoindre l'abri, il permet d'éviter de se faire remarquer par des locataires, qui représentent toujours un risque, s'ils se penchent à leurs fenêtres.

Au sous-sol, Laplace retrouve deux hommes de la BRI. Les autres se sont postés dans des recoins non éclairés, à des endroits définis lors de la réunion de l'après-midi. Trois hommes à la première zone d'intersection des caves et trois autres sur la droite. L'objectif est de prendre les lieux en tenaille. Quatre autres hommes se sont planqués à proximité de l'abri, dans une cave ouverte.

Laplace suit deux gars de l'antigang qui avancent en crabe. Les lampes fixées à leurs armes balayent la zone au fur et à mesure de leur progression.

Le Peletier fait le pari que Canone prendra le chemin de gauche, plus court que l'autre.

Charon et elle sont dans la cave collée à l'abri, d'où elles vont piloter la suite.

Plus tôt, entre midi et deux, une équipe du soutien logistique et assistance technique est venue sur place. Si l'apparence de l'abri est identique aux autres caves, le blindage de la porte et l'épaisseur des murs de cet ancien lieu de rassemblement des riverains durant la Seconde Guerre mondiale ont contraint le soutien à percer le mur au niveau du sol pour glisser un micro et une mini-caméra. L'angle de vision ne couvre pas toute la pièce mais impossible de faire mieux.

Le Peletier se redresse sur son siège et claque des doigts. Le motard signale la C6 dans la rue.

– La voiture s'arrête devant le 15… Quelqu'un en descend… Le type discute avec quelqu'un dans la voiture. De là où je suis, je ne vois pas bien mais ça doit être le chauffeur, sauf s'il y a un passager à l'avant. Attendez… C'est le ministre. Je confirme que Canone est descendu et qu'il entre par le numéro 15.

– Et le chauffeur ?

– Il vient de repartir à l'instant.

– Putain, le chauffeur ne reste pas sur place, dit Le Peletier à Charon.

Puis elle se tourne vers Laplace, assis derrière elle.

– Ça va être à toi de jouer dans quelques minutes.

Le lieutenant ajuste les poignets de sa chemise dans sa veste de costume, avant de serrer la housse du tableau contre lui, puis il se lève. À cet instant, Canone entre dans l'abri.

21 h 25

J'entends frapper sur la porte blindée. Quatre coups puis deux.

D'un bond, je quitte la méridienne, pose une main sur la crosse du revolver et avance vers la porte. Je réponds de la même façon. À la suite, le même code est reproduit.

Trois tours de clé, et j'ouvre. La chevelure argentée de Canone s'illumine sous les effets faibles de la lumière du couloir. D'un geste rapide, j'attrape son bras, le tire vers moi, claque la porte d'un geste brusque qui résonne dans les couloirs et la ferme à triple tour.

– Pourquoi tu fermes ? L'autre va arriver d'une minute à l'autre.

– Avance dans le fond de la pièce, dépêche-toi.

– Mais…

– Avance, j'ai dit.

– Qu'est-ce qui t'arrive ? Et la toile, elle est où ?

– Là, je dis en pointant le mur avec l'arme. C'est quoi ce bordel de faire venir deux clients le même soir ? On ne bosse

jamais comme ça. Avec cette connerie, parce que c'en est une, on va se faire repérer.

– Je veux ce tableau. Où est le problème ? L'un vient à 21 h 30 et l'autre une demi-heure après. Et ne me tutoie pas devant les clients. Ne l'oublie pas.

– Ne me fais pas chier avec tes manières. J'aime pas les changements de plan.

Derrière le mur, Le Peletier fronce les yeux. Elle maintient les écouteurs avec ses deux mains pour capter la conversation, malgré les grésillements liés à l'emplacement du micro, et scrute, en même temps, l'image de piètre qualité de l'abri sur l'écran de contrôle. Ce qui la trouble est la présence d'une personne dans l'abri, elle n'a pas pensé à regarder l'écran ou écouter au casque avant l'arrivée de Canone. Le ministre connaît l'inconnu.

Avec un feutre, la capitaine écrit sur une ardoise blanche : *Canone pas seul. Quelqu'un avec lui.*

Charon écrit : *C'est qui ?*

Le Peletier hausse les épaules, elle n'en sait rien, et note : *Dis aux autres qu'ils sont deux.* Elle efface et marque : *PRÉVIENS PEREIRE ET BOSQUET PAR SMS*. Quand Charon pointe le nom de l'ancien taulier, Le Peletier ajoute : *Discute pas* et repositionne ses écouteurs pour suivre la conversation dans l'abri.

Alors qu'elle s'apprête à donner l'ordre à un gars de la BRI de prendre position dans l'angle d'un mur, situé à deux mètres de la porte de l'abri, une personne siffle l'air de *La Traviata* dans le couloir. D'un léger claquement de doigts, elle signifie qu'il faut interpeller le siffleur. Deux gars de la BRI appréhendent le type, en masquant sa bouche pour l'empêcher de crier.

Désormais, le tour de Laplace arrive. L'idée de Le Peletier est qu'il entre dans la pièce et en sorte juste après la transaction pour que la BRI intervienne et prenne le ministre et son interlocuteur la main dans le sac.

Sur l'écran, des ombres, l'une assise et l'autre debout, qui marche.

Côté son, silence radio.

En regardant Laplace, elle imagine un bref instant que le type voie les flics en embuscade, prenne Laplace en otage, puis le bute, ainsi que Canone, et se bute ensuite. Le pire scénario, qu'elle chasse pour écrire à l'attention de Laplace : *bonne chance*

22 heures

Le corps étriqué dans un costume prêté par un collègue, Laplace éprouve une difficulté soudaine à respirer. Un filet de sueur glisse le long de son dos. Il inspire une grande bouffée d'air qu'il garde quelques secondes avant d'expirer. Il renouvelle l'exercice trois fois pour retrouver une confiance suffisante.

En s'avançant, il se répète ce qu'il a appris sur le tableau et son auteur.

Sur la porte, deux coups puis trois coups puis deux coups.

La porte s'entrouvre, on le tire de force à l'intérieur et la porte claque.

Il ne s'attendait pas à une telle entrée.

Malgré la faible lumière, il détaille le lieu avec son œil de flic. Ce qu'il repère est sommaire. Un soupirail en hauteur, à trois mètres du sol, du mobilier, un drap blanc qui pend et couvre ce qu'il devine être un tableau, sans bien comprendre ce qu'un deuxième tableau vient faire dans l'équation, vu qu'il a le Courbet dans la main. Puis, dans un coin, il avise la silhouette de Canone.

Laplace déroule le plan de Le Peletier. Il engage la conversation. Il n'a pas le temps de finir sa première phrase qu'il se trouve mis en joue par un revolver.

Dans ce genre de situation, déjà rencontrée dans sa carrière, il plonge son regard dans celui qui le menace pour y chercher une faiblesse. Tout le monde en a une, même un type avec un flingue. Si ce n'est qu'en l'occurrence le type porte une cagoule et une paire de lunettes de soleil.

Laplace le fixe et réfléchit. Tenter de parlementer ? Neutraliser le type et demander à Canone d'ouvrir la porte pour que la BRI intervienne ? Le Peletier a bien précisé qu'il ne devait pas mettre en péril sa vie ni celle du ministre.

De l'autre côté, la capitaine écoute avec la plus grande attention, sans rien voir sur l'écran, la caméra ne couvrant pas cette zone de la pièce.

Ce type dans son costume trop serré, je ne le sens pas.

Un truc me fait dire qu'il est flic. Les flics, je les flaire sans me tromper.

J'ai eu raison de mettre des lunettes avant de le faire entrer. Un jour, un flic m'a dit qu'il scrutait les yeux de son interlocuteur dans le but de déstabiliser.

Celui-là me regarde comme un flic.

Je lui dis de reculer dans le fond de la pièce. Il s'exécute sans broncher.

– Écoutez.

Le voilà qui veut parlementer.

– T'es qui d'abord ?

– Je suis venu vendre une toile.

– T'es pas un vendeur mais un sale flic, c'est ça, hein ?

– Mais pas du tout. Écoutez, je vais poser la toile sur la banquette et l'ouvrir. Vous verrez que c'est le Courbet. Ensuite, vous me donnerez la somme convenue et je repars.

Pour qui se prend ce mec à me donner des ordres ? Décidément, il ne m'inspire rien de bon. J'agite le revolver pour lui signifier de reculer vers le fond de la pièce.

– Arrête de parler. Ici, c'est moi qui décide. Allez, recule.

Désormais, il est à trois mètres de moi, dans mon champ de vision, comme Canone. Je saisis la housse, fais glisser la fermeture éclair et plonge une main à l'intérieur. C'est bien le tableau.

– Vous voyez, je ne vous ai pas menti. Mon fric maintenant.

– Comment tu me parles ?

– Il était convenu que je vous apporte la toile et vous, en échange, me remettiez la somme en petites coupures. J'ai respecté vos consignes. À vous d'en faire autant.

– Tu vas la fermer, ta grande gueule. Recule.

Collé au mur, le type se tait. À ses côtés, Canone ne bronche pas.

À son image, péteux et mort de trouille.

Plus j'observe l'autre, plus je me dis que c'est un flic.

Le motard qui surveille la rue annonce le retour du chauffeur du ministre. Le Peletier étouffe un « merde ». Le collègue décrit ce qu'il voit.

– Il vient de se garer. Il sort du véhicule, le ferme et… il se dirige vers l'immeuble. Je répète : il se dirige vers l'immeuble.

Le Peletier lâche un autre « merde ».

Dans ce contexte de tension, épiée par des collègues qui patientent dans son dos, elle perd ses réflexes.

À la surprise des flics qui ont posé leurs doigts sur la détente de leur arme, elle s'ébroue comme un cheval pour chasser ce qui la paralyse et dit dans un micro :

– Top interpellation du chauffeur. Je répète. Top interpellation.

Dans la cour, des flics de la BRI serrent sans ménagement le chauffeur, qui se débat avec force, pensant à un guet-apens, avant que les colosses cagoulés ne le collent contre un mur, lui expliquent la situation et l'exfiltrent de la zone.

Dans la rue, désormais interdite à la circulation, deux camions de pompiers et une ambulance sont positionnés sur le trottoir, à proximité du numéro 15.

Un des gars de la BRI interpelle Le Peletier par l'oreillette :

– Chauffeur intercepté et placé en zone sécurisée.

Le Peletier se frotte les mains. « Ça, c'est fait », chuchote-t-elle avant de réajuster son oreillette pour suivre la conversation qui reprend à l'intérieur de l'abri.

– Qu'est-ce que t'as ?

– Rien.

Cela fait quelques secondes que Canone s'agite et fouille à l'intérieur de sa veste.

– Putain, pourquoi tu fouilles ta poche ? Sors ce qu'il y a dedans.

Je mets en joue Canone, palpe ses poches et reconnais son portable. Je sens qu'il tremble.

– Putain, t'as prévenu quelqu'un ?

Je donne un coup de crosse sur son crâne. Il hurle et s'effondre. Un œil sur le vendeur, il ne paraît pas inquiet. Décidément, ce type, je ne le sens pas. Quand un mec normal voit un autre se faire tabasser, il panique, il hurle. Lui, rien. Il reste stoïque. Comme le font les flics.

Allongé au sol, Canone tente de s'expliquer. Sur l'écran du portable, un nom.

– C'est qui bordel ?

– Mon chauffeur…

– Tu l'as prévenu, c'est ça ?

– Non, c'est le protocole. Si je ne réponds pas, il va s'inquiéter. Il risque de…

– Il va faire quoi ?

– Prévenir le service de sécurité qui va alerter la police et descendre me chercher.

22 h 40

Le Peletier réfléchit à toute vitesse. L'autre type, toujours pas identifié, tutoie Canone. Putain d'enquête, pense-t-elle avant de se retourner vers Charon :

– L'autre type connaît Canone. Tu fonces voir le chauffeur et tu le cuisines.

Avec prudence, la lieutenante quitte le premier couloir et court dans les autres. Dans la cour, elle accélère le pas. En sortant, elle mesure l'ampleur du dispositif mis en place. Il a été largement décrit dans l'après-midi mais la réalité est toujours surprenante. Elle se penche vers le chauffeur, assis dans un véhicule de la BRI, et réclame son portable. Son visage est hagard, marqué par son arrestation musclée. À moins que cela ne soit la furie de Charon qui le terrorise. Elle plonge une main dans sa veste, fouille la poche intérieure à tâtons pour en sortir un smartphone.

– Tu l'as prévenu ?

Le chauffeur répond oui, car il n'a pas de raison de mentir. Dans son regard, Charon laisse passer l'impression qu'elle va le cogner quand elle lève sa main en l'air pour s'essuyer le front.

– Attendez, on a des consignes. J'ai fait comme d'habitude. Prévenir le ministre de mon retour, attendre son OK et, sinon, aller à sa rencontre. Vous n'avez qu'à demander à mes collègues, on fait tous comme ça.

– Il est avec qui ?

– J'en sais rien.

– Putain, les mecs, vous ne pouviez pas mieux le surveiller, lâche Charon à l'attention des deux flics qui poireautent devant la portière ouverte du véhicule.

– Ils n'y sont pour rien. J'ai transmis mon message en sortant de la voiture et vos gars me sont tombés dessus après.

– Déverrouille, hurle Charon en tendant le portable au chauffeur.

Charon attrape l'appareil sans lui laisser le temps d'aller plus loin et glisse le dernier SMS transmis vers la gauche, qui date d'il y a cinq minutes.

– Il l'a prévenu par SMS avant l'interpellation, dit-elle à Le Peletier. Et il ne sait pas avec qui il est dans la cave.

À cet instant, le casque d'écoute de Le Peletier grésille. Elle agite une main pour avoir le silence alors que personne ne parle. Ce qui l'intrigue, c'est l'absence d'image sur l'écran de contrôle alors qu'il y a des bruits de pas.

À travers l'interstice de la porte de la cave laissée entrouverte, elle entend le bruit d'une clé qui tourne dans la serrure de l'abri. Elle bondit de sa chaise, avec une expression suffisamment éloquente sur le visage pour que ses collègues comprennent la suite. Elle attrape son arme et se place dans le jour étroit de la porte. Les trois gars de la BRI postés dans le couloir pointent la leur devant eux et se mettent en position d'intervention. La distance est suffisante pour mettre en joue la personne qui va sortir et tenter une interpellation.

Lorsque la porte s'entrouvre, une tête cagoulée, avec des lunettes de soleil, surgit. S'ensuivent une agitation indescriptible et un hurlement de rage. La porte se referme.

Je suis fait comme un rat. Il y a des flics partout. Évidemment, un ministre séquestré dans une cave fait sortir les poulets. Comment l'ont-ils su ? Bien sûr, c'est ce putain de faux vendeur qui m'a tendu un traquenard avec ses connards de copains.

Sous la cagoule, il fait chaud. Mon dos est trempé, mon front perle et la sueur coule et me pique les yeux. Je sens monter une inquiétude paralysante qui ne me ressemble pas. Mon rythme cardiaque s'accélère.

Je balaye mon arme au niveau du visage de Canone et de l'autre mec.

– Putain, c'est truffé de flics. C'est toi qui les as prévenus ?

Ce connard ne bouge pas.

– Oh, je te parle. C'est toi ?

– Non.

– Tu mens.

– Fouillez-moi, vous verrez que je n'ai pas de portable, ni de micro scotché.

– Tu parles comme un flic. Tu te comportes comme un flic. Assieds-toi ou je t'en colle une. Et toi, Canone, fais pareil.

– Tais-toi, balance le ministre.

C'est la première fois que Canone me tutoie. Le flic va se douter de quelque chose. Faut que je prenne le dessus et que je négocie ma sortie. Je fixe Canone reclus dans un coin et l'autre à côté. Ils doivent imaginer que le moindre cillement de ma part les embarque dans un carnage sans retour.

– Écoute, laisse-moi, dit Canone. J'ai de l'argent. On peut encore s'arranger.

– Tais-toi, connard. Tu me l'as déjà sortie, ta sérénade d'arrangement, quand tu m'as demandé de buter les deux peintres qui étaient prêts à dénoncer ton trafic de faux tableaux avec ta gonzesse. Tu paniques maintenant parce que je révèle tes magouilles devant un connard de flic.

– Mais je vous assure que je ne suis pas un flic.

– Ta gueule, t'es un connard de flic. C'est sûr qu'un ministre de la République qui trempouille dans des magouilles, ce n'est pas joli, joli. De toute façon, j'ai tout consigné dans un document que j'ai planqué et qui sera diffusé si quelque chose m'arrive. Tu ne crois tout de même pas que j'ai fait tous tes sales boulots sans me protéger.

– Qu'est-ce que tu racontes ? Moi, je n'ai tué personne.

– Maintenant, lève-toi. Tu vas me servir de monnaie d'échange pour sortir de là.

Je le saisis par le col de la chemise et l'éjecte à l'autre bout de la pièce, avec une telle rage qu'il se cogne la tête contre la porte.

23 heures

Le Peletier lâche un juron différent des autres, qui met les flics en alerte.

Elle contacte Charon.

– Ça tourne mal ici. On vient d'entendre un bruit sourd contre la porte, rien sur l'écran et personne ne parle

– Faut intervenir alors ?

C'est bien la question que se pose la capitaine, qui cherche un moyen d'éviter la casse, quand soudain elle perçoit des bruits de pas.

– Ça bouge, dit-elle avant de se lever et de sortir de la cave.

D'une série de gestes, un membre de la BRI lui fait comprendre que tenter d'entrer est jouable.

Le Peletier donne son accord d'un pouce en l'air.

Aussitôt, avec trois collègues positionnés derrière lui, il avance jusqu'à la porte blindée, pose sa main gantée sur la poignée, la serre fermement sans la baisser. Il attend un ordre clair de la coordinatrice de l'opération, qui lève de nouveau le pouce.

La porte s'ouvre avec fracas. La lumière à l'intérieur de l'abri est coupée. Les policiers entrent, hurlent : « POLICE, LES MAINS EN L'AIR, CONTRE LE MUR, VITE ! » Ils braquent dans tous les sens leurs armes, auxquelles sont fixées des lampes torches. Plus personne ne distingue qui est qui, ni ce qui se passe.

Quelques secondes avant l'irruption de ces poulets, cagoulés et armés, je donne un coup de crosse sur le crâne du vendeur. Sans trop savoir pourquoi. Enfin si, à cause de ma certitude que c'est un flic. D'ailleurs, cette attaque confirme que j'avais vu juste. Il s'est écroulé au moment où ces connards sont entrés. Impossible de dire combien ils sont, leurs lampes sont aveuglantes.

Je me retranche derrière le ministre, j'entoure son cou avec mon bras et appuie un couteau sous sa gorge. Je serre fort pour que le geste soit pris au sérieux.

Deux flics me mettent en joue. Dans la panique, mes lunettes sont tombées. Je les regarde sans prononcer la moindre parole. Je serre la lame pour montrer qui est du côté du manche dans cette bataille. À cet instant, à en juger par sa raideur, Canone se considère déjà mort. La vie se joue parfois à un fil.

– Laissez-moi passer. Sinon, je le bute.

Devant leur mutisme, j'effectue un pas sur le côté, contraignant Canone à en faire autant et contourne la banquette, les armes des flics toujours pointées sur nous.

Une voix ordonne de rétablir l'électricité et c'est chose faite sur-le-champ.

– Le Peletier ?

Pas de réponse.

J'avance, serrant Canone comme bouclier. Nous progressons de deux mètres avant de tomber sur deux autres cagoulés pointant leurs armes. J'avance. Plus loin, d'autres flics. La zone est entièrement quadrillée par la BRI.

– Le Peletier, t'as sorti le grand jeu à ce que je vois.

Encore le silence.

– Je te préviens, le premier qui bouge un petit doigt, j'ai Canone en otage et je n'hésiterai pas à l'égorger.

Ni les gars de la BRI ni Le Peletier, que je suppose retranchée dans un coin, ne bougent. J'avance jusqu'à une intersection.

– Est-ce que c'est clair, bordel ?

– C'est clair.

Le Peletier est à cinq mètres à l'angle d'un mur, les bras le long du corps et son blouson ouvert pour montrer qu'elle n'est pas armée.

– Ça va aller monsieur le ministre, ne vous inquiétez pas.

Il ne répond pas ni ne bouge la tête, de peur que je le transperce.

Le Peletier crie :

– On laisse passer, sans rien tenter. Personne ne bouge.

Canone tremble davantage. Ses yeux doivent dire qu'elle n'a pas le droit de le laisser dans les mains de ce malade, qu'elle doit le sortir de ce cauchemar. Toute sa puissance et son aura balayées par un couteau sur la gorge.

– Toujours pleine de sagesse, Le Peletier. C'est bien.

Après deux passages franchis sans difficulté, nous sommes au pied de l'escalier de sortie. En haut des marches, il y a une femme.

– Tiens donc, le lieutenant Charon est de la partie.

– Tu ne tentes rien, dit Le Peletier. On les laisse monter.

– Toujours cette sagesse, capitaine. C'est bien de la rappeler à vos troupes.

Je mets un pied sur la première marche et me penche vers l'oreille de Canone :

– Tu avances et pas d'embrouilles, c'est compris ?

23 h 25

Quand ils passent devant Charon, elle ne les lâche pas du regard. Elle scrute la partie apparente du visage du tueur. S'il l'a appelée par son nom et son grade, c'est qu'ils se connaissent. Des visages défilent dans son esprit sans qu'aucun ne se détache. Alors qu'ils s'éloignent, Charon saisit le micro accroché à sa veste.

– Ce type m'a appelée par mon nom. J'ai l'impression de le connaître.

– Moi aussi, dit Le Peletier en train de monter l'escalier.

Charon frappe alors dans ses mains.

– Ça y est, il est sur les photos du mariage et je me souviens qu'il bossait dans un institut médico-légal, à Garches ou la Rapée. C'est là que je l'ai vu, il y a deux ou trois ans. Faut demander une vérif' auprès des deux instituts.

– Je demande à un gars d'effectuer des recherches, répond la cheffe du groupe.

Le secteur est bouclé depuis plus d'une heure. Personne dans la rue, et les véhicules comme les deux-roues qui cherchent à l'emprunter sont détournés sur d'autres voies.

Munis d'un gilet pare-balles, Monceau et Pereire suivent l'intervention, installés dans une camionnette qui stationne à proximité. Quand Charon a prévenu le taulier, il a hurlé qu'il aurait aimé être informé de cette intervention avant qu'elle soit lancée. Quand elle a ajouté que l'otage était Canone, il a dit qu'il arrivait et a raccroché. Monceau, lui, a écouté, noté deux ou trois mots sur un calepin, puis annoncé qu'il venait sur les lieux en notant l'adresse sur la même page.

Sous la voûte, entouré de flics, à quelques mètres de la sortie, j'avertis Canone de bien faire gaffe avant d'avancer. Il ne fait aucun effort, ses pieds traînent et ses mouvements sont hésitants, et il cherche à me faire perdre du temps.

À la porte cochère, je le somme d'appuyer sur le bouton d'ouverture. Il hésite. J'appuie sur le manche du couteau. Il obéit. Je lui ordonne d'ouvrir la porte et le pousse dans la rue.

Dans son dos, je regarde la rue à cent quatre-vingts degrés. La BRI pointe ses armes dans notre direction. Cerné. L'angoisse s'invite. Elle me donne toutes les mauvaises recommandations à suivre, avant que je ne me ressaisisse :

– Le premier qui bouge, je coupe la gorge de ce con.

Faire peur. Montrer où est la force et qui a le pouvoir.

– Tu vois quoi dehors ?

Canone ne répond rien.

– Tu vois quoi ?

– Des flics partout. Dans la rue. Sur les côtés. Sur les toits. Je dirais une vingtaine. Peut-être trente.

– Putain, ils ont déployé le grand jeu pour ton heure de gloire. T'es encore un gibier qui a de la valeur.

À force de tenir la lame en appui sur sa gorge, mon bras s'ankylose. Il me faut le dégourdir une ou deux secondes, pas plus, le temps d'en retrouver la plénitude.

À cet instant, Le Peletier me somme de le relâcher et ajoute que je peux m'en sortir.

– T'as appris ça en regardant Julie Lescaut *? Tu t'entends, la police croit trop*

que ça se passe comme dans les séries télévisées. Ne bouge pas de là où tu es, flic de merde.

Son arme en main, pointée dans notre direction, elle place sa bouche devant le micro accroché à son blouson quand mon bras s'engourdit vraiment. Je le relâche juste un peu.

– Qu'est-ce que je viens de…

23 h 40

Le coup de feu a pris tout le monde de court. Le tueur a relâché la pression qu'il exerçait sur la gorge du ministre, une fraction de seconde à peine, mais qui a suffi à un tireur pour lui loger une balle dans le front.

La rue est éclairée par trois projecteurs braqués sur le numéro 15. Le calme règne et tranche avec l'écho du tir.

Le Peletier et Charon courent vers les deux corps allongés, leur arme en main. Du sang coule sur la chaussée. Charon met en joue l'individu et Le Peletier se penche sur lui. Elle perçoit bien le trou de la balle à travers la cagoule. Quant à Canone, elle ne sait pas s'il a été touché, l'individu masque une partie de son corps. Le Peletier est rejointe par trois flics de la BRI, qui braquent leur arme sur les corps. L'un d'eux se penche sur l'individu, le retourne de son pied et confirme sa mort. Canone est inerte, avec une coupure sous la gorge, provoquée par la chute.

Des pompiers arrivent, le placent sur une civière pour les premiers examens, qui concluent à une entaille impressionnante mais superficielle. Assez vite, Canone revient à lui. Il ne prononce aucune parole et se cache dans la couverture de survie qui l'enveloppe. Il va être transporté à l'hôpital le plus proche avec son directeur de cabinet, arrivé sur place, et escorté par des motards.

De son côté, Le Peletier enfile une paire de gants en latex qu'elle étire au maximum pour qu'ils épousent ses doigts et fouille les poches du blouson de l'individu. À l'intérieur, un jeu de clés, qu'elle glisse dans sa veste, un paquet de cigarettes, un briquet mais pas de papiers d'identité.

C'est alors qu'un gars de la BRI arrive vers Charon et lui glisse, à voix basse, les premières informations demandées. Il s'appelle Paul Séguin, il a bien bossé à Garches comme médecin légiste remplaçant et crèche pas loin d'ici.

Alors que Charon le remercie, Le Peletier l'attrape par le bras pour l'éloigner de la scène. À l'abri des regards, la capitaine plonge sa main dans la poche de son blouson et sort le jeu de clés.

– Ce sont ses clés. Faut dénicher où il vit.

– Rue du Mont-Cenis dans le XVIIIe. Le gars de la BRI vient de me le dire. Il s'appelle Paul Séguin. J'en sais pas plus.

– OK, tu fonces chez lui. Je t'envoie un renfort. C'est peut-être là qu'il a planqué ses aveux.

– T'y crois, à cette histoire ?

– Pas plus que toi mais on ne l'écarte pas. Fais fissa et tiens-moi au jus.

– Et tu m'envoies qui ?

– T'inquiète pas. Moi, je reste ici, faut que je voie le proc et le patron.

À cet instant, Laplace franchit la porte cochère, soutenu par deux gars de la BRI. Sa tronche et son corps sont bien amochés mais il est sain et sauf. Le Peletier lui envoie un sourire et deux pouces levés en l'air. Traduction de sa satisfaction et de sa fierté de l'avoir dans son groupe.

La scène est désormais balisée. Pereire et Monceau s'approchent de l'individu, lui jettent un rapide coup d'œil, accordant ensuite leur attention à Laplace, qu'ils réconfortent et félicitent. C'est chaleureux. Une première pour le taulier. Le Peletier le croit presque sincère, même si elle estime qu'il n'agit ainsi que parce que le procureur est présent. Il l'interpelle par un claquement de doigts.

– On est quand même passés à ça de la catastrophe. Et le forcené, on le connaît ?

– On ne l'a pas encore identifié, ment-elle. On l'a fouillé mais il n'a aucun papier sur lui. On va relever ses empreintes pour regarder s'il est fiché.

– Cherchez vite, bordel, cherchez. Et tenez-moi au courant.

– Patron, il me faut un renfort pour avancer plus vite. Sinon, on ne va pas y arriver.

– OK, vous l'avez. Je m'en occupe tout de suite.

– Je peux vous suggérer un nom ?

– Le Peletier, je ne tiens pas une agence d'intérim.

– Je vous envoie sa fiche contact. Vous pouvez appeler son boss ?

– OK. Et sinon, en bas, pas de blessé ?

– À part Laplace, non.

– Parfait. Vous y avez trouvé quelque chose ?

– Une pièce aménagée, un tableau sous un drap et le Courbet.

– Qu'est-ce que foutait ici le ministre ? Une idée ?

– Aucune. Apparemment, il était là pour acheter un tableau mais il ne s'agit là que d'une supposition.

– Le Peletier, pas d'approximations. Je veux des preuves. Démerdez-vous mais je veux tout sur mon bureau dans les prochaines vingt-quatre heures, c'est bien compris ?

– Entendu.

Monceau en profite pour demander à parler à Le Peletier à l'écart.

– C'est du bon boulot, capitaine. Je vous félicite.

– Merci monsieur.

– Pourquoi vous avez pris des clés dans la poche de l'individu tout à l'heure, que vous avez ensuite confiées au lieutenant Charon ?

Le Peletier le regarde, interdite.

– Capitaine, je ne dirai rien, si c'est ça qui vous préoccupe, à la condition que vous me fassiez part de vos découvertes. Un lien avec le ministre ?

– Avant que la BRI intervienne, le type a balancé que Canone avait commandité les meurtres de Riquet et Duvernay pour les empêcher de parler et qu'il magouille avec Chapelle dans un trafic de faux tableaux, qu'ils revendent via un site planqué dans le *dark web*.

– La situation monte à un haut niveau, il va falloir la gérer. Généralement, c'est le procureur de permanence qui s'y colle et vous l'avez devant vous. Je ne suis pas parieur, dans mon métier c'est assez mal vu, mais je crois qu'une mise en examen de Canone à son arrivée à l'hôpital ne m'étonnerait pas, voire un placement sous surveillance et une mise sous écrou quand il en sortira.

– Laissez-moi la nuit pour trouver du solide.

– Entendu. Vous avez fait du très bon boulot. J'attends votre appel.

– Promis.

MERCREDI

00 h 15

Paul Séguin habite non loin de l'abri souterrain, des lieux où ont été assassinés Riquet et Duvernay et du studio où a été tabassé Avonne.

Charon remonte la rue du Mont-Cenis, chaude à cette heure de la nuit, avec beaucoup de jeunes qui ne comptent plus les verres, souvent descendus d'un trait. De la sueur coule dans son dos.

Devant l'immeuble de Séguin, une femme attend, collée contre une voiture, une cigarette aux lèvres. Figure d'un ovale lisse et parfait, mine épanouie, gestes calmes, jean slim, Nike montantes et veste en cuir noir, Sylvie Monge est le renfort annoncé par Le Peletier. Elle est affectée à un autre groupe. Charon la croise dans les couloirs. Elles n'ont jamais été amenées à traiter une affaire ensemble. Pour Le Peletier, c'est différent. Elle a bossé avec elle sur un homicide à Pigalle. La capitaine a retenu son énergie, sa réactivité et son flair. Si elle a pensé à elle, son idée est de lui faire un appel du pied afin de la récupérer, pour remplacer un lieutenant parti en province.

Monge discipline ses courts cheveux avec ses doigts pour se donner un air masculin quand Charon arrive à sa hauteur. Elles se saluent d'un geste de la main. Charon lui explique l'affaire, en essayant de n'oublier aucun détail.

– T'as appelé un serrurier ?

Charon fouille sa poche et secoue le trousseau devant elle.

– C'est parti, dit-elle en posant un badge sur le lecteur situé sous le digicode, comme une habituée des lieux.

Le hall d'entrée est étroit et éclairé par une ampoule de faible intensité. Sur la gauche, des boîtes aux lettres, certaines défoncées. Sur d'autres, on peine à lire les identités. À côté d'une seconde porte, une rangée de sonnettes avec des noms raturés ou recouverts d'une étiquette autocollante. Une anarchie qui fait dire que l'immeuble n'a pas de gardien.

– Il s'appelle comment, le type ?

– Paul Séguin.

– Je l'ai, dit Monge. Cinquième étage, porte gauche.

La porte d'accès aux étages s'ouvre avec un code ou une clé, que trouve Charon sur le trousseau. Sur la droite, un escalier de bois en colimaçon, les marches recouvertes d'une moquette élimée de couleur rouge lie-de-vin. À gauche, une porte à la peinture défraîchie. Monge l'ouvre, cherche l'interrupteur et découvre qu'il s'agit d'un local sans fenêtre où s'entassent des vélos, des cartons et les containers de poubelles de l'immeuble.

Elles grimpent les marches, la tête vers les étages supérieurs, scrutant le moindre mouvement ou bruit. À chaque palier, deux appartements. Derrière certaines portes, on perçoit de la vie. Au deuxième étage, des bruits de couverts cognant contre des assiettes. Au troisième, la télé. Au quatrième, les deux appartements sont vides ou endormis. On n'y entend aucun bruit.

À l'étage de Séguin, l'odeur de peinture surprend Charon. Les mêmes émanations que chez Duvernay.

Monge colle une oreille à la porte de l'appartement. Pas de bruit. Ne sachant pas si Séguin vit seul, elle gratte la porte avec ses ongles. Rien. Elle recommence une seconde fois. Toujours rien.

Le trousseau en main, Charon se penche vers la serrure. Comme elle n'y voit pas grand-chose, Monge l'éclaire avec une lampe torche. Il lui faut une minute à peine pour trouver la clé qui correspond. Maintenant, elle doit ouvrir la porte d'un coup pour prendre par surprise un éventuel occupant planqué derrière.

Charon fait glisser la clé dans le cylindre en la frottant le moins possible pour éviter le bruit quand la cage d'escalier s'éclaire. Monge se penche. Deux silhouettes au deuxième étage s'embrassent. Les amoureux entrent dans un appartement et la lumière s'éteint.

Quand Charon fait tourner la clé, elle stoppe net son geste.

– La porte n'est pas fermée à clé.

S'il y a bien une situation qu'elle déteste, c'est ce genre d'embrouilles. Charon abaisse la poignée, pousse la porte jusqu'à sa butée et jette un œil dans l'entrée. Rien ne dit qu'il n'y ait personne qui se planque. Les deux femmes avancent, leur arme à la main, évitant de faire craquer le parquet.

Le logement se compose de pièces desservies par un couloir, deux donnent sur la rue, une sur une cour intérieure sans vis-à-vis et une dernière est fermée à clé. Il y a une cuisine et une salle de bains. L'ameublement des années cinquante laisse penser que c'est une personne âgée qui occupe les lieux.

Monge :

– Je prends cette partie et tu t'occupes du salon et des chambres. On finit ensemble par cette pièce fermée.

La salle d'eau est classique. Une baignoire, un lavabo, un bidet, des habits accrochés à une patère, deux appliques, une étagère avec du linge, dont Monge fouille chaque pli, et une armoire à pharmacie collée au mur, qui contient du coton, des médicaments, des fioles de sérum physiologique et des boîtes de vitamine C.

Dans les placards muraux de la cuisine, des conserves, des paquets de pâtes, certains périmés depuis six mois, et de la vaisselle. Le sol est collant et craque à certains endroits. Monge s'accroupit, passe son doigt qui sent le vin et trouve des éclats de verre. Dans le tiroir de la table, au milieu des couverts, une feuille de papier, dont la lecture la laisse bouche bée.

Dans le salon, Charon décortique un secrétaire. Son grand-père avait le même modèle et elle adorait tirer sur la petite patte de bois pour voir jaillir un tiroir sur le côté droit. Dans une pile de papiers, une épaisse enveloppe contient cinq passeports français avec cinq identités différentes. Elle relève la tête et aperçoit Monge dans l'embrasure de la porte, une feuille à la main.

– Séguin a été en cavale ou l'est encore et jongle avec ces identités. Il a été incarcéré il y a de nombreuses années, j'ai trouvé ce document pénitentiaire dans la cuisine.

En lisant les dates de son séjour en prison, Charon se rend compte qu'elles correspondent à celles de l'incarcération de Duvernay.

– L'une des victimes a parlé d'un type avec qui elle était en prison et qui lui a tout appris en matière de peinture. Mais elle a dit qu'il était mort.

– C'était peut-être Séguin ?

– Non, il est plus jeune. Regarde sur les cinq passeports, c'est la même année de naissance. J'avertis Le Peletier.

Charon s'isole dans la chambre, une pièce qu'elle n'a pas encore fouillée. Le Peletier, encore dans le quartier de la porte de Clignancourt, l'écoute, avec Pereire à ses côtés. En dehors de « hum », elle ne marque aucune expression sur son visage qui puisse laisser deviner ce qu'elle apprend.

– Du nouveau, Le Peletier ? demande Pereire quand elle raccroche.

– Non, un de mes lieutenants souhaite mon approbation sur une procédure.

– Ce n'est pas l'impression que laisse transparaître votre conversation.

– Pourquoi vous dites ça ?

– Approuver une procédure par des « hum » est léger. J'espère que votre lieutenant ne va pas se planter avec si peu de retours de votre part. Ôtez-moi d'un doute, votre appel, là, il n'aurait pas de lien avec ce qui vient de se passer ?

– Aucun.

– Le Peletier, je n'aime pas les cachotteries. Bon, je retourne au bureau référer au patron, il m'attend. Tenez-moi au courant du moindre élément.

Encore sur place, Monceau n'a rien perdu de l'échange. À force de côtoyer la capitaine, il cerne bien ses réflexes et ses mensonges.

– Bon, à moi, vous m'expliquez ?

– L'homme abattu s'appelle Paul Séguin. Il vit dans le XVIIIe arrondissement, rue du Mont-Cenis. Charon est sur place.

Elle explique que la lieutenante a découvert son identité après s'être souvenue qu'il avait travaillé à l'IML de Garches et dit qu'elles ont découvert…

– Elles ont ?

– J'ai demandé à Monge de nous appuyer. Elles fouillent l'appartement. Elles sont tombées sur des passeports français, chacun avec une identité différente mais toujours avec la photographie de Séguin. Elles ont aussi trouvé un document de la pénitentiaire mentionnant qu'il a été incarcéré. Il pourrait l'avoir été au même moment que Duvernay.

– Mais c'est impossible. Ce Séguin est bien plus jeune que Duvernay ?

– Lors de son interrogatoire, Duvernay nous a fait croire que le type incarcéré avec lui était mort. Il nous a balancé un nom et la vérification a montré que la personne était bien décédée. Or, ce nom figure sur l'un des cinq passeports. Donc, le type en prison serait Séguin. Comme il a dit avoir tué Riquet et Duvernay, vu la précision chirurgicale des mutilations, ça se tient.

– Il ne travaillait plus dans un IML ?

– Il s'était fait virer il y a trois ans pour un maquillage de procédure, avec des gars de la mondaine. C'est une affaire dont je me suis chargée.

– Mais vous ne l'avez pas reconnu tout à l'heure ?

– Absolument pas. Il avait des cheveux longs à l'époque.

– Ça avance. Maintenant, il faut prouver que Canone est trempé dans cette histoire. Bon, je rentre au Palais.

– À cette heure-ci ?

– La justice n'a pas d'horaires fixes.

– Je vais demander que l'on vous raccompagne. Je file chez Séguin.

– Merci, capitaine.

1 heure

La fouille de l'appartement se poursuit et il y a de quoi faire. Plus Charon s'habitue à cet environnement, plus elle a la conviction que Séguin s'est installé dans l'appartement de ses parents décédés. Ça lui rappelle son enfance, en particulier ses grands-parents, qui possédaient ce genre de meubles, des tableaux aussi vieillots et des objets que certains jugent ringards tandis que des magazines de décoration étalent ces pièces dans leurs pages.

Jusqu'à maintenant, la fouille minutieuse n'a rien donné. Charon s'accorde une pause clope. Elle ouvre la fenêtre du salon, se laisse aller dans la rumeur de la ville et allume une Marlboro. La nuit est atténuée par les lumières urbaines qui blanchissent le paysage. Le zinc de certains toits donne l'illusion de grands miroirs posés face au ciel. La vue n'est pas dégueu. On voit même le toit du Stade de France.

– Si tu devais cacher quelque chose ici, tu le mettrais où ? demande-t-elle à Monge.

– Pas dans la cuisine, ni dans la salle de bains, le salon ou la chambre. Il reste la pièce fermée à clé.

Charon jette son mégot dans la rue.

1 h 55

Monge place les clés les unes après les autres dans la serrure mais aucune ne correspond. Logique. Si Séguin planque des trucs dans cette pièce, jamais il n'aurait pris le risque de se balader avec le sésame qui permet d'y accéder. En frottant ses lèvres avec ses doigts pour réfléchir, Charon remarque qu'elle a le même tic que Le Peletier. Elle ignore pourquoi mais elle est convaincue que la clé ne sort jamais de cet appartement.

Chacune repasse dans les coins déjà explorés, ouvre les mêmes placards, fouille les mêmes piles de linge, vérifie le haut des meubles. Rien. De toute façon, si elles avaient vu une clé, elles s'en souviendraient. Charon n'arrive pas à penser à autre chose, pour elle, la clé n'est pas loin de la porte. C'est comme ça qu'elle ferait. Dans le canapé au velours élimé, elle pousse les coussins et observe d'abord : le meuble télé, qu'elle a déjà dépouillé, puis la table basse, encombrée de papiers, de bouteilles, de paquets de cigarettes, de miettes de pain, d'un livre, de revues, d'une boîte de pizza vide.

Elle revient sur le livre.

– Je crois que j'ai trouvé, dit-elle en l'ouvrant. Amusant de l'avoir planquée dans un ouvrage qui raconte l'histoire de la Série noire, tu ne trouves pas ?

À l'ouverture de la porte, l'odeur de peinture est si prenante qu'elle lui colle presque la nausée. Elle se bouche le nez et cherche l'interrupteur le long du mur.

L'endroit est plus grand que le salon, décoré différemment que le reste de l'appartement. Ici, rien n'appartient aux ascendants de Séguin. On y trouve des chevalets et des tubes de gouache répartis sur le sol. Sur une table collée à un mur, des pinceaux en pagaille et de différentes tailles croupissent dans des bocaux. À l'air libre, au milieu de palettes, des morceaux de tissu complètent cet environnement.

Charon a le regard accroché aux murs. C'est comme chez Duvernay. Ici aussi, les tableaux sont des reproductions et leur attribution à des peintres célèbres se fait sans hésitation. Elle se demande si Séguin les a peints ou si ce lieu abrite ceux de Duvernay. C'est difficile de se faire une idée.

Dans la pièce se trouve aussi une imposante armoire de style lorrain qui intrigue Monge. Gantée, elle l'ouvre et fouille les étagères. Dans le haut, des rangées de pulls ordonnées, qu'elle explore en passant sa main entre chacun d'eux, en allant jusqu'au fond.

En dessous, des chaussures entassées les unes sur les autres. Monge les aurait plutôt mises dans le bas. Elle les remue les unes après les autres et glisse sa main à l'intérieur de chacune d'elles.

Plus bas, des draps, empilés et bien rangés sur la moitié de la hauteur. En passant sa main, elle touche ce qu'elle estime être un sachet de plastique qui enferme une forme fine et longue, qu'elle tire avec précaution. En l'ouvrant, elle découvre un couteau. Elle interpelle Charon qui observe l'objet et le retourne dans tous les sens. La lame et le manche sont d'une propreté qui ne la trompe pas sur le fait qu'il a été nettoyé avec soin. Charon le photographie et Monge le place dans un sachet pour une expertise.

Sur la table, un ordinateur. Par miracle, l'écran est en veille et on accède au contenu sans saisir un mot de passe. Séguin n'était pas si vigilant. Sans doute parce qu'il estimait que personne ne viendrait dans cette pièce.

Charon est sidérée de tomber directement sur la page du site PICTURA.

Sur la droite, un dossier sanglé d'un lien rouge. Il contient des impressions des échanges entre Séguin et Canone archivées de manière chronologique, des mails, des copies de SMS, des listes de tableaux identiques à celles du cahier de Duvernay, ainsi qu'un recensement des fausses toiles vendues sur PICTURA, avec une colonne mentionnant l'identité des acheteurs. L'inventaire classe la production de peintures en deux catégories, chacune ayant une couleur définie : les toiles de série en rouge et des tableaux spoliés durant la Seconde Guerre mondiale en vert.

– La vache, dit Monge, c'est un catalogue de musée ce truc.

– Tu ne crois pas si bien dire. Séguin administre ce site et les enchères.

– C'est curieux, tout ici est planqué, du numéro d'écrou dans le fond de la table de la cuisine jusqu'aux cinq passeports dans une enveloppe cachée sous une pile de papiers ou une clé dans un livre, et ce dossier est en évidence sur cette table. Pourquoi se concentrer sur les séries et les tableaux volés durant la guerre ?

– Vu la bombe médiatique et juridique que représente ce dossier, qui fait plonger Canone en prison pour plusieurs années et le bannit à vie de la politique, Séguin ne l'a pas laissé en évidence par hasard, conclut Charon.

– Tu crois qu'il a pensé à cela ?

Dans une pochette du dossier, placée au milieu d'éléments comptables, des copies du cahier de Duvernay et des pages entières qui consignent ses mouvements avec minutie, comme s'il avait été surveillé. Dans la pochette suivante, des impressions de la messagerie de PICTURA. Charon y retrouve ses échanges quand elle a vendu le tableau de Courbet.

La chemise suivante la glace d'effroi. Elle retrace ce que Le Peletier et elle ont fait et vécu depuis une semaine. Tout y est. Leur présence rue Caulaincourt, la filature de Duvernay dans le métro, Chapelle et ses veines coupées, elle à l'hôpital à son chevet. Même le soir où Avonne l'a rejointe chez elle est mentionné. Les détails la figent quand Séguin relate son passage à tabac d'Avonne. *J'ai pris mon pied à casser ce flic de merde*. Plus loin : *Canone a eu raison de me passer cette commande. Quel pied !* Quelques lignes plus bas : *Que c'est bon de se venger et de faire payer à cette salope de Le Peletier tout ce qu'elle m'a fait subir. Et puis, c'est bien fait aussi pour l'autre traînée qui la suit comme un petit chien et qui suce ce flic de merde*.

Sur une autre feuille, Charon découvre les raisons de la haine de Séguin à l'égard de Le Peletier. Il y a plusieurs années, elle a demandé sa peau dans le cadre d'une affaire de maquillage de procédure et il a été contraint de quitter la médecine légale, qu'il aimait beaucoup, à cause d'elle. « À cause d'elle » est souligné. Il est devenu un meurtrier par vengeance. Ce qu'elle lit la glace à chaque ligne. À la fin de sa lecture, elle fixe le visage à la rondeur parfaite de Monge. Charon a envie de donner des explications mais elle opte pour une clope.

Monge appelle Le Peletier pour lui faire part de ses découvertes pendant que Charon fume à la fenêtre.

Quand Monge évoque le dossier laissé en évidence sur une table, Charon se retourne et demande à parler à la cheffe du groupe. Avant de s'éloigner vers la cuisine avec le portable de Monge, elle lui donne le sien pour qu'elle demande l'envoi de la Scientifique sur place. Le Peletier, qui entend l'échange, dit que c'est inutile, qu'elle est déjà en route.

Charon raconte les aveux écrits de Séguin concernant les meurtres mais dit qu'elles n'ont rien trouvé qui confirme l'implication du ministre. La lieutenante pense à un endroit qu'elles n'ont pas exploré. Il n'en reste pas dix mille ici et les seuls sont devant elles.

– Décroche les tableaux de ce mur et moi, je m'occupe de celui-ci.

C'est Charon qui découvre une enveloppe kraft scotchée au dos d'une copie de *La Dénonciation* de William Hogarth.

Quand Le Peletier arrive, les yeux marqués par la fatigue, la police technique et scientifique est déjà à l'œuvre. Dans la cuisine, elle trouve Berteau, à quatre pattes, ramassant des éclats de verre, qu'il glisse dans un sachet transparent.

– T'as repéré quelque chose ?

– À part des empreintes partout et des cheveux qui doivent appartenir à la même personne, il y a quelque chose qui, je crois, a un lien sérieux avec tes meurtres. On a retrouvé ça collé sous le tiroir de la table.

Dans une pochette plastique, la carte d'identité de Riquet et le passeport abîmé de Duvernay. En retournant la pochette, Le Peletier manque de s'étouffer en apercevant la photo de la pièce d'identité d'Avonne.

– Ton bonhomme a dû croire qu'Avonne était mort.

À cet instant, Charon lui remet l'enveloppe découverte derrière *La Dénonciation,* qu'elle déchire. L'écriture est petite, à l'encre bleue et sans ratures.

<u>Dénonciation</u>

Je m'appelle Paul Séguin, je suis le demi-frère de Mathias Canone.

Bien que nous ayons le même père, je suis le bâtard qui a mal tourné, la honte d'une famille qui ne s'est jamais recomposée.

Tout a été fait pour que nous ne soyons jamais dans la même école. En même temps, j'ai arrêté tôt ma scolarité. Notre père m'a « écarté » du foyer familial et envoyé à la campagne, chez un vieil ami de la famille, en Normandie.

Lorsque notre père est décédé, Mathias avait déjà commencé une carrière de renom, comme il aime à le souligner en public, et nous nous sommes perdus de vue.

De mon côté, je n'avais pas à rougir, j'étais devenu médecin légiste, sans rien devoir à personne.

La différence entre nous deux ? Mathias est gourmand, il aime le beau, le très beau. Tout ce que je fuis. Ces péchés l'ont conduit à être impliqué dans une affaire de mœurs qui a abouti à la mort d'une jeune fille. Elle était mineure. Il a mobilisé ses réseaux pour étouffer cette affaire.

C'est là que nos chemins à nouveau se sont croisés. Comme j'étais de permanence ce jour à Garches, je me suis chargé de l'autopsie. Quand il l'a su, nous nous sommes vus et il m'a demandé de maquiller les procès-verbaux de constatation avec l'aide de deux flics. Très vite, cela s'est su. Comment ? Je n'en sais toujours rien.

Dans tous les cas, je me suis fait virer par une salope de la pire espèce qui a mené à mon encontre une enquête exclusivement à charge, Isabelle Le Peletier, capitaine de police. Mon frère n'a rien eu à foutre de ce qui m'arrivait. Son affaire avait été classée sans suite.

Mais cela ne l'a pas empêché de tremper dans des affaires de trafic de faux tableaux avec son épouse, Pauline Chapelle. Ils commandent à des peintres des copies de toiles disparues durant la Seconde Guerre mondiale. Un business qui marche, tout le monde n'y voit que du feu, jusqu'au jour où deux peintres, Riquet et Duvernay, ont voulu une part du gâteau plus importante, sous peine de dénoncer Mathias et sa femme.

C'est là que mon demi-frère m'a demandé de m'occuper de ces deux peintres pour qu'on n'entende plus jamais parler d'eux. Lorsque je lui ai demandé ce qu'il entendait par « qu'on n'entende plus jamais parler d'eux », il m'a donné clairement l'ordre de les tuer.

L'enveloppe d'argent était conséquente et, comme j'étais privé d'emploi, j'en avais besoin.

C'est comme ça qu'à la demande de mon demi-frère, Mathias Canone, j'ai recruté Riquet et Duvernay pour qu'ils peignent de faux tableaux dans le cadre de son business. Je lui avais proposé de le faire vu mon talent mais il a toujours refusé, jugeant que je n'étais pas assez précis. À sa demande toujours, j'ai tué les deux peintres, j'ai aussi tenté de faire passer Pauline Chapelle pour une suicidée dans son bureau et j'ai massacré un jeune flic, le lieutenant Avonne.

Paul Séguin

8 h 35

Le Peletier débarque dans le bureau, le visage rouge. Sa nuit a été courte. À peine deux heures. Elle a lu la confession de Séguin, une dizaine de fois. Elle n'arrive toujours pas à se faire à l'idée que Canone et Séguin ont un lien de parenté. Rien jusqu'ici ne les a mis sur cette piste. Elle se souvient même que dans la biographie du ministre, il était écrit qu'il était fils unique.

Quand elle voit la tête de Le Peletier, Charon croit qu'il est arrivé un malheur, qu'elle identifie à la mort d'Avonne.

– Désolée, j'ai monté les marches trois à trois sans m'arrêter. Tu me laisses deux secondes reprendre mon souffle et je te raconte.

Charon s'assoit dans le siège qui fait face à celui de Le Peletier.

– Je viens d'avoir le parquet. Canone va être mis en examen par le juge et être écroué en fin de journée, s'il est en état de sortir.

– Enfin, tu veux plutôt dire qu'il va pouvoir quitter l'hôpital pour la Santé.

– On boucle la procédure aujourd'hui et on passe à autre chose ensuite.

L'article consacré à Canone dans le *Canard Enchaîné* est repris par toutes les radios et télévisions qui ouvrent leurs éditions sur ce sujet. Le microcosme politique est dans la tourmente et les ministres invités dans les matinales sont interviewés à ce propos. Comme toujours dans ce genre de situation, ils récitent les éléments de langage communiqués par le cabinet du Premier ministre. De la belle langue de bois déballée sur un ton identique.

Lorsque l'hospitalisation de Canone a fuité, les médias ont pris racine au pied de l'hôpital Bichat, où il a été admis, et enchaînent les directs. Des heures d'images de la porte d'entrée et des fenêtres du centre hospitalier du XVIIIe arrondissement.

Au milieu de la nuit, à 3 h 45 précises, un communiqué de la présidence a annoncé qu'il était mis fin aux fonctions du ministre de la Culture, « à sa demande », comme le veut la formule d'usage. Le Premier ministre, qui s'est rendu dans la soirée à son chevet, lui a arraché sa démission sans que celle-ci puisse faire l'objet de la moindre négociation. Canone est devenu le pestiféré d'une République qui se veut exemplaire, celui qui fait honte au gouvernement, à la majorité, au monde politique, au pays, celui que tout le monde efface de ses contacts. Cela fait beaucoup pour un seul homme mais c'est ainsi que l'on est enterré vivant quand on faute dans certains milieux.

Les choses sont allées vite pour lui. Il a été mis en examen et écroué par un juge qui s'est déplacé à l'hôpital. La mesure prendra effet lorsqu'il aura la capacité de quitter l'hôpital, certainement dans la journée. La nouvelle de sa conduite à la prison de la Santé sera rendue publique en fin de matinée.

10 h 30

C'est avec un sac de croissants que Le Peletier accueille ses équipiers. Tous se jettent dessus comme des affamés qui découvrent les joies des viennoiseries pour la première fois. La cheffe de groupe les soigne car l'affaire d'État, soldée par la mise en examen et l'incarcération de Canone et l'arrestation de Chapelle, planquée dans la maison de campagne de son ex-mari, a bien failli avoir raison de leur santé physique et mentale.

Pendant la matinale de France Inter, le ministre de l'Intérieur a promis la plus grande sévérité à l'égard de Canone et dit qu'un passé de ministre ne protège de rien et « ne l'exclut aucunement de se voir appliquer les lois de la République, comme toute personne condamnée ». Le premier flic de France a indiqué que sa Légion d'honneur allait lui être retirée, le décret étant prêt à être signé.

Désormais, pour Le Peletier, qui regrette que Séguin ne puisse pas être condamné pour ses meurtres, il ne reste qu'à rédiger les derniers comptes rendus de procédure et à prendre une journée de congé à la fin de cette semaine. La première depuis six mois.

Pourtant, deux événements majeurs vont chambouler cette suite. Comme s'il était impossible de conclure cette affaire comme les autres.

D'abord, Canone. Placé sous surveillance au sein d'une unité de soins, il devait être transféré à la Santé en fin de matinée.

Or, vers 9 heures, il a pris la fuite.

Les premiers éléments de l'enquête, menée par des militaires qui assurent la garde de l'hôpital, en lien avec la police, montrent qu'il a bénéficié d'une complicité dans le milieu médical.

La nouvelle porte un coup au moral du groupe. Les croissants ont un goût amer. Charon n'a qu'une envie, celle de taper dans tout ce qu'elle a à portée de main. Le Peletier, elle, n'en aurait même pas la force.

Elle n'est pas au bout de sa déception avec l'autre événement qui survient dans la foulée, qui lui est annoncé par téléphone.

– Où ? … On arrive. Ne touchez à rien.

Le Peletier raccroche.

– Chapelle s'est foutue en l'air à la salle des ventes.

– Mais elle n'avait pas été arrêtée ?

– Apparemment, un vice de procédure. Elle est sortie il y a une heure.

Charon écarquille les yeux.

11 h 15

La zone devant la salle des ventes est quadrillée comme la situation l'impose. Le Peletier et Charon lâchent la Renault dans le haut de la rue et foncent vers l'entrée, vidée de tous ses visiteurs et dont l'accès est bloqué par des agents de l'ordre en gilet pare-balles et armés.

Sur place, un employé déroule les événements tels qu'il les a compris :

– Pauline Chapelle est arrivée, affolée, ce matin vers 10 heures. Elle était incohérente, agitée, et elle détournait le regard. Elle est montée dans les étages et s'est enfermée dans son bureau. Elle est ensuite descendue en salle 3 pour assister à une vente programmée de longue date.

– Il était quelle heure ?

– Il devait être 10 h 10.

– Vous dites « assister ». Cela signifie qu'elle n'en assurait pas la supervision ?

– C'est bien ça. Comme elle avait été arrêtée, un commissaire-priseur a été désigné à sa place. La salle était pleine, il s'agissait d'une vente hors norme.

– Vous y étiez également ?

– Oui, j'étais présent, à cinq ou six mètres d'elle, sur le côté, vers le devant de la salle. Elle a attendu l'ouverture de l'enchère pour sortir une arme de son sac. Elle l'a placée dans sa bouche et a appuyé sur la détente. La foule hurlait et nous l'avons fait évacuer le plus vite possible.

– Je vous remercie, nous allons prendre votre déposition.

– Je voulais vous dire un autre détail. Un de mes collaborateurs m'a averti qu'à la demande de Mme Chapelle il est allé chercher un dossier dans son bureau. Quand il est entré dans la pièce, elle était retournée, la plupart des papiers avaient été déchirés minutieusement et éparpillés partout. Il l'a vu discuter, avec un type aux cheveux poivre et sel, plutôt bien habillé, avec, à la main, un sac à dos.

– Un signe distinctif ?

– Une cicatrice sur le visage, au niveau de l'arcade sourcilière gauche.

– T'en penses quoi ? demande Le Peletier à Charon qui voit bien que ce type ne peut être que Canone.

Elle aimerait dire « rien » mais elle juge que la réponse ne va pas plaire. Elle fait un bref panoramique de la place, une dernière occasion d'attraper quelque chose au vol.

17 h 30

La manifestation lancée à la suite de l'appel d'un collectif de syndicats, d'associations et de mouvements politiques opposés à la majorité dégénère dans le quartier Arts-et-Métiers. Malgré la présence d'unités policières qui encadrent les milliers de contestataires, la violence urbaine émaille le cortège : véhicules brûlés, mobilier urbain saccagé, enseignes de vêtements pillées, banques et agences immobilières endommagées, policiers attaqués à coups de cocktails Molotov. La préfecture de police de Paris annonce l'arrestation de cinquante-neuf personnes en une heure. Le chiffre tourne en boucle sur les chaînes d'information, et le ministre de l'Intérieur parle de ceux qui « cassent la République » au micro d'une d'entre elles.

À son bureau, Le Peletier lit les dépêches qui relatent la série d'incidents, les actes de vandalisme et les feux sporadiques. Aux alentours de la place de la République, on compte seize voitures incendiées. Des chantiers en cours dans le quartier ont servi de bases d'approvisionnement en projectiles divers pour des groupes vêtus de noir et très mobiles. Selon une source policière, les casseurs sont entre cent et deux cents.

Si de nombreux manifestants ont dénoncé cette présence, qui a brouillé les revendications, d'autres ont pointé des provocations émanant des forces de l'ordre.

Le Peletier décide de quitter son bureau. C'en est assez pour elle.

ÉPILOGUE

6 mois plus tard

L'hiver frappe la capitale. Les rues sont enneigées et les services municipaux à l'ouvrage pour les rendre à peu près praticables.

C'est le visage emmitouflé dans une écharpe et le haut du corps enveloppé dans un blouson que Le Peletier marche sur le trottoir en essayant de ne pas glisser. Depuis un mois et demi, elle a emménagé comme tout le monde dans les nouveaux locaux, rue du Bastion dans le XVIIe arrondissement. Dans ce nouveau « 36 », tout est moderne et fonctionnel.

Depuis six mois, l'affaire Canone est en sommeil. L'ancien ministre a pris la fuite et la justice n'a pas bougé le petit doigt ni lancé la moindre instruction.

Depuis six mois, le groupe de Le Peletier n'a pas mené une investigation de ce niveau.

Une fin d'année qu'elle juge pourrie et qu'elle passe à lire les PV qui s'entassent tous les jours devant elle.

Il y a trois mois, Bosquet l'a appelée pour lui proposer un poste à ses côtés. Il l'a présenté comme une promotion, un poste en or, une offre qui ne se refuse pas dans une carrière. C'est pourtant ce qu'elle a fait.

Elle croit trop à une police de terrain qui protège ses concitoyens pour aller s'enterrer dans ce qu'elle voit comme un cimetière à poulets.

Quand elle entre dans les bureaux du groupe, ils sont tous vides. Elle avance vers le sien, retire son blouson et son écharpe et découvre un pli en évidence sur sa table de travail.

Elle sent son cœur se serrer. Elle ne sait pas en expliquer les raisons mais, en touchant l'enveloppe, elle comprend qui en est l'expéditeur. Elle lit :

À l'attention de Madame
la capitaine Isabelle Le Peletier
Brigade criminelle de Paris
75017 Paris
France

Elle retourne l'enveloppe, la pose sur le bureau et s'assoit dans son fauteuil. Elle laisse s'écouler un moment avant de l'ouvrir.

Dedans, trois feuilles manuscrites sur le recto, d'une calligraphie bleue, fine, sans ratures, qu'elle lit avec attention.

Le Peletier pose les pages les unes à côté des autres et les observe. Elle n'apprend rien de nouveau par rapport à la confession de Séguin, sauf que Canone a fui dans un endroit qu'il ne désigne pas, qu'il est bien l'organisateur du trafic de faux tableaux revendus à de très nombreux collectionneurs et musées, qu'il a profité de sa position de ministre pour mener à bien son business, que son ancienne femme était la caution idéale pour que personne ne soulève un doute quant à la véracité des tableaux vendus et qu'il a bien demandé à son demi-frère d'éliminer Riquet et Duvernay qui bossaient pour lui mais étaient devenus trop bavards et gourmands en contrepartie financière.

À la fin de la lettre, juste avant l'adieu, Le Peletier cherche un long moment une réponse aux questions qu'il pose :

À vous de voir ce que vous ferez de ce que je viens de vous dévoiler. Le garder pour vous ? Le publier ?

Quel que soit votre choix, je le saurai assez vite.

Le soleil hivernal inonde le bureau. Cette intrusion pousse la capitaine à se lever. D'un coup, elle saisit les pages et les place dans le broyeur à papier. Alors qu'elle s'apprête à les déchiqueter, Charon entre dans le bureau. Sans frapper, comme à son habitude.

– Samuel voit des deux yeux. Six mois que j'attends ça.

– C'est la meilleure nouvelle de la journée. On va le voir, répond Le Peletier en regardant les feuilles dans le bac du broyeur, que les lames n'ont pas détruites.

REMERCIEMENTS

Post mortem n'existerait pas sans le vote du jury du prix du Quai des Orfèvres. Que tous les membres soient remerciés d'avoir donné corps à ce livre.

Je remercie pour leur confiance Jean-François, Calixta, Margaux et toutes les personnes qui ont contribué à ce que les centaines de pages rédigées le soir deviennent un manuscrit.

Je remercie Anny et Jean, mes parents, pour leurs encouragements indéfectibles, Dada et Pascal, ainsi que mes amis pour leur soutien (Florence, Olivier, Sophie-Caroline, Alexandre, Brigitte, Frédéric, Sarah, Edouardo, Kahina, Elsa) et Ingrid Astier pour m'avoir donné le goût de l'écriture noire.

Merci aux lecteurs pour *Post mortem*, mon premier roman.

Enfin, mes pensées vont à mon épouse, Patricia, qui m'a soutenu durant les très nombreuses soirées passées devant l'ordinateur en solitaire. Un immense merci !

Cet ouvrage a été imprimé en France par
CPI Brodard & Taupin
Avenue Rhin et Danube
72200 La Flèche (France)

pour le compte des Éditions Fayard
13 rue du Montparnasse, 75006 Paris
en octobre 2024

Photocomposition Nord Compo à Villeneuve-d'Ascq

fayard s'engage pour
l'environnement en réduisant
l'empreinte carbone de ses livres.
Celle de cet exemplaire est de :
150 g éq. CO_2
Rendez-vous sur
www.fayard-durable.fr

N° d'édition : 17-3346-2/1 - N° d'impression : 3058017